UN ENGAÑO LETAL

LOS MISTERIOS DE LA DETECTIVE KAY HUNTER

RACHEL AMPHLETT

CAPÍTULO 1

Sus pantorrillas ardían, su aliento escapaba en una fina neblina.

Silencio, excepto por el sonido de sus pasos.

Sus pulmones se esforzaban contra sus costillas mientras tomaba otra bocanada de aire y saltaba sobre una barrera baja de madera que separaba el asfalto de un sendero irregular, su superficie de tierra y piedras crujiendo bajo sus zapatos.

Formas fantasmales emergían de la espesa niebla que la rodeaba por todos lados: árboles achaparrados que luchaban por crecer en el suelo delgado desechado por los urbanizadores que habían completado las últimas adiciones a la urbanización, y arbustos tercos que se extendían y envolvían zarcillos espinosos alrededor de su sudadera de algodón.

Más rápido ahora, lejos de las sombras, lejos de las ventanas oscurecidas de las casas que daban al sendero, aumentó su ritmo para contrarrestar el aire frío que se aferraba a su piel.

Un resplandor naranja fluía y oscilaba frente a ella, la farola transformándose en una mancha de luz que proyectaba un arco lastimero sobre el extremo lejano de la siguiente calle mientras sus pies encontraban el pavimento una vez más.

Entonces tropezó, los cordones sueltos de un zapato enganchándose bajo el otro y lanzándola hacia adelante.

Extendiendo sus manos a los lados para estabilizarse, se detuvo y miró sus pies.

—Mierda.

La inspectora Kay Hunter se agachó y alcanzó los cordones rebeldes, su mirada barriendo la niebla que envolvía la urbanización.

Finos mechones de humedad se aferraban a su cabello mientras aseguraba el lazo, y se apartó un mechón de los ojos antes de enderezarse. Su aliento se nubló frente a ella mientras miraba por encima del hombro en busca de coches que se acercaran.

La niebla espesaba el aire, amortiguando los sonidos del tráfico de la carretera principal a solo medio kilómetro de distancia, y daba a la atmósfera un tono lechoso que causaría estragos en la autopista M20 esta noche.

Sus colegas de la división de tráfico estarían ocupados.

Kay apartó el pensamiento y reanudó un trote suave, ansiosa por completar su ruta y llegar a casa antes de las ocho.

Levantando el brazo, miró la pantalla de su reloj de pulsera y detuvo el cronómetro.

No superaría su mejor tiempo, no ahora.

En su lugar, decidió añadir una vuelta extra para aumentar su distancia y fortalecer los músculos que habían caído en desgracia por demasiados días largos, demasiadas noches tardías en la sala de incidentes, y una tendencia a quedarse dormida frente al televisor cuando llegaba a casa.

Su labio superior se curvó cuando un calambre amenazó en su pantorrilla derecha.

Esta noche era la primera oportunidad en mucho tiempo para relajarse, para volver a su antigua rutina. A pesar del sombrío clima de marzo, sonrió. Era el comienzo de una nueva semana con un par de días libres antes de su próximo turno programado, y nada en la agenda.

Faltaban solo dos meses para que ella y su pareja, Adam, volaran a Portugal para unas vacaciones en mayo, y Kay estaba decidida a entrar en los pantalones cortos de mezclilla actualmente empacados dentro de una maleta polvorienta en la parte superior de su armario junto con el resto de su ropa de verano.

Correr era una cura, así como una alternativa económica a las exorbitantes tarifas que cobraban algunos de los gimnasios locales. Ella prosperaba con el tiempo para sí misma, para dejar que los problemas del día la invadieran mientras encontraba su ritmo una vez más.

Cruzó una mini rotonda y giró a la derecha, asintiendo a un hombre que paseaba un galgo anciano que miraba su rápido movimiento con envidia.

Zigzagueando a través de un hueco en una valla de madera que bisecaba la carretera al final de la urbanización, Kay usó su manga para limpiarse la humedad de la frente y sintió la inclinación en sus rodillas mientras la calle bajaba hacia la carretera principal que conducía a la plaza del pueblo.

Casi llegaba.

Una sirena aulló en la distancia, seguida de cerca por otra y su corazón golpeó contra sus costillas en respuesta cuando reconoció primero un coche patrulla, y luego el inconfundible sonido de una ambulancia con prisa.

Exhalando, tratando de perder la tensión que se acumulaba en su pecho, giró a la izquierda, alejándose del resplandor que brillaba a través de las ventanas de un pub a unos cientos de metros de distancia, el aroma a humo de leña aferrándose al aire espeso.

Otro giro a la izquierda, y estaba en la recta final, siguiendo el estrecho camino que precedía a la urbanización. Había casas más antiguas aquí, y en el verano le encantaba pasar y admirar los techos de paja y las chimeneas de ladrillo rojo mientras absorbía la historia de sus alrededores.

Esta noche, una renovada sensación de urgencia surgió en ella al escuchar un segundo vehículo policial. La sirena se desvaneció rápidamente, la niebla suavizando el ruido tan rápido como había aparecido, ahogándolo mientras llegaba a la siguiente mini rotonda.

Disminuyó la velocidad al entrar en el tramo de camino donde vivía.

Cuando llegó al pub local y miró a través de las ventanas al pasar, notó la pequeña multitud que se reunía en el bar delantero. La risa de un hombre llegó a través de la penumbra hacia ella, y uno de los fumadores parado bajo la glorieta de madera afuera (no más que una sombra) saludó con la mano.

Sacó su teléfono móvil de la correa en su brazo izquierdo, preguntándose si debería llamar a Adam y averiguar si casi había terminado en su clínica veterinaria esta noche, luego gimió al ver la pantalla en blanco.

—Maldita sea.

Lamentando el optimismo de que la carga de la batería duraría hasta que terminara su carrera, lo volvió a guardar en su lugar y resolvió conectarlo en el momento en que cruzara la puerta de su casa.

No estaba de guardia esta noche, ni las dos noches siguientes, pero un sentido del deber permanecía mientras se reprendía por el descuido.

Kay levantó la mano hacia el grupo de fumadores y decidió arrastrar a Adam de vuelta allí después de tener la oportunidad de ducharse, con una sonrisa en los labios al darse cuenta de la ironía de tomar una copa mientras intentaba recuperar su estado físico.

Reduciendo la velocidad a un paseo y estirando los músculos de las piernas para calmar su ritmo cardíaco, Kay miró por encima del hombro al escuchar un coche que se acercaba y se subió a la cuneta mientras unos faros borrosos doblaban la esquina y atravesaban el camino brumoso.

La hierba alta rozó sus tobillos desnudos, y levantó una mano para protegerse los ojos de las luces, ahogando un resoplido de disgusto cuando el conductor pasó rugiendo, claramente por encima del límite de velocidad.

Volvió a pisar el camino y comenzó a estirar los músculos de los brazos, observando cómo el coche frenaba con fuerza.

Sus luces traseras se encendieron, manchas rojas que se pixelaron en la niebla antes de que el vehículo girara a la derecha y se detuviera.

—¿Qué estás tramando? —murmuró, frunciendo el ceño.

Un tenue resplandor emanaba por la ventana trasera, y luego oyó un portazo antes de que la silueta de un hombre saltara del coche. Sus zapatos conectaron con la grava del camino de entrada de la casa más allá de un seto bajo de ligustro y luego desapareció de la vista, sus pasos moviéndose con determinación.

Una inquietud se deslizó por las venas de Kay mientras se apresuraba hacia el vehículo, un presentimiento que le provocó un escalofrío de piel de gallina por todo el cuerpo.

Oyó un puño golpeando contra una puerta de madera seguido de una voz ahogada que se propagaba por el aire.

A Kay se le cortó la respiración cuando se acercó al coche y reconoció la matrícula de uno de los vehículos asignados a la comisaría de Maidstone.

Los pasos volvieron a rozar la grava.

—¿Jefa?

Se giró al oír la voz familiar y vio a un hombre de pelo puntiagudo de unos veintitantos años emerger de su camino de entrada, con el rostro preocupado.

—¿Gavin? ¿Qué haces aquí? ¿No está Barnes de guardia esta noche?

—Sí lo está, jefa. —El agente señaló hacia el coche y abrió la puerta del copiloto—. Lo siento, jefa, pero pensó que querrías saberlo inmediatamente, así que me dijo que viniera a buscarte.

—¿A buscarme? —Kay tragó saliva.

Las facciones de su colega estaban grises bajo la débil luz de la farola frente a su casa. Parpadeó para alejar la repentina sensación de que su mundo se inclinaba y tomó una respiración entrecortada.

—¿Gav? ¿Qué está pasando?

—Tienes que venir conmigo, jefa. Hubo un robo a mano armada en la clínica veterinaria, y Adam ha sido llevado de urgencia al hospital.

CAPÍTULO 2

Kay observaba impotente cómo un camillero se acercaba a la enfermera en jefe que gestionaba el triaje de pacientes que fluían por el servicio de urgencias y se mordisqueaba la esquina de la uña del pulgar.

Con la garganta seca, luchó contra el impulso de acercarse al mostrador y pedir otra actualización a pesar de la náusea que la consumía, a pesar del miedo.

Después de acercarse al mostrador de información, la habían dirigido a un banco de sillas, fila tras fila de asientos de plástico de colores brillantes que estaban atornillados al suelo y se parecían a los mismos que se usaban en la sala de detención de la comisaría de Maidstone.

Parpadeando ante la brillante superficie naranja, se acomodó en el extremo de la segunda fila, y luego estiró el cuello para ver alrededor de un hombre corpulento de unos treinta años que se balanceaba de lado a lado en el asiento frente a ella y murmuraba incoherentemente entre dientes.

Arrugando la nariz para evadir el hedor a alcohol que

emanaba de él en oleadas, obligó a su ritmo cardíaco a ralentizarse.

La sala de emergencias estaba llena, las voces de familiares y amigos teñidas de miedo mientras esperaban noticias de sus seres queridos, mientras el personal del hospital con diferentes uniformes de colores que denotaban su experiencia se apresuraba de un lado a otro con expresiones agobiadas.

Exhaló, recordándose a sí misma que Adam estaba recibiendo la mejor atención, que al menos estaba consciente cuando lo llevaron en la ambulancia, y agradecida de que sus colegas ya estuvieran procesando la escena del crimen.

—Kay.

Girándose al oír la voz de Gavin, se puso de pie mientras él se detenía a su lado, sus ojos buscando el extremo lejano de la sala donde se había reunido un grupo de camilleros.

—¿Alguna noticia?

—Nada aún. Me dijeron que esperara aquí. —Se abrazó el pecho, la piel de gallina salpicando sus brazos y piernas expuestos antes de volverse hacia el mostrador de recepción, sus zapatillas de deporte chirriando sobre las baldosas.

—¿Quieres que te traiga un café o algo, o una botella de agua, o…?

Gavin agitaba las manos a los costados, y ella notó una mancha húmeda en su chaqueta con rastros de sangre manchada en los bordes.

—No, está bien. Gracias.

—Vamos a sentarnos atrás, no hay nadie allí y será más tranquilo.

Kay lo siguió dócilmente, y miró por encima del hombro hacia el mostrador de recepción.

¿Los oiría si la llamaban?

—Aquí. —Gavin estaba señalando dos asientos, azules esta vez, y esperó hasta que ella se sentó—. Llamé a Barnes. Parece que todo está bajo control por ese lado.

—Tienes algo de sangre en la chaqueta.

—Intenté lavarla hace un momento, pero…

—¿Qué pasó? —Miró al frente, su mirada desplazándose desde los limpiadores y los camilleros que pasaban en un borrón.

Gavin exhaló. —Por lo que pudimos averiguar, Adam estaba trabajando hasta tarde en su oficina en la parte trasera de la clínica…

—Está detrás de las salas de consulta. Le gusta estar cerca por si alguien lo necesita.

—Cierto. Su ordenador estaba encendido. Estaba escribiendo…

—Tiene un plazo para un artículo de revista que vence a finales de semana… —Su voz se desvaneció al darse cuenta de que ahora estaba balbuceando, procesando su shock.

—Probablemente no esperaban que hubiera alguien allí a esa hora de la noche —dijo él—. Por lo que pudimos deducir, buscaban los medicamentos anestésicos, analgésicos, cosas así.

—Clorhidrato de ketamina y clorhidrato de metadona —dijo Kay, sin emoción—. Se guardan en un armario detrás de la puerta en la oficina de Adam para mayor seguridad. Está cerrado con llave.

—Se llevaron sus llaves, después de que ellos... después de... —Gavin se interrumpió y se mordió el labio.

Ella exhaló un suspiro tembloroso. —¿Qué le hicieron?

—Había cerrado las puertas delanteras, así que fueron por detrás a la salida de emergencia. Rompieron la ventana junto a ella...

—La del baño.

—Sí, y luego se abrieron paso por el pasillo hasta su oficina. Creemos que se dio la vuelta cuando entraron. —Gavin negó con la cabeza—. No tuvo tiempo de reaccionar, Kay... perdón, jefa. Lo golpearon con algo, creemos que de madera. Estaba inconsciente cuando llegó la ambulancia, pero recuperó el conocimiento mientras yo estaba con él, y luego otra vez cuando lo subieron a la ambulancia.

—¿Dijo algo?

Gavin negó con la cabeza. —No lo entendí, lo siento.

A su lado, Kay ahogó un gemido. —¿Quién lo reportó?

—Stephanie, la recepcionista. Se había ido después de la última cita pero olvidó su teléfono móvil, lo había dejado conectado a su ordenador, así que pasó de camino a encontrarse con una amiga en el cine. Llamó a la policía desde el aparcamiento cuando vio la ventana rota y el todoterreno de Adam fuera.

Un suspiro tembloroso escapó de Kay. —Si ella no hubiera aparecido...

—Sí, pero lo hizo, jefa, y los paramédicos llegaron muy rápido. Barnes y yo estábamos en Sittingbourne Road cuando recibimos el aviso, así que llegamos en pocos minutos, y ellos aparecieron justo después de nosotros.

Kay se abrazó el pecho mientras escuchaba.

—Barnes está en la clínica, jefa. Stephanie se quedó, quería ayudar, y el socio de Adam…

—Scott.

—Llegó justo cuando yo me iba para recogerte. Barnes quiere que me quede contigo mientras él procesa la… la escena. —Cerró la boca de golpe, sus mejillas sonrojándose—. Si te parece bien.

—Gracias —susurró ella.

CAPÍTULO 3

El oficial Ian Barnes caminaba de un lado a otro por el suelo embaldosado de la Turner's Veterinary Practice y lanzó una mirada fulminante a una joven técnica del equipo de investigación de la escena del crimen que pasó apresuradamente con sus botines protectores.

No era culpa de la mujer: el ladrón había estado bien preparado, con sus manos cubiertas por guantes desechables y su rostro oculto tras un pasamontañas.

Las posibilidades de encontrar algo para comparar con los registros de ADN de condenas anteriores se estaban desvaneciendo rápidamente.

Se pellizcó los guantes protectores que cubrían sus manos, con el material húmedo contra su piel cálida y pegándose a sus palmas mientras observaba el equipo informático en el mostrador de recepción color haya.

—Quien haya hecho esto no parecía estar interesado en nada de eso.

Una voz femenina lo sacó de sus pensamientos, y se giró cuando una mujer de unos cincuenta años se acercó.

Le dedicó una leve sonrisa y le entregó una taza humeante de café. —Pensé que a todos les vendría bien un refrigerio. Instantáneo, me temo.

—Cualquier otra cosa, y empezarían a quererlo en la comisaría. —Barnes le guiñó un ojo, tomando la bebida caliente—. Gracias, Stephanie. ¿Cómo lo está llevando?

—Tan bien como se puede en estas circunstancias. —Los ojos de la recepcionista se nublaron mientras seguía su mirada hacia el mostrador—. Iban tras los medicamentos, ¿verdad? He… he oído hablar de robos en otras clínicas, pero siempre piensas que es el tipo de cosas que les pasa a otros… no a nosotros.

—Hizo lo correcto al llamarnos y quedarse en su coche —dijo Barnes.

Stephanie se estremeció. —No quiero ni pensar en qué habría pasado si los hubiera pillado in fraganti…

—Pero no fue así. —Barnes se dio la vuelta, dando la espalda al ordenador y frunció el ceño—. ¿Vio a alguien por los alrededores cuando entró al aparcamiento antes?

—No, el lugar estaba desierto salvo por el todoterreno de Adam. Para ser sincera, me alegré cuando lo vi. John, mi marido, me dijo que era mejor dejar mi móvil aquí hasta la mañana, pero una amiga mía me había enviado un mensaje con los detalles de un espectáculo que quería ver en Londres el mes que viene y no podía recordar su número de teléfono de memoria. —Su rostro se entristeció—. Parece tan tonto ahora dadas las circunstancias… Íbamos a comprar las entradas esta noche mientras aún estaban a mitad de precio. Se suponía que debía llamarla para decirle que iría con ella.

—¿Cuándo se dio cuenta de que la ventana estaba rota?

—Cuando giré para entrar en el espacio de aparcamiento al lado del de Adam. Los faros la iluminaron y frené en seco porque no quería pasar por encima de ningún cristal.

—¿Y llamó a emergencias inmediatamente?

—Sí. —Su rostro decayó—. Me sentí tonta, porque no podía oír la alarma sonando ni nada parecido, pero cuando llegaron y les entregué mis llaves, encontraron a Adam. Si no los hubiera llamado, puede que no hubiera imaginado que estaba en la parte de atrás herido…

Se estremeció, y Barnes extendió la mano y le apretó el brazo.

—Pero los llamó, y está recibiendo la mejor atención posible. —Se dirigió hacia la puerta principal, luego se volvió.

—¿Cómo habrían sabido dónde se guardaban los medicamentos? —dijo.

—Supongo que ya lo han hecho antes. —La frente de la recepcionista se arrugó—. Imagino que una vez que han entrado en una clínica veterinaria, se hacen una idea de dónde están las cosas. Todos los medicamentos se mantienen alejados de las salas de consulta, siempre están bajo llave en ese armario seguro en la oficina de Adam porque tenemos que dar cuenta de todo. Es por eso que nuestros procedimientos requieren dos firmas cuando los medicamentos son recetados o utilizados en cirugía.

—¿Y eso es todo lo que se llevaron?

Stephanie le dedicó una sonrisa irónica. —Imagino que

podían ver que los ordenadores no valen mucho; Adam lleva meses diciendo que hay que actualizarlos todos. Y guardamos muy poco efectivo en las instalaciones, así que no entrarían por eso. Hoy en día todo el mundo paga con sus tarjetas, ¿no?

—Cierto. —Barnes se giró al notar movimiento dentro de una de las salas de consulta para ver a otro técnico del equipo de investigación de la escena del crimen empezar a esparcir polvo de grafito para huellas dactilares sobre el marco de la puerta.

Stephanie suspiró. —Será mejor que empiece a hacer una lista de personas a las que tendremos que llamar por la mañana para reprogramar las citas. Me imagino que nos llevará la mayor parte del día ordenar todo esto.

—¿Phillip tomó su declaración?

—Sí, y he dicho que pasaré mañana para firmarla una vez que haya tenido la oportunidad de escribirla —dijo—. No se preocupe, sé lo ocupados que van a estar todos esta noche.

—Para eso estamos aquí.

Barnes dejó a la mujer sentarse en su escritorio y se acercó a donde estaba trabajando el técnico del equipo de investigación de la escena del crimen.

—¿Has encontrado algo ya, Charlie?

La máscara del hombre se arrugó. —Nada concreto. Manchas aquí y allá, pero parece que quien hizo esto llevaba guantes.

—Por supuesto que los llevaba. —Barnes puso los ojos en blanco.

—Al menos tenemos las imágenes de las cámaras de seguridad, oficial. —El agente Phillip Parker se acercó arrastrando los pies, se dejó caer en una de las sillas de plástico frente al mostrador de recepción y se quitó las fundas de plástico de las botas—. Scott acaba de descargar las grabaciones de esta noche en un USB para mí.

Barnes gruñó una respuesta, luego miró la pantalla de su móvil cuando vibró.

—¿Es de Gavin?

Levantó la vista al oír un suave acento de Lancashire para ver a la agente Laura Hanway dirigiéndose hacia él, su habitual traje de negocios elegante reemplazado por unos vaqueros gastados y una camiseta de manga larga con el logotipo de una universidad estadounidense estampado en el frente.

Tan pronto como se enteró del robo, dejó a su novio viendo la televisión y comiendo los restos de la pizza que habían pedido y apareció momentos después de que la ambulancia hubiera salido rugiendo del aparcamiento con Adam dentro.

—Ha enviado un mensaje —dijo cuando ella se acercó—. Adam está consciente, pero lo mantendrán en observación. El pobre desgraciado va a tener un dolor de cabeza infernal durante los próximos días.

Laura arrugó la nariz. —Me lo imagino. Aunque tuvo mucha suerte, oficial.

—Desde luego que sí.

—¿Y Kay? ¿Está bien?

—Conmocionada, obviamente. Gavin la llevará a casa después de que termine de hablar con los médicos. —Barnes guardó su móvil y estiró el cuello para ver por encima de su colega—. ¿Cuáles son las últimas novedades allí atrás? Phillip dijo que hay algunas imágenes de las cámaras de seguridad.

—Empezaré a trabajar en ello a primera hora de la mañana.

—Es tu día libre.

Ella desechó sus palabras con un gesto. —No digas tonterías, oficial. Vosotros haríais lo mismo por mí. Ya me tomaré un día libre cuando encontremos a los cabrones que hicieron esto.

CAPÍTULO 4

A la mañana siguiente, Kay contuvo un bostezo y cerró la puerta del coche, observando la furgoneta del cerrajero estacionada cerca de la parte trasera de la clínica veterinaria.

Su alarma había sonado a las cinco de la mañana, tiempo suficiente para darle seis horas de sueño después de salir del hospital antes de hacer una llamada temprano a los padres de Adam en Canadá.

La conversación la había dejado agotada, con los nervios destrozados por la charla nocturna con el especialista asignado a Adam, y luego al ver a su pareja envuelta en sábanas de hospital, su rostro un mosaico de tonos morados y amarillos.

Sin embargo, era un hombre resistente, y afortunado, según el médico que lo trataba.

Se había sentado y sostenido la mano de Adam mientras el especialista le aseguraba que estaba fuera de peligro, y que el golpe en su cabeza había sido de refilón. Fue el efecto de su cabeza al golpear las baldosas lo que lo había dejado inconsciente, y por eso lo mantendrían en observación durante al menos los próximos dos días.

Un viento fresco tironeó del cabello de Kay después de que cerrara el coche con llave y se dirigiera alrededor de la furgoneta del cerrajero hacia las puertas traseras abiertas.

Un hombre inclinado sobre una máquina de cortar llaves, el agudo chirrido del metal contra metal llenaba el aire, pequeñas chispas volaban sobre el asfalto a sus pies. Hizo una pausa en su trabajo, miró por encima del hombro y asintió.

—Buenos días —dijo ella, y señaló las llaves en su mano—. ¿Se llevaron todo el juego?

Él negó con la cabeza. —No creen que lo hayan hecho, pero Scott quería estar seguro y cambiar todas las cerraduras. Tiene sentido.

—Cierto. —Lo observó trabajar por un momento y frunció el ceño—. Soy la pareja de Adam. Escuché que se llevaron sus llaves para abrir el gabinete.

—Parece que sí. Scott me ha pedido que lo reemplace también, pero tendré que pedirlo. Es un equipo especializado.

—¿Tiene una tarjeta de visita? —Se estremeció—. ¿Y podría reservar una cita para que cambie las cerraduras de nuestra casa? Odiaría pensar que saben dónde vivimos, y si se llevaron todas sus llaves…

—Por supuesto. —El cerrajero sacó su móvil y deslizó el dedo hasta su calendario—. Puedo atenderla a última hora de esta tarde si quiere. ¿Le parece bien a las cuatro y media?

—Perfecto.

Kay le dio su número de móvil y dirección, luego se

apresuró por el costado del edificio y se dirigió hacia las puertas de recepción, que se abrieron automáticamente cuando se acercó.

Sonrió, recordando a Adam gastando dinero en esa innovación para que los clientes con animales heridos pudieran pasar por las puertas sin soltar a sus pacientes mientras intentaban manejar la manija de la puerta.

—Kay.

Stephanie cruzó la habitación brillantemente iluminada y la envolvió en un fuerte abrazo.

—Steph. ¿Estás bien?

—¿Que si estoy bien? Por supuesto que sí. ¿Cómo está Adam?

—Mucho mejor que cuando salió de aquí anoche. —Kay se apartó—. Lo he visto para una visita rápida esta mañana y estaba sentado en la cama. Está cansado y obviamente con mucho dolor, pero sus médicos están satisfechos con cómo van las cosas dadas las circunstancias. Gavin está allí ahora tomándole una declaración formal.

—Nada malo con su memoria, entonces. —Stephanie sonrió ampliamente—. Eso es un alivio. Estábamos muy preocupados por él. ¿Le enviarás nuestros mejores deseos cuando lo veas de nuevo?

—Lo haré, gracias.

Kay dio un paso atrás y echó un vistazo alrededor de la habitación, una sensación de hundimiento aferrándose a su pecho.

Barnes, su equipo de oficiales y los investigadores forenses habían sido minuciosos, eso estaba claro.

Las reveladoras manchas de grafito del polvo negro de

huellas dactilares cubrían las superficies de todos los cajones al lado del escritorio de Stephanie, así como las puertas que conducían desde la recepción hacia las salas de consulta.

Más allá de ellas podía escuchar el constante barrido del vidrio siendo retirado.

—Parece una zona de guerra ahora, pero Scott ha llamado a un par de veterinarios suplentes para que nos ayuden mientras Adam se recupera, y tendremos este lugar de vuelta a la normalidad en nada de tiempo.

Kay asintió en respuesta, sin palabras.

Había asistido a tantas escenas del crimen en su carrera, pero se le había olvidado cómo la gente lidiaba con la devastación en sus vidas una vez que ella y su equipo se habían ido. En su papel de detective, a menudo estaba demasiado ocupada tratando de atrapar a los perpetradores del crimen como para considerar las secuelas.

Stephanie estaba poniendo buena cara a la situación, pero notó que los labios de la mujer temblaban mientras extendía la mano hacia un paño de microfibra y comenzaba a fregar su escritorio una vez más.

—¿Está Scott en la parte de atrás? —logró decir Kay.

—Sí. Aún no ha ido a casa. —Stephanie se limpió los ojos y forzó una sonrisa—. Tal vez te escuche a ti. Hemos llamado a todos los que tenían citas no urgentes hoy, y las emergencias han sido enviadas a otra clínica que se ha ofrecido a ayudarnos. Con suerte, para mañana estaremos listos para abrir de nuevo.

—Se lo diré.

Siguió el sonido de la escoba a través de la sala de

consulta de la izquierda y salió al verdadero centro de la práctica veterinaria, una gran sala abierta con mesas de operaciones y parafernalia que no desentonaría en una sala de emergencias de cualquier hospital.

Alejando ese pensamiento, se dirigió hacia otra puerta, la que conducía a la oficina de Adam.

Astillas de madera y vidrio cubrían el suelo, y su garganta se apretó al ver la silla de Adam volcada de lado, el escritorio desordenado.

Scott Mildenhall colocó su escoba contra la pared de yeso cuando ella entró.

—Debería haber estado aquí, Kay —dijo, con el rostro angustiado—. Me fui solo media hora antes de que entraran.

—No es tu culpa, Scott.

—No puedo evitar sentir que quienquiera que hizo esto planeó el allanamiento, y luego entró en pánico cuando descubrió que todavía había alguien aquí. Si yo hubiera estado aquí también, podríamos haber sido capaces de someterlos, o al menos ahuyentarlos...

—Haremos todo lo posible por encontrarlos.

Scott exhaló. —Necesitas hacerlo, Kay. Esas drogas que robaron... son letales.

—Supuse que iban tras el clorhidrato de ketamina.

—Eso, y las otras drogas que usamos para dormir animales. Es por eso que se guardan en un gabinete cerrado, y por lo que dos de nosotros tenemos que firmar para sacarlas. Tenemos que mantener registros estrictos de todo lo que hacemos con esas drogas.

Kay señaló con la barbilla el gabinete vacío. —¿Cuánto había ahí dentro?

—Estábamos completamente abastecidos. —El veterinario se giró hacia el escritorio de Adam y sacó una nota de entrega de la bandeja superior—. La entrega llegó ayer.

—¿Barnes se llevó una copia de esto?

—Sí, junto con los datos de contacto de nuestros proveedores.

Ella devolvió la nota y recorrió con la mirada las marcas irregulares en el gabinete de seguridad y el pulcro montón de fragmentos de vidrio que Scott había barrido.

—Stephanie me dijo que has estado aquí toda la noche.

—No tuve opción, el lugar no estaba seguro y no pude conseguir que un cerrajero viniera hasta hace una hora. —Le lanzó una sonrisa apesadumbrada—. Ella ha estado insistiendo en que me vaya a casa durante las últimas dos horas.

—Tiene razón. Necesitas hacerlo. Vi al cerrajero afuera, ya casi termina.

Él señaló por la ventana de la oficina hacia una serie de corrales exteriores dispuestos en un patrón de cuadrícula en la parte trasera de la clínica. —Necesito revisar a los animales primero, los que están hospedados con nosotros esta semana, y luego me iré. Abriremos de nuevo mañana cuando las cosas se hayan calmado.

—Me mantendré en contacto, Scott. Sé que Barnes tendrá todo bajo control, pero ya sabes dónde encontrarme si necesitas algo.

—Gracias, Kay.

Después de asegurarse de que Stephanie planeaba irse al mismo tiempo que Scott, Kay regresó a su coche.

La furgoneta del cerrajero se había ido, y el nuevo

cristal que había sido instalado en la ventana del baño por el vidriero durante la noche brillaba con el pulido.

Abriendo la puerta del coche y apoyando su mano en el techo, recorrió con la mirada el edificio.

Adam había invertido tanto de su vida en la práctica, en los animales que trataba y en las personas con las que interactuaba cada día.

No era solo un trabajo para él.

Era una pasión, un llamado que no podía ignorar.

Ella no lo defraudaría, a pesar de que las probabilidades estaban en su contra.

Los robos en clínicas veterinarias eran demasiado comunes, y ella conocía al menos tres más en una División vecina en el último año.

Sin embargo, esta vez era diferente.

Esta vez, era personal.

Kay golpeó con el puño el techo del coche y maldijo en voz baja.

Haría todo lo posible para encontrar a los ladrones antes de que las drogas letales cobraran una víctima.

—Os atraparé por esto, malditos.

CAPÍTULO 5

Kay estaba de pie fuera de la sala de incidentes, con el corazón acelerado.

Más allá de la puerta cerrada, podía oír voces apagadas.

Miró su reloj.

La reunión informativa de la mañana estaría en pleno apogeo, y se esperaba que asistiera todo aquel que no estuviera de servicio o citado en el tribunal.

Miró por encima del hombro al oír pasos que se acercaban, luego se hizo a un lado cuando una asistente administrativa que reconoció de una investigación anterior le dedicó una leve sonrisa antes de apresurarse a entrar por la puerta, con un montón de documentos entre las manos.

Una voz retumbante ladró desde el interior, el familiar barítono del comisario Devon Sharp dando órdenes y organizando al equipo de investigación, lo que le proporcionó cierto consuelo.

Kay exhaló, agradecida de que su superior y mentor

hubiera viajado desde la sede central de Northfleet para estar allí.

Como comisario, se esperaba que estuviera disponible para gestionar los delitos más graves que se cometían en el condado, y su presencia la llenaba de alivio.

En casa, no había sabido qué hacer, las primeras horas del nuevo día se habían alargado mientras se revolvía bajo el edredón hasta que cayó en un sueño inquieto, antes de que la alarma la despertara.

Aquí, estaba entre amigos y colegas que harían todo lo posible por encontrar al hombre responsable de las lesiones de Adam y del robo de drogas.

Cuadró los hombros y empujó la puerta, notando la preocupación grabada en los rostros de sus colegas antes de colgar su chaqueta en el respaldo de su silla y dirigirse hacia la pizarra.

—¿Cómo está Adam? —Sharp rompió el silencio que llenaba el espacio mientras la asistente administrativa le entregaba un informe—. ¿Alguna novedad?

—Está fuera de peligro. Gracias, jefe —dijo, asintiendo al policía Dave Morrison cuando se levantó y le señaló su asiento junto a Laura. Al hundirse en él, oyó el suspiro de alivio que recorrió al grupo reunido—. Su médico nos dijo esta mañana que, siempre que no les dé motivos de preocupación en las próximas cuarenta y ocho horas, podrá volver a casa.

—Me alegro de oírlo —dijo Sharp. Sus ojos brillaron —. Supongo, entonces, que vamos a tener que aguantar que nos atosigues con nuestros progresos en este caso, ¿no?

—Si no te importa, jefe.

—No esperaba menos de ti. Hablaremos después de la

reunión. Bien, Gavin, te toca. ¿Qué has sacado de Adam esta mañana?

Kay abrió su libreta mientras su colega se colocaba delante de los oficiales reunidos y tomaba su lugar junto a Sharp.

—Jefe, Adam confirmó que estaba trabajando hasta tarde después de que la consulta cerrara por la tarde. Dijo que iba retrasado con el plazo de entrega de un artículo para una revista y quería enviarlo por correo electrónico al editor antes de irse por el día. —Gavin miró por encima del documento grapado a Kay y se encogió de hombros en señal de disculpa—. Dijo que a veces tiende a distraerse en casa.

Kay se sonrojó cuando una ola de risas recorrió a los oficiales reunidos antes de que se quedaran en silencio cuando Sharp los fulminó con la mirada.

—Adam dijo que su colega, Scott, se fue a las seis y media. Iba a estar de guardia esa noche, y Adam cerró las puertas delanteras mientras Scott salía del aparcamiento. Confirma que no vio a nadie acercarse al edificio, aunque el haz de las luces de seguridad de la fachada de la consulta solo llega hasta la mitad. —Gavin pasó la página—. Cree que si alguien se escondía en las sombras y no fue alcanzado por los faros del vehículo de Scott cuando salía, no los habría visto. Ya estaba demasiado oscuro.

—Hemos empezado con las imágenes de las cámaras de seguridad que nos dio Scott anoche —dijo Barnes—. Hasta ahora no tenemos nada, pero haré que alguien vuelva a examinar la grabación de esa hora centrándose en los bordes del aparcamiento por si ven algo que se nos haya escapado.

—Gracias, Barnes —dijo Sharp—. ¿Qué dijo Adam sobre el allanamiento y el ataque posterior, Gav?

—No los oyó acercarse. Cree que estaba escuchando música mientras trabajaba. Dijo que le ayuda a concentrarse. —Gavin bajó la mirada a la declaración—. Apenas se percató de que había alguien más allí cuando oyó que los zapatos de alguien chirriaban en el suelo embaldosado fuera de su despacho. Dijo que eso le asustó y bajó el volumen de la música de su portátil. Cuando se dio la vuelta en su asiento, había alguien de pie detrás de él con un pasamontañas en la cabeza sosteniendo lo que parecía el extremo roto de un taco de billar, la parte con el mango alrededor.

Kay tragó saliva, sintiendo que el color se le iba de la cara. Negó con la cabeza cuando Laura le puso la mano en el brazo y apretó la mandíbula mientras Gavin continuaba.

—Dijo que podía oír al hombre respirar con dificultad, como si se hubiera sorprendido de que Adam estuviera allí, pero cuando empezó a levantarse de su asiento y a preguntarle qué estaba haciendo, el hombre blandió el arma contra él y le dio en un lado de la cabeza. —Gavin bajó las páginas grapadas—. Sabe que se desplomó en el suelo, pero no recuerda nada después de eso, ni siquiera hasta que volvió en sí en el hospital. Ni siquiera recordaba que nosotros o los paramédicos le hubiéramos hablado anoche.

—¿Recuerda si había más de un intruso? —dijo Laura.

—Dijo que solo vio al tipo que lo golpeó y que no oyó a nadie más. Eso no significa que su atacante trabajara solo, por supuesto.

—Gracias, Gavin, y es un buen punto el que planteas.

—Sharp se aclaró la garganta cuando Gavin volvió a su asiento—. ¿Alguien tiene más información para confirmar cómo entró el intruso? ¿Ya ha llegado el informe forense preliminar?

—Todavía no, jefe —dijo la policía Debbie West—. Hablé con Harriet hace media hora y dice que está en su mesa para su revisión y firma esta mañana, así que se esforzará por enviarlo por correo electrónico antes del mediodía. Sin embargo, dice que Charlie confirma que utilizaron la pequeña ventana junto al baño para salir del edificio en lugar de arriesgarse a salir por la puerta principal una vez que tuvieron las llaves de Adam.

—Está apartado, así que había menos posibilidad de que los vieran —dijo Kay con voz entrecortada.

—Tiene sentido —convino Sharp—. Laura, ¿cómo vas con las grabaciones de las cámaras de videovigilancia de las carreteras que salen de la clínica?

La joven detective alzó la voz:

—Tenemos una lista de vehículos que usaron la carretera principal media hora antes y después del ataque, y hemos descartado los que pertenecen a los empleados de Adam. Seguiremos entrevistando a los dueños de todos los demás vehículos e identificaremos aquellos que creamos que debamos investigar si nos dan motivos de preocupación durante esas conversaciones. Hemos separado los vehículos comerciales obvios, como autobuses y furgonetas rotuladas por el momento, pero no los eliminaré por completo. No hasta que estemos seguros de que no están relacionados con el asalto.

—Avísame si necesitas más personal para eso, y pediré algunos favores a la central —dijo Sharp. Golpeó con los nudillos la pizarra—. Os recordaré a qué nos enfrentamos: algunas de las drogas más peligrosas utilizadas en procedimientos veterinarios, incluido el clorhidrato de ketamina. Quince mililitros de esa sustancia pueden dejar inconsciente a un caballo. Si eso llega a las calles antes de que atrapemos a los autores de este robo, la situación se pondrá muy fea por aquí.

El equipo de investigación guardó silencio mientras él caminaba por las delgadas baldosas de moqueta frente a ellos, y Kay se mordió el labio cuando se detuvo y los miró detenidamente.

—Dado que la clínica de Adam fue reabastecida recientemente con suministros de esas drogas, debemos asumir que este fue un ataque dirigido —dijo Sharp.

—Basándonos en eso, jefe —dijo Morrison—, ¿crees que los intrusos iban tras las drogas o fue algo más personal?

Kay se estremeció al recordar otro caso y otro peligroso criminal que había amenazado su seguridad y la de Adam.

—Eso es algo que tendremos que investigar como parte de nuestra pesquisa —dijo Sharp—. Pero lo que está claro es que alguien sabía cuál sería el momento más ventajoso para arriesgarse a entrar. Eso por sí solo me da motivos para creer que la clínica estuvo bajo vigilancia durante un tiempo.

—La clínica veterinaria tiene que mantener registros estrictos de cada droga peligrosa en el sitio, y dos veterinarios tienen que firmar cada vez que las sacan —dijo Kay—. Por lo que Scott me contaba antes, los ladrones se llevaron todo. Ayer por la tarde llegó un nuevo pedido que habría durado a la clínica un mes. Siempre guardan extra en caso de emergencias...

—Y si tenemos una gran cantidad de ketamina circulando rápidamente en el mercado local... —Sharp apoyó las manos en las caderas y se enfrentó al equipo— será como si estallara una bomba.

CAPÍTULO 6

—Kay, ¿puedo hablar contigo un momento?

Mientras el grupo se dispersaba de vuelta a sus escritorios o salía apresuradamente de la sala de incidentes con las tareas asignadas por Sharp, Kay siguió al comisario a una oficina lateral y cerró la puerta.

Un viejo escritorio de madera destartalado había sido abandonado en una esquina, con dos sillas colocadas una encima de la otra a su lado. Grandes cajas rectangulares de archivo habían sido apiladas a lo largo de una pared, todas etiquetadas y listas para ser transportadas a las oficinas del Servicio de Fiscalía de la Corona a medida que cada investigación completada llegara al sistema judicial.

—¿Aún no has reclamado esto para ti? —dijo Sharp con una sonrisa cómplice.

—Ya me conoces, jefe. Prefiero estar ahí fuera, en medio de la acción.

Él se rio entre dientes, luego se acercó al alféizar de la ventana y se apoyó en él. —Sabes lo que voy a decirte, ¿verdad?

Kay suspiró. —No quieres que me acerque a esta investigación.

—No es del todo correcto. Aunque necesito tus habilidades y conocimientos en este caso, no va a pasar el visto bueno de la comisario jefa si se entera de que estás en la lista. No con una conexión tan personal con el crimen.

—Aún puedo ayudar. Tras bastidores.

Sharp levantó una ceja. —¿Desde cuándo has sido capaz de quedarte tras bastidores?

—¿Quién está liderando la investigación?

—Barnes. Fue el oficial superior de investigación y el primero en la escena anoche, y es capaz. —Sharp entrecerró los ojos mirándola—. Pensé que si lo ponía a cargo, no te importaría que él tomara la iniciativa en esto en lugar de algún inspector desconocido de Northfleet.

—Es una buena elección, jefe. —Kay desvió la mirada. Tomó un respiro profundo antes de que su mirada encontrara a Sharp una vez más—. Pero seguro que agradecería un par de manos extra. Incluso si solo ayudara con algunas de las entrevistas, tal vez con algo del trabajo de análisis. Laura y Phillip necesitarán una mano con todo el metraje de videovigilancia que tienen que revisar, también.

—¿Y qué hay de Adam?

—Tengo que hacer algo, jefe. No me dejarán visitar el hospital fuera del horario normal de visitas, y si tengo que andar desanimada por casa, voy a estresarme pensando en lo que podría haberle pasado anoche, y si podría estar haciendo algo proactivo sobre la investigación en lugar de estar sentada sin hacer nada.

Los ojos de Sharp se suavizaron. —¿Qué pasará cuando vuelva a casa?

—Entonces hablaré con su médico para saber qué arreglos necesito hacer. Adam no irá a ninguna parte durante los próximos dos días, jefe, no hasta que sepan que no habrá complicaciones, y cuando llegue a casa puedo trabajar a distancia, ¿no? —Kay se levantó de la silla, uniéndose a él en la ventana con vistas al estacionamiento en la parte trasera de la comisaría. Tomando un respiro profundo, se abrazó el estómago y se volvió hacia Sharp —. Tengo miedo, jefe. Tengo miedo de que quien haya hecho esto se salga con la suya. Porque si lo hacen, lo harán de nuevo. Volverán, y atacarán el consultorio de Adam. Sabes tan bien como yo que eso es lo que sucede en casos como estos. Puede que no tenga tanta suerte la próxima vez.

Después de un momento, él inclinó la cabeza. —Le diré a la comisario jefa que estás trabajando en otra cosa, pero que tu nombre podría aparecer en algunos de los papeles sobre el allanamiento en el consultorio de Adam, dada tu conexión y que esperamos poder preguntarte sobre la distribución del lugar y otros asuntos de vez en cuando. Eso es todo lo que estoy dispuesto a ceder, Kay.

—Gracias, jefe. —Ella sonrió—. Y no te preocupes, no le daré ningún motivo para sospechar que estoy involucrada en la investigación.

El comisario puso los ojos en blanco mientras se alejaba del alféizar. —Más te vale. Muy bien, vamos a buscar a Barnes antes de que vuelvas al hospital esta tarde. Iba a hablar con algunas de las organizaciones benéficas locales contra las drogas para pedirles que estén atentos a cualquier nuevo suministro que esté disponible; no creo que se haya ido todavía.

Barnes estaba apoyado en un escritorio frente a la puerta cuando Sharp la abrió, con los brazos cruzados y una sonrisa de oreja a oreja mientras Kay salía.

—Te dije que no aceptaría un no por respuesta, jefe.

CAPÍTULO 7

Gavin tiró del freno de mano antes de apoyar la mano en el volante mientras miraba a través del parabrisas el edificio de poca altura frente a él.

Cerró los ojos por un momento, sintiendo cómo un cansancio profundo se filtraba en su cuerpo a pesar de la lata de bebida energética medio vacía en el portavasos a su lado.

Después de llevar a Kay al hospital la noche anterior, había esperado mientras ella primero hablaba con el médico asignado a Adam y luego desaparecía en las entrañas del hospital para ver a su pareja.

Dos horas más tarde, había salido con los ojos cansados y pálida.

Habían regresado a Maidstone en silencio, Kay se quedó dormida para cuando pasaron la salida del castillo de Leeds, y cuando se detuvo en su entrada, ella salió tambaleándose del coche, agradeciéndole profusamente.

A las dos de la mañana finalmente llegó a casa, despertándose escasas horas después para asegurarse de llegar a la sala de incidentes listo para comenzar la investigación.

No esperaba que le dijeran que la cogestionaría.

Su pecho se tensó ante la idea.

Por supuesto, sabía que podría buscar orientación de Kay o Barnes cuando lo necesitara, pero con las instrucciones de Sharp de que Kay debía ser marginada de la investigación en su mayor parte, la responsabilidad pesaba sobre él.

También sabía que las probabilidades estaban en su contra.

Los robos como el de la clínica de Adam se estaban volviendo cada vez más frecuentes a medida que aumentaba la demanda de drogas baratas y los suministros de los narcotraficantes desde Europa se estrangulaban, irónicamente por la misma burocracia que ataba muchas de las importaciones menos nefastas del país ahora que ya no formaba parte de un mercado común.

Sacudió la cabeza, abrió los ojos y dio un último trago a la lata de refresco antes de abrir la puerta de un empujón y salir.

Un letrero sobre la entrada peatonal a la izquierda de la parte del almacén de la unidad era ambiguo por naturaleza, y mientras se detenía debajo para presionar el botón en un panel de seguridad, Gavin se dio cuenta de que nada en el lugar daba indicación alguna de su propósito.

Un crujido lleno de estática sonó a través del altavoz sobre el botón de llamada y la voz de un hombre se filtró.

—¿Puedo ayudarle?

—Agente Gavin Piper, vengo a ver a Marion Blanchett.

—Gracias, por favor empuje la puerta cuando escuche el zumbido y siga el pasillo hasta la recepción.

Gavin hizo lo que la voz le indicó, la puerta se cerró con un susurro tras él.

Sus zapatos resonaron en el suelo de baldosas mientras avanzaba por el corredor, y disminuyó la velocidad para observar los diversos artículos de prensa y premios enmarcados y colgados en las paredes.

Después de un momento, emergió en un área de recepción brillantemente iluminada que abrazaba una escalera central que se enroscaba hacia arriba hasta un nivel de oficinas en mezzanina abierto.

Un hombre miró por encima de la pantalla de un ordenador y le hizo señas para que se acercara. —Detective Piper, si pudiera firmar el registro de visitantes, le avisaré a la Sra. Blanchett que está aquí.

Gavin firmó la página con un floreo, anotó la hora junto a su firma y tomó el pase de seguridad que el recepcionista le tendió.

—¿Nos encontró sin problemas? —dijo.

—Admito que me perdí y tomé un giro equivocado —dijo Gavin con una sonrisa tímida—. Este lugar es difícil de encontrar.

—Esa es la idea, detective Piper, dado el tipo de drogas que desarrollamos y producimos.

Se volvió al sonido de la voz para ver a una mujer en un traje pantalón color peltre descendiendo las escaleras hacia él.

Extendió su mano en saludo mientras cruzaba el área de recepción, su apretón cálido y firme.

—Soy Marion Blanchett, CEO.

—Gracias por su tiempo esta mañana, Sra. Blanchett.

—Marion, por favor. ¿Me acompaña? Podemos hablar en la sala de conferencias. ¿Té o café?

—Estoy bien, gracias.

—De acuerdo, bien. Peter, ¿podrías retener todas mis llamadas para esta mañana? —dijo, mirando al hombre detrás del mostrador de recepción—. Tengo algo de papeleo que necesito revisar después de mi reunión.

El recepcionista levantó la mano en señal de reconocimiento antes de que Gavin se girara para seguir a la CEO escaleras arriba y a través de un conjunto de puertas dobles.

La sala de conferencias contenía una gran mesa ovalada de vidrio y metal que podía sentar a doce personas, y una variedad de equipos de videoconferencia a lo largo de una pared que incluía la pantalla de televisión más grande que jamás había visto.

Marion lo vio mirando y sonrió. —Tenemos ocho miembros de la junta y cuatro ejecutivos, incluyéndome, así que si incluso la mitad de nosotros está llamando remotamente, puede volverse un poco abarrotado en una pantalla pequeña. Por favor, tome asiento.

Gavin se hundió en una de las lujosas sillas de cuero más cercanas a él y sacó su libreta y bolígrafo del bolsillo de su chaqueta. —Gracias por recibirme con tan poca antelación.

—No hay problema. —Marion se movió alrededor de la mesa hasta quedar frente a él, luego se sentó y juntó las manos frente a ella—. ¿Dijo que esto era con respecto a un robo en una clínica veterinaria anoche?

—Un allanamiento, sí. El propietario, Adam Turner,

resultó herido y actualmente está en el hospital con lesiones en la cabeza. —Gavin hizo una pausa, escribió la fecha en la parte superior de una página nueva y luego levantó la cabeza—. Tiene suerte, no son potencialmente mortales.

Marion exhaló. —Es bueno oír eso. Sin embargo, ¿cómo está involucrada mi empresa?

—Según los registros que nos dieron, la mayoría de las drogas tomadas fueron suministradas por ustedes. Estamos interesados en saber si su conductor de reparto fue monitoreado antes de ir a la clínica ayer por la tarde.

—¿Cree que el robo fue planeado para coincidir con una nueva entrega?

—Esa es una de nuestras líneas de investigación, sí.

La CEO se reclinó en su silla y pasó un dedo por el planificador de escritorio de cuero frente a ella. —Ese es un pensamiento preocupante, detective.

—¿Qué empresa utiliza para las entregas?

—No utilizamos ninguna… solíamos hacerlo, pero los costos involucrados se volvieron demasiado altos, así que hace unos cuatro años comenzamos a emplear a nuestros propios conductores. Tenemos ocho de ellos que atienden el área local y llegan hasta Hampshire en el oeste y Bedfordshire hacia el norte. Todos esos conductores están sujetos a verificaciones policiales antes de su empleo y también realizamos controles regulares de drogas y alcohol para todo nuestro personal aquí.

—¿Alguna vez han tenido un robo de uno de sus vehículos en el pasado? No pude encontrar nada en el sistema.

Marion negó con la cabeza.

—No, nunca lo hemos tenido. Es prácticamente imposible. ¿Ha visto los vehículos que se usan para entregar dinero en efectivo a los bancos?

Gavin asintió.

—Bueno, los nuestros están diseñados de la misma manera, excepto que a diferencia de las compañías de seguridad, no tenemos nuestro logo en el costado. De esa manera, los vehículos no destacan cuando están estacionados fuera de las clínicas veterinarias. —Marion se reclinó en su asiento, entusiasmándose con el tema—. También equipamos los vehículos con cámaras de vigilancia y un botón de llamada de emergencia. Ha habido demasiados casos de secuestros de entregas como las nuestras en los últimos años como para que corramos riesgos.

Después de actualizar sus notas, Gavin frunció el ceño.

—¿Qué capturan esas cámaras de vigilancia? Es decir, ¿detectarían un vehículo que los estuviera siguiendo?

—Lo harían. Una de las cámaras está fijada en la parte trasera del vehículo, muy parecida a una cámara de marcha atrás en un coche familiar normal. Hay otra en la parte de atrás, donde se guardan los medicamentos en un ambiente con temperatura controlada.

—¿Sería posible que nos proporcionaran copias de las grabaciones de los vehículos utilizados para hacer entregas a Turner's Veterinary Practice durante, digamos, los últimos dos meses?

—No veo por qué no. Tendré que pedirle a nuestro gerente de IT que lo organice, pero me imagino que podríamos tener algo para usted a finales de esta semana. —Marion suspiró—. Honestamente, haremos cualquier cosa que podamos para ayudarle, detective. Este tipo de robos se están volviendo cada vez más frecuentes, y es solo cuestión de tiempo antes de que alguien muera, ¿no es así?

Gavin cerró de golpe su libreta y se puso de pie.

—Desafortunadamente, creo que tiene razón. Es por eso que estamos decididos a detener a quien esté haciendo esto y arrestar a quien agredió a Adam.

CAPÍTULO 8

Kay se detuvo junto a la entrada de la sala principal del hospital, se echó gel antiséptico de un dispensador fijado a la pared y se lo frotó en las manos mientras miraba a través de los paneles de cristal incrustados en las gruesas puertas dobles.

La habitación estaba dividida en dos filas de camas a ambos lados de un pasillo central embaldosado, a lo largo del cual tres enfermeras caminaban con determinación entre sus pacientes. Las persianas de las ventanas del fondo estaban bajadas, ocultando un cielo nocturno cubierto de nubes y una fuerte lluvia.

A mitad de camino de la fila izquierda de seis camas, un juego portátil de cortinas azules estaba colocado alrededor de uno de los pacientes, ocultándolo de la vista.

Cuando Kay empujó la puerta para abrirla, una de las enfermeras levantó la mirada de su conversación con una mujer mayor en una cama a la derecha de Kay.

—Estoy buscando a Adam Turner —murmuró.

—Cuarta cama a la izquierda —fue la respuesta antes de que la enfermera volviera su atención a su paciente.

Kay le dio las gracias y caminó el corto tramo de baldosas hasta la cama rodeada de cortinas.

Una doctora salió de detrás de las cortinas y habló con la enfermera más cercana, ambas mujeres con las cabezas inclinadas mientras susurraban.

—¿Está todo bien? —dijo Kay al acercarse.

Reconoció a la doctora como una de las que había tratado a Adam la noche anterior y reprimió el aumento de su ritmo cardíaco cuando la mujer se volvió hacia ella.

—Señora Turner…

—Hunter.

—Señorita Hunter, me alegro de verla. —La doctora sonrió—. No hay nada de qué preocuparse. Adam muestra buenos signos de recuperación de su trauma craneal, aunque sufre episodios de náuseas. Lo estamos vigilando de cerca, y estoy satisfecha con los resultados de las pruebas de esta tarde. Lo mantenemos hidratado por el momento hasta que pueda tolerar algo de comida, y tiene analgésicos para ayudar con sus dolores de cabeza también.

Kay exhaló, liberando parte del estrés que se acumulaba en su pecho y hombros. —¿Está bien si lo veo?

—Por supuesto. —La doctora se hizo a un lado y apartó el borde de la cortina—. Mis colegas están justo afuera si los necesita.

—Gracias.

Adam estaba recostado en la cama con los brazos sobre la manta y la sábana que lo cubrían, sus brazos desnudos sobresaliendo de una bata de hospital blanca con un patrón de lunares. Un tubo de plástico sobresalía del dorso de su mano izquierda, y un pequeño apósito adhesivo cubría el sitio de la inyección.

A su lado, un líquido transparente colgaba de un gancho unido a un marco de acero inoxidable mientras el líquido goteaba por una línea de plástico y entraba en el tubo.

Los moretones cubrían el lado derecho de su cara, feos tonos púrpura y rojos que se extendían sobre su cuenca del ojo y la línea de la mandíbula. Más moretones se extendían desde debajo de la cinta quirúrgica que cubría el puente de su nariz. Su párpado derecho caía, pero no lo suficiente como para cubrir el iris verde veteado de sangre que la miraba.

Guiñó el ojo izquierdo y luego hizo una mueca.

—Ay.

—Adam...

Kay corrió hacia la cama mientras él extendía su mano derecha, agarró sus dedos entre los suyos y la atrajo hacia él.

—Estoy mejor que anoche. No llores.

Ella sorbió y parpadeó para contener las lágrimas.

Ira, frustración, miedo... todo lo que había estado reprimiendo frente a sus colegas durante todo el día se acercó a la superficie y amenazó con abrumarla mientras le acariciaba el cabello.

—¿Me están diciendo la verdad? ¿Vas a estar bien?

Él asintió, reprimiendo un grito y cerró los ojos. —Lo estaré, si puedo recordar no hacer movimientos bruscos.

—La doctora dijo que te sientes mal.

Logró sonreír. —No te preocupes, estoy seguro de que

estaré comiendo como un caballo en unos días. —Abrió los ojos y le apretó la mano—. Es una conmoción cerebral. Al parecer, ocurre cuando te golpean en la cabeza y luego te estrellas la cara contra el suelo de tu oficina.

—Gavin dijo que le contaste esta mañana que no los oíste entrar.

—No, pero tenía música puesta en ese momento. Pensé que me ayudaría a concentrarme mejor. La bajé cuando… no sé, como que sentí que algo no estaba bien. Creí oír algo, porque luego escuché movimiento detrás de mí. —Bajó la mirada—. No puedo recordar nada más.

—Eso es natural, dado lo que has pasado.

Kay le dio un momento, sabiendo por experiencia que las víctimas de trauma necesitaban tiempo para procesar lo que les había sucedido, pero luchando contra una abrumadora sensación de ira porque le hubiera pasado a Adam, de entre todas las personas.

Él era la persona más gentil que jamás había conocido, siempre poniendo primero a los animales bajo su cuidado, y tratándolos a ellos y a sus dueños con dignidad. En casa, era una pareja amorosa, su roca, su confidente.

—Voy a encontrar a quien te hizo esto. —Apretó los dientes—. Y cuando lo haga, les haré pagar por esto.

Él extendió la mano y le inclinó la barbilla para poder mirarla a los ojos. —No te pongas en peligro, Kay. No sé qué haría sin ti.

—No lo haré.

—Prométemelo.

—Lo prometo. —Ella jugueteó con un hilo suelto de la manta a su lado—. Fui a ver a Scott esta mañana.

Stephanie dijo que se había quedado en la clínica toda la noche. Ella también. Planean reabrir mañana.

Adam se recostó contra su almohada, su párpado derecho cayendo. —Dios, de todas las semanas. Tuvimos tantas emergencias ayer que ya estábamos atrasados con todo lo demás. Y ahora esto.

Kay pasó sus dedos por el dorso de su brazo. —Parecían tener todo bajo control. Stephanie pidió algunos favores a otras clínicas para el trabajo no urgente, y había un cerrajero trabajando mientras yo estaba allí. Hice que viniera a cambiar las cerraduras de la casa también antes de venir aquí, por si acaso.

—Tendré que hablar con Scott y revisar las citas del resto del mes con él. —Adam intentó incorporarse, luego se puso pálido—. Oh, eso no está bien.

La cortina se abrió y una enfermera se asomó. —¿Todavía se siente mal?

—Sí —murmuró.

—Más descanso —dijo ella, sus movimientos eficientes mientras apartaba la cortina y se dirigía a la bolsa de líquidos, comprobando el contenido antes de volverse hacia ambos. Dirigió una mirada penetrante a Kay—. *Mucho* descanso.

—Ya me voy —dijo Kay, poniéndose de pie mientras apretaba los dedos de Adam una vez más.

—Dile a Scott que me llame. —Adam le apretó la mano—. Repasaremos las citas juntos y podré echarle una mano a partir de la semana que viene. De todos modos, debería salir de aquí pasado mañana.

La enfermera soltó una risa sin gracia.

—No va a volver al trabajo por lo menos en dos

semanas. Cuando salga por esas puertas, Adam Turner, no quiero volver a verlo por aquí, ¿me ha entendido?

Kay le dirigió una sonrisa agradecida mientras la mirada de Adam iba de ella a la enfermera y de vuelta.

—Parece que no tengo elección —dijo él—. Estoy en desventaja, ¿no?

CAPÍTULO 9

Margaret Swinton se dirigió con paso firme hacia las máquinas de pago al final del centro comercial, con la mandíbula tensa.

Una música alegre y ruidosa sonaba a través de los altavoces sobre su cabeza, alterando sus nervios ya crispados.

Al unirse a la fila para pagar el estacionamiento, fulminó con la mirada a un niño pequeño que lloraba junto a su madre agobiada, luego metió la mano en su bolso y sacó su ticket.

Frunció el ceño, su resentimiento por el aumento de las tarifas establecidas por el ayuntamiento esa semana se sumaba a la creciente ira que le oprimía el pecho cuando se dio cuenta de que solo una de las dos máquinas de estacionamiento funcionaba, y que aún no había instalado la aplicación de estacionamiento en su móvil como le había sugerido su marido.

No sabía qué le iba a decir cuando llegara a casa, pero sabía que no se arrepentiría de haberle dicho al estirado abogado para el que había trabajado estos últimos ocho años dónde podía meterse su trabajo.

Especialmente después de ascender a una joven y presumida asistente administrativa al puesto de su secretaria personal, a pesar de su falta de experiencia, y a pesar de que Margaret había desempeñado el cargo durante los últimos seis meses después de que la anterior renunciara.

Incluso entonces, tuvo la decencia de esperar hasta que todos los demás se fueran de la oficina por el día antes de enfrentarse a él, por si acaso cambiaba de opinión.

No lo hizo, y por eso eran las seis y media cuando finalmente salió.

Para siempre.

Las personas frente a ella avanzaron, y exhaló cuando el niño pequeño y su madre desaparecieron por la puerta de salida de emergencia que conducía a los ascensores, el berrinche del niño haciendo eco en las paredes de concreto.

Miró su reloj.

Casi las siete, y todos los niveles del estacionamiento, excepto la azotea, estarían cerrando por la noche.

El hombre frente a ella forcejeó con el cambio suelto, dejando caer monedas al suelo de baldosas con un tintineo. Margaret se agachó para recoger las dos monedas de dos libras que rodaron cerca de sus pies, y se las entregó con un suspiro exasperado.

La sonrisa del hombre se desvaneció, las palabras de agradecimiento murieron en sus labios ante la mirada fulminante que ella le dio.

Finalmente, era su turno.

Unos cuantos toques a los botones y había terminado, preguntándose por qué a los demás les llevaba tanto tiempo realizar una transacción tan simple mientras ella se apresuraba hacia las puertas de los ascensores.

Su corazón se hundió cuando entró en el amplio pasillo y vio a la madre y al niño pequeño que esperaban junto a otras dos personas con carritos de compras y bolsas cargadas.

—Uno de los ascensores está fuera de servicio —dijo un hombre cerca de ella, y sonrió disculpándose como si fuera su culpa.

Margaret lo fulminó con la mirada, luego pasó empujando e ignoró los gruñidos de sorpresa y los comentarios murmurados mientras se abría paso a codazos hacia las escaleras.

—A algunos de ustedes les vendría bien hacer ejercicio —espetó.

Sus labios se curvaron al ver el chicle pegado al final del pasamanos antes de comenzar a subir, arrugando la nariz ante el abrumador hedor a lejía que impregnaba la escalera.

Solo eran cinco pisos hasta donde su coche esperaba en la azotea.

Cuando Margaret llegó al piso superior, el sudor le picaba bajo las tiras del sujetador y respiraba con dificultad.

Los espacios de estacionamiento de la azotea estaban mayormente vacíos en el extremo más alejado, ya que la mayoría de los conductores se habían ido hace una hora más o menos, y cualquier cliente del gimnasio de abajo prefería agruparse cerca de los ascensores.

Una niebla fría se arrastraba por la superficie de concreto, envolviendo carritos de compras abandonados y cubriendo sus hombros con finas gotas.

Miró con enojo el contorno de su coche en la distancia, lamentando el hecho de que se había quedado atrapada en el tráfico de la mañana y no había podido estacionar en su espacio habitual en el segundo piso.

Un ceño fruncido surcó su frente mientras se acercaba, su paso disminuyendo al darse cuenta de que alguien estaba de pie junto a la puerta del conductor, de espaldas a ella.

Se detuvo, rebuscó en su bolso las llaves y cerró el puño alrededor de ellas.

Jim le había dicho que una buena táctica de autodefensa era sostenerlas con las llaves sobresaliendo entre los nudillos, a pesar del riesgo de que pudiera romperse los dedos si intentaba golpear a alguien así.

No obstante, una audacia se apoderó de ella mientras caminaba hacia su coche.

—¿Puedo ayudarle? —gritó.

Más cerca ahora, vio que la figura era una mujer, una cosa delgada cuyo contorno aumentaba y disminuía en la niebla arremolinada.

Quienquiera que fuera, no se dio la vuelta y Margaret se preguntó por un momento si la niebla había amortiguado sus palabras.

Todavía había al menos cincuenta metros entre ellas, y cuando llegó a una bahía de carritos almacenados en una fila ordenada, alzó la voz.

—¿Qué está haciendo?

El cabello de la mujer estaba mojado, pegado a la

delgada camisa que llevaba. Su mano izquierda descansaba sobre un pequeño bolso de cuero, cuya correa cruzaba su cuerpo enfatizando su cintura y hombros delgados.

Entonces su cabeza se crispó como si hubiera despertado de un sueño.

Se tambaleó contra el coche y luego tropezó hacia el parapeto de concreto que recorría la longitud de la azotea.

Margaret se quedó paralizada, con la garganta seca.

¿Qué está haciendo?

La mujer extendió la mano hacia la valla de seguridad de malla metálica, el resplandor de las farolas de abajo iluminando su falda manchada y sus pies descalzos.

Se había ensuciado en algún momento pero parecía ajena a ello mientras se arrastraba hacia arriba.

La brisa atrapó su cabello rubio desgreñado, ocultando su rostro mientras se arrastraba sobre la malla y luego extendía los brazos.

Margaret comenzó a correr.

—¡No, no, espere, no lo haga!

Corrió, sus gritos resonando en el aire nocturno antes de que el cuerpo de la mujer se precipitara por el borde.

CAPÍTULO 10

Ian Barnes garabateó su nombre en un portapapeles que sostenía una policía uniformada, luego bajó la cabeza bajo la cinta de la escena del crimen que ella levantó.

El cordón de plástico azul y blanco volvió a su lugar con un chasquido mientras él se apresuraba hacia la base del estacionamiento de varios pisos.

Un pequeño grupo de oficiales uniformados e investigadores forenses vestidos con trajes protectores se movían de un lado a otro junto a una carpa blanca, cuyo contorno destacaba contra la penumbra de un callejón de servicio del centro comercial.

La niebla anterior se había convertido en llovizna, una fina lluvia que se adhería a sus pantalones y corría en riachuelos sobre los hombros de su chaqueta impermeable.

Divisó a Laura hablando con el policía Aaron Stewart y se dirigió hacia donde estaban parados junto a un segundo cordón que los separaba de la carpa blanca.

—¿Qué ha pasado? —dijo al acercarse.

En respuesta, Laura señaló hacia el nivel superior del

estacionamiento y miró desde debajo de la capucha de su abrigo. —Una mujer cayó desde la azotea.

—¿Sospechoso o un suicidio?

—No creemos que haya habido participación de nadie más, oficial…

—¿Pero?

—Hubo un testigo que dice que cree que la víctima podría haber estado drogada o algo así.

—Maldita sea. —Barnes estiró el cuello hacia la azotea y vio a dos investigadores forenses trabajando junto al parapeto de concreto—. ¿Qué sabemos de la víctima? ¿Algo?

—Llevaba un pequeño bolso cruzado —dijo Stewart—. El tipo de cosa que mis hijas llevan a conciertos o cuando salen de fiesta. La mayor parte del contenido se desparramó cuando golpeó el suelo, así que el equipo de Harriet está buscando cualquier cosa que pueda estar relacionada con ella. —Arrugó la nariz—. Hay tanta basura y porquería aquí abajo que está llevando tiempo. Sin embargo, encontramos una cartera con una licencia de conducir. Su nombre es Felicity Gregor. Vive en Wrotham Heath.

—Mierda. —Barnes bajó la mirada, frunciendo el ceño.

—¿La conoces, oficial? —dijo Laura.

—Sé quién es. Su padre es Peter Gregor. Es el tipo que se rumorea que lanzará su campaña el próximo mes para ser elegido el próximo comisionado de policía y crimen.

—Oh. —Frunció el ceño.

—Te advierto, Hanway, esto podría volverse político. —Se volvió hacia Stewart—. ¿Qué edad tenía?

—Según su licencia de conducir, tenía veintidós años, oficial.

—¿Alguien ha hablado con los familiares más cercanos?

—He enviado a dos oficiales a la dirección hace cinco minutos, oficial. Hablarán con los padres si están allí; de lo contrario, me informarán y trataremos de localizarlos antes de que los medios se enteren de esto.

—Gracias, Aaron. ¿Qué hay del testigo?

Laura abrió su libreta. —Margaret Swinton. Cincuenta y tres años, vive en Otham. Se quedó hasta tarde en el trabajo y regresaba a su coche cuando vio a la víctima de pie junto a él. Dice que le gritó, pensando que estaba tratando de forzarlo. Dice que la mujer se alejó de ella, trepó el parapeto y simplemente… bueno, simplemente se lanzó al vacío.

Barnes tragó saliva. —¿No hubo oportunidad de disuadirla?

—No parece que la hubiera, oficial. No tuvo oportunidad. En un momento, la mujer estaba trepando la valla de seguridad; al siguiente, había desaparecido.

—¿Y está segura de que se lanzó sin decir nada?

—Si lo hizo, oficial, la señora Swinton no lo oyó.

—¿Qué hay de una nota de suicidio? ¿Algo?

—Nada allá arriba. —Stewart señaló con el pulgar hacia el estacionamiento en la azotea—. Aunque podría haberse volado con este clima.

—El equipo de Harriet tampoco ha encontrado una nota cerca del cuerpo —añadió Laura.

Se giró cuando la solapa de la carpa se agitó y el

patólogo forense del Ministerio del Interior emergió, bajándose la mascarilla después de pasar el cordón.

—Organizaré la autopsia para mañana por la mañana —dijo Lucas Anderson a modo de saludo—. Podríamos deducir qué tomó, si es que tomó algo.

—¿Cuáles son las probabilidades de eso? —dijo Barnes—. Algunas de las drogas que circulan hoy en día pueden desaparecer en cuestión de horas.

El patólogo se encogió de hombros. —Solo puedo hacer mi mejor esfuerzo, Ian. Te advierto desde ahora, los resultados de laboratorio están atrasados por semanas también.

Barnes gimió.

—¡Ian!

Se volvió al oír la voz y vio a Harriet saliendo de la carpa.

La jefa de investigación de la escena del crimen se acercó al cordón y levantó una pequeña bolsa de plástico sellada en sus manos enguantadas.

Un polvo de color pálido estaba sellado en su interior, manchado en una esquina.

—¿Dónde encontraste eso? —dijo Barnes.

—Escondido en su sujetador. —Harriet giró la bolsa entre sus dedos.

Laura dio un paso atrás y miró hacia el parapeto. —Así que después de todo, podría haber estado drogada hasta las cejas cuando se lanzó.

—Bien, Aaron, registra eso como evidencia. Hasta que tengamos confirmación de qué es esta sustancia, entrevistaremos a todos los conocidos de Felicity, compañeros de trabajo, familia, a todos. Uno de ellos podría decirnos dónde compró esta cosa. —Barnes hizo un gesto con la barbilla hacia Laura—. ¿Alguien ha revisado sus perfiles de redes sociales?

Ella levantó su móvil en respuesta. —La mayoría de sus cuentas están configuradas como privadas, excepto esta: parece que está involucrada en algún tipo de negocio de diseño de interiores.

Barnes entrecerró los ojos ante la cuadrícula de fotografías que mostraban habitaciones artísticamente arregladas y resopló. —Por la mañana, encárgate de obtener acceso a todos sus otros perfiles y averigua qué tanta participación tiene en esta cuenta. Haz que Andy Grey, de forense digital, se involucre en eso; vamos a estar bastante ocupados como están las cosas.

—Lo haré, oficial. —Laura guardó su móvil y luego observó mientras dos hombres entraban en la carpa blanca llevando una camilla—. Qué desperdicio de una vida.

Barnes miró el rostro pálido y roto de la mujer que yacía sobre el concreto dentro de la solapa de la carpa y suspiró.

—No te equivocas, Hanway. Tal vez podamos averiguar dónde todo salió mal para ella.

CAPÍTULO 11

Cuando Kay entró en la sala de incidentes a la mañana siguiente, se sorprendió por la cantidad de policías presentes.

—¿Todo esto por un robo, Ian? —dijo mientras encendía su ordenador y se sentaba frente a Barnes.

Él la miró por encima de sus gafas de lectura y le entregó un informe grapado.

—Ya quisieras. No, una mujer cayó desde lo alto del aparcamiento de varias plantas anoche. Resulta que era la hija de Peter Gregor, Felicity.

—Mierda. —Kay le arrebató el informe de la mano y escaneó las páginas—. ¿Se lo han comunicado?

—Harry Davis le dio la noticia a él y a su esposa justo antes de las diez de anoche. Los localizó en una cena privada en el club de golf de Gregor.

—¿Sharp lo sabe?

—Lo llamé en cuanto supimos quién era —dijo—. Llamó hace diez minutos para decir que el tráfico desde Gravesend está horrible, pero quiere asistir a la reunión informativa de esta mañana, así que solo lo estamos esperando para empezar.

—¿Qué pasó?

Frunció el ceño mientras Barnes la ponía al día mientras ella leía el informe. Cuando terminó, negó con la cabeza con un suspiro y se lo devolvió.

—¿Alguna idea de lo que tomó?

—Aún no. La autopsia está programada para la una de hoy, así que tal vez tengamos más noticias después de eso.

Kay miró los correos electrónicos en su pantalla, se mordió el labio y luego se decidió.

—¿Te importa si te acompaño a la autopsia? Quizás tenga algunas ideas sobre lo que Lucas descubra.

—Por supuesto. Harriet encontró un paquete de polvo escondido en el sujetador de Felicity, así que tendrán que hacer las pruebas habituales para confirmar qué es si Lucas no puede decirnos.

—Eso podría llevar un tiempo.

—Eso dijo ella, aunque no puedo evitar pensar que una vez que Gregor contacte al jefe de policía esta mañana, nos dirán que hagamos todo lo posible para averiguar qué es y de dónde vinieron esas drogas.

—Me lo imagino. —Kay miró por encima del hombro cuando la puerta de la sala de incidentes se abrió de golpe y Sharp entró a zancadas, con la atención puesta en su teléfono móvil mientras miraba fijamente la pantalla.

—Buenos días, jefe —dijo Barnes.

—Ian, Kay. —Sharp guardó su móvil en el bolsillo de la chaqueta y levantó el mentón hacia el papeleo esparcido por el escritorio del oficial—. Ya he tenido a la comisario jefa al teléfono dos veces esta mañana, y ella y el jefe de policía esperan una actualización cuando regrese a Northfleet esta mañana. ¿Comenzamos la reunión?

—Sí, jefe.

Kay siguió a los dos hombres hasta una segunda pizarra que alguien había instalado en la parte delantera de la sala de incidentes, y se mordió el labio al notar que la pizarra relacionada con el robo en la clínica veterinaria había sido apartada a un lado.

Era el equilibrio natural de las investigaciones, nada más, pero su promesa a Adam la noche anterior le remordía la conciencia.

Si todo el equipo ahora centraba su atención en la muerte de Felicity porque su padre era un candidato político que determinaría el futuro de todos ellos si era electo en unos años, entonces cualquier impulso que llevara al arresto del ladrón de ketamina se perdería rápidamente.

La voz de Sharp interrumpió sus pensamientos y se apoyó contra la pared junto a Gavin mientras comenzaba la reunión.

—¿Qué tipo de progreso ha habido desde que hablamos anoche, Ian?

—Andy Grey y su equipo de forense digital nos han proporcionado una lista de amigos de las cuentas de redes sociales de Felicity. Su portátil todavía estaba en casa de sus padres y lo entregaron anoche —dijo Barnes—. Comenzaremos entrevistando a los que parecen haberla conocido durante más tiempo, bajo la premisa de que es menos probable que sean solo conocidos ocasionales. De esa manera, podrían arrojar algo de luz sobre cómo se involucró con las drogas.

—A menos que uno de ellos sea la persona que se las suministró —dijo Sharp—. Ten cuidado, Ian, sabes tan bien como yo que te mentirán descaradamente si creen que eso les evitará antecedentes penales. ¿Qué hay de las pruebas toxicológicas?

—Podría pasar un tiempo antes de que obtengamos los resultados, jefe, a menos que…

—Entendido. Lo escalaré y veré qué favores puedo pedir para que esas pruebas se hagan antes.

—Gracias, jefe.

Sharp señaló la segunda pizarra.

—¿Cómo vamos con el robo en la clínica veterinaria?

Gavin levantó la mano.

—Jefe, hablé con la directora general de la empresa farmacéutica ayer, y está organizando el envío de las imágenes de las cámaras de videovigilancia de los vehículos que hicieron entregas en la clínica de Adam en los dos meses previos al robo. De esa manera, espero que podamos ver si hay alguna indicación de que los vehículos fueron seguidos para tener una idea de los hábitos del conductor. —Hizo una pausa y señaló con el pulgar hacia Laura—. Volveremos a examinar las imágenes de las cámaras esta mañana. Hasta ahora, hemos eliminado a todos los que Scott y Stephanie han identificado como clientes conocidos; muchas de estas personas han estado volviendo a la clínica veterinaria durante años con sus mascotas, así que ha reducido un poco la lista.

—¿Cuántos nombres más tenéis que revisar?

—Unos veinticinco, jefe, incluidos los que entraron sin cita en las últimas tres semanas, personas cuyos perros se enfermaron mientras estaban de vacaciones en la zona, ese tipo de cosas. Organizaremos con los agentes uniformados para que llamen hoy a cualquiera que viva fuera del área para reducir aún más la lista, luego comenzaremos a entrevistar a los restantes lo antes posible.

Kay exhaló y le dirigió una sonrisa a su colega, agradecida de que estuviera asumiendo el papel de oficial superior de investigación para el robo de la clínica veterinaria mientras Barnes se centraba en la muerte de Felicity.

Gavin le guiñó un ojo cuando la miró, luego volvió su atención a Sharp mientras este cedía la reunión a Barnes.

—Bien, tareas para hoy en el caso de Felicity Gregor —dijo el oficial, recorriendo con la mirada el cronograma de la base de datos HOLMES2—. Dave y Phillip, ¿podríais comenzar con los correos electrónicos que Andy ha enviado? Marcad cualquier cosa que merezca una mirada más cercana y seguiremos desde allí. Laura, por favor, ¿podrías trabajar con los agentes uniformados y hablar con los amigos de Felicity de la lista que hemos hecho? La mayoría son locales, y parece que ha conocido a dos o tres de ellos desde que dejó la escuela.

Barnes hizo una pausa y dobló el cronograma por la mitad.

—Entrevistaré a Peter Gregor y a su esposa con Kay esta mañana antes de la autopsia para averiguar qué podrían saber sobre los amigos y conocidos de Felicity, con el objetivo de determinar dónde podría haber obtenido las drogas y si notaron algún cambio en su hija en los últimos días.

Kay asintió en respuesta, agradecida de que ahora tuviera algo que hacer en lugar de preocuparse por lo que estaba pasando con la investigación del robo de la que había sido apartada.

Mientras Barnes se abría paso entre el grupo de oficiales reunidos, asignando tareas y dando órdenes, ella sintió un codazo en el costado y miró de reojo a Gavin.

Su boca se torció antes de bajar la voz.

—Cuidado, jefa. A este paso, irá tras tu puesto.

Kay bajó la mirada a sus pies y reprimió una risotada.

—No digas tonterías. Pia lo mataría.

CAPÍTULO 12

Kay cambió el coche al carril de desaceleración y miró a Barnes después de reducir la velocidad detrás de un camión articulado.

—Estamos llegando a la salida de Wrotham Heath. ¿Dónde está la casa?

Él miró a través del parabrisas y luego volvió a sus notas. —A la izquierda en la rotonda, jefa. Luego a la derecha en el semáforo. Su casa está en Windmill Hill, arriba a la izquierda cerca de la cima.

—Gracias.

Barnes levantó el perfil que Debbie West había recopilado para ellos y exhaló. —Tenía casi la misma edad que mi Emma. Qué maldito desperdicio…

—¿Hay algo útil ahí?

—Isobel, su madre, le dijo a Harry anoche que Felicity ha sido autónoma durante los últimos dieciocho meses después de que su cuenta de redes sociales de diseño de interiores en línea despegara. —Barnes levantó una captura de pantalla que mostraba la cuenta de la mujer y patrones de cuadrícula ordenados de dormitorios y salas de estar imposiblemente ordenados—. Antes de eso, trabajaba en la caja de uno de los supermercados locales después de hacer sus *A-levels*.

—¿Y se gana la vida con esa cuenta?

—Parece que sí. No hay nada en el sitio web de Companies House, así que probablemente todavía opere como autónoma. —Barnes guardó los papeles mientras Kay salía de la A20 y entraba en Windmill Hill—. Según las notas de Debbie, Felicity gana dinero cuando la gente le pide que presente sus productos en su perfil, y probablemente también gane dinero a través de enlaces afiliados y similares en su página y las publicaciones de su blog. Luego está el trabajo de diseño de interiores en sí, por supuesto.

Kay frunció el ceño, reduciendo la velocidad mientras se acercaba a la casa de los Gregor en el lado izquierdo del sinuoso camino. —¿Cuántos seguidores tiene en esa cuenta?

—Setenta y cinco mil. Lo comprobé.

—Demonios.

Encontró un espacio para estacionar en un área de descanso con grava frente a la propiedad de ladrillo rojo y miró en el espejo de la puerta la fachada de la casa.

—Bien, dado que sabemos que Peter Gregor podría ser nuestro próximo comisionado, mi consejo es empezar con cuidado, Ian. Evalúa cómo reacciona al ser interrogado y continúa desde ahí.

—Va a ser un shock para ellos si no sabían que estaba

consumiendo drogas —dijo él, abriendo su puerta y poniéndose la chaqueta del traje sobre los hombros mientras ella cerraba el coche—. No puedo imaginar que eso vaya a ser bien recibido sin importar cómo lo digas.

—Exactamente. —Ella le lanzó una sonrisa irónica mientras cruzaban la calle—. Menos mal que no estoy buscando otro ascenso, ¿verdad?

Empujando una puerta de hierro forjado a la altura de la cintura situada en un muro de piedra bajo, Kay tocó el timbre y se tomó un momento para calmar su respiración.

—Allá vamos —murmuró Barnes al oír que se levantaba el pestillo al otro lado de la puerta.

Kay enderezó los hombros cuando un hombre la abrió, sus ojos hinchados por el dolor.

Peter Gregor era una figura imponente, unos diez centímetros más alto que Kay y de complexión robusta. Su bigote canoso se crispó al ver a los dos detectives en su puerta, y luego se hizo a un lado.

—Susan dijo que esperara una visita —dijo con voz ronca—. Será mejor que pasen a la sala de estar. Isobel está allí.

Kay notó el uso del nombre de pila de la comisario jefa Greensmith por parte de Gregor y lo siguió a través de una puerta a la izquierda de la escalera, sus ojos ajustándose a la penumbra de la propiedad catalogada como Grado II con sus paredes revestidas de roble.

Entrevistar a las familias de las víctimas nunca era una tarea fácil y era una de las más desagradables, pero era esencial para cada investigación. Ayudaba a humanizar a la persona en su mente y abrir vías de investigación que ella y sus colegas podían seguir.

Sin embargo, en el fondo de su mente estaba el pensamiento persistente de que sería juzgada por cómo abordara los próximos momentos durante el resto de su carrera si lo hacía mal.

Al entrar en la sala de estar, una mujer se levantó de un sofá de cuero de tres plazas al fondo junto a una chimenea abierta, su delgada figura envuelta en un largo cárdigan que le llegaba más allá de las rodillas.

—Mi esposa, Isobel —dijo Gregor. Señaló dos sillones de cuero frente al sofá—. Tomen asiento.

—Gracias.

Kay se presentó a sí misma y a Barnes ante Isobel, y luego sacó su libreta y bolígrafo de su bolso. Esto le dio un momento para observar su entorno y echar un vistazo subrepticio a los padres de Felicity.

Ambos mostraban la tensión de los eventos de la noche anterior, y se preguntó si alguno de ellos habría logrado dormir desde que regresaron de su club de golf.

Sospechaba que no.

—Gracias por su tiempo esta mañana —comenzó Barnes—. Lamento mucho su pérdida.

Gregor inclinó la cabeza y le hizo un gesto para que continuara.

—Me doy cuenta de que estamos interrumpiendo en un momento muy difícil —dijo Barnes—, y algunas de mis preguntas podrían percibirse como insensibles. Quiero que entiendan que todo lo que voy a preguntarles es por una buena razón. Quiero entender qué le pasó a Felicity tanto como ustedes, y espero que al hacerlo podamos proporcionar algunas respuestas sobre por qué murió en circunstancias tan trágicas.

Isobel sorbió y se limpió los ojos. —Ambos sabemos que tienen un trabajo que hacer. Es por eso que Peter quiere contribuir en el futuro a través del papel de comisionado, pero también por lo que puedo asegurarles que responderemos todas sus preguntas lo mejor que podamos.

—Gracias. —Barnes juntó las manos en su regazo—. Hábleme de Felicity, ¿cómo era como hija?

—Feliz, segura, divertida… —La voz de Gregor se quebró, y alcanzó la mano de su esposa—. Era nuestra única hija, así que supongo que la mimamos, especialmente después de…

—…Nuestro hijo, Tristan, murió cuando tenía tres años —dijo Isobel—. Complicaciones de meningitis.

—Lo siento mucho —dijo Kay.

Un dolor surgió en su pecho mientras miraba a las dos personas frente a ella, su desconsuelo palpable. En el silencio que siguió a sus palabras, escuchó el sonoro tañido de un gran reloj en algún lugar de la casa, sus notas haciendo eco por el pasillo hasta donde estaban sentados.

Barnes se aclaró la garganta. —No encontramos una nota de suicidio con Felicity, así que nos preguntábamos si les dio algún motivo de preocupación estas últimas semanas. ¿Parecía deprimida o preocupada por algo?

—No, nada de eso en absoluto —dijo Isobel con vehemencia—. Tenía sus altibajos como cualquiera de nosotros, pero nunca se quitaría la vida…

—La muerte de Tristan nos afectó a todos —añadió Gregor—. Felicity tenía siete años cuando él murió y estaba devastada por perder a su hermano menor. Ella no añadiría conscientemente a nuestro dolor.

—No hay una manera fácil de decirle esto —dijo Barnes—. Anoche se encontró una pequeña bolsa con una sustancia en polvo escondida entre la ropa de Felicity, lo que nos lleva a creer…

—¿Está usted insinuando que nuestra hija consumía drogas? —Gregor lo miró fijamente, con el mentón hacia afuera—. Eso es absurdo.

—Todo lo que sabemos por ahora es que llevaba el polvo consigo —dijo Barnes, manteniendo un tono de voz neutral—. No sabremos nada más hasta después del examen médico. Pero me gustaría saber si han tenido alguna preocupación sobre ella, tal vez si ha estado actuando de manera extraña últimamente.

—No realmente. —La frente de Isobel se arrugó mientras miraba a su marido—. Es decir, ha estado trabajando muchas horas, pero supongo que es de esperarse cuando se dirige un negocio exitoso.

—¿Se refiere a su trabajo de diseño de interiores en línea?

—Sí. Isobel tiene razón, apenas la hemos visto estos últimos dos meses —admitió Gregor—. Pensé que quizás estaba trabajando demasiado, pero cuando le pregunté al respecto, me dijo que tenía que aprovechar al máximo mientras hubiera demanda.

—Ella no era tonta, detective Barnes. Sabía lo desagradables que podían ser las redes sociales —añadió Isobel—. Me pregunté si estaba perdiendo demasiado peso, pero cada vez que le ofrecía algo de comer me decía que estaba muy ocupada.

—Usaba la dirección de ustedes en su licencia de conducir —dijo Kay—. ¿Vivía aquí?

—Sí. —Isobel hizo una pausa para sonarse la nariz con un pañuelo—. Usa… usaba el comedor como su oficina.

Kay miró a Barnes y luego de vuelta a Gregor y su esposa. —¿Les importaría si echo un vistazo? Me ayudaría a entender mejor su trabajo y a Felicity como persona.

—Supongo que también querrán ver su dormitorio. —Gregor se puso de pie y se alisó los pantalones—. Eso es lo que suelen pedirles que hagan en circunstancias como esta, ¿no es así?

Kay se mordió el labio y asintió. —Gracias. Tal vez usted podría mostrarle eso al detective Barnes, mientras yo miro su oficina con la señora Gregor.

Siguieron a la pareja de vuelta al pasillo, Barnes siguiendo a Gregor escaleras arriba mientras Isobel guiaba a Kay hacia la parte trasera de la casa.

Abrió una gruesa puerta de roble y se detuvo en el umbral. —Cuidado de no tropezar, hay un escalón para bajar a la habitación.

—Gracias.

Kay agachó la cabeza bajo una viga baja y entró en el antiguo comedor.

Lo que una vez había sido una mesa formal para doce personas ahora estaba cubierto de muestras de telas, fotografías Polaroid y mercería de todos los colores.

—Ella era tan feliz aquí. —Isobel se acercó a una silla antigua de caoba al final de la mesa y pasó los dedos por la superficie pulida—. El portátil que se llevaron sus oficiales… ella solía sentarse aquí con eso abierto, con la música a todo volumen. Peter a menudo tenía que pedirle que la bajara si estaba en el estudio de al lado intentando hablar por teléfono con sus propios clientes.

La mujer se secó los ojos y sorbió.

—Debe haberlos hecho sentir orgullosos —dijo Kay, deteniéndose para observar algunas de las fotografías que mostraban el talento estilístico de Felicity—. Estas son realmente buenas.

Isobel logró esbozar una pequeña sonrisa. —Estábamos orgullosos de ella, detective Hunter. Especialmente después de cómo la trataron en el trabajo, y lo perdida que estaba antes de empezar a hacer esto.

—¿Oh? ¿En qué sentido?

La mujer bajó la voz. —La acosaban. En el supermercado. A Peter no le gusta hablar de ello. Cosas de mujeres, ¿sabe? No... Felicity no quería dejar su trabajo, pero la hicieron sentir que no era bienvenida. No tuvo elección. No estaba lidiando bien con los calambres menstruales, y su gerente no era comprensiva con que tuviera tanto tiempo libre por eso. Podría entenderlo si su jefe fuera hombre, pero ¿otra mujer? Uno pensaría que habría sido más comprensiva. —Isobel se encogió de hombros—. En fin, cuando parecía que las consultas de diseño de interiores de Felicity estaban despegando, decidió dedicarse a eso.

—¿Hace cuánto tiempo dejó el trabajo en el supermercado?

—Hace unos tres meses, supongo. Sí, fue así. Justo después de Navidad, porque quería aprovechar al máximo el pago de horas extras antes de dar el salto para dirigir su propio negocio.

—¿Mantuvo contacto con alguien de su trabajo?

La nariz de Isobel se arrugó. —No. No había necesidad

realmente. Es decir, una vez que se fue, encontró su propia red de apoyo entre sus colegas.

Kay se alejó de la mesa, echó un último vistazo a los restos de la vida de Felicity Gregor y reprimió un suspiro.

—Gracias, señora Gregor. Creo que eso es todo lo que necesito por ahora.

<h1 style="text-align:center">CAPÍTULO 13</h1>

Laura golpeó con los nudillos el panel de cristal de la puerta principal de la casa adosada y luego miró por encima del hombro hacia donde estaba aparcado su coche, más allá del agrietado camino de hormigón.

Todas las casas de esta calle estaban en mal estado, y la casa compartida por dos de las amigas de Felicity no era diferente.

La pintura blancuzca se desprendía de los alféizares, dejando al descubierto la madera podrida debajo, el revoque estaba desconchado y agrietado, y parecía que habían pasado varios meses desde que alguien se había molestado en cortar el césped del jardín delantero.

El tintineo de una cadena le hizo volver la atención a la puerta, y levantó su placa cuando una mujer la abrió, mientras el rugido de un secador de pelo sonaba a través de la abertura.

—Agente Laura Hanway. Llamé esta mañana…

Los ojos de la veinteañera se abrieron más y quitó la cadena. —Sí, pase. Soy Sarah Avendale.

Cerró la puerta e hizo un gesto hacia una sala de estar a la izquierda. —Disculpe el desorden. No tenemos otra inspección de alquiler hasta dentro de dos meses, así que…

Laura resistió el impulso de cubrirse la nariz cuando entró en la habitación, cuyo estado le recordaba demasiado bien su primer año en la universidad, hasta que decidió que había tenido suficiente de la aversión de sus compañeros de piso por las tareas domésticas y encontró alojamiento en otro lugar.

Como si le leyera la mente, Sarah se apresuró a cruzar hacia un mueble de televisión, cogió un aerosol y lo roció generosamente sobre su cabeza.

—Lo siento. El gato vomitó aquí esta mañana. ¿Quiere tomar asiento?

Hizo un gesto a Laura hacia un sillón hundido antes de dejarse caer en un puf junto al televisor. —Elena bajará en un minuto, acaba de salir de la ducha.

Como si fuera una señal, el secador de pelo dejó de rugir y Laura oyó pasos en el piso de arriba.

Momentos después, una mujer alta con el pelo recién lavado apareció en la puerta. —Hola, lo siento, acabo de llegar hace unas horas. Soy Elena Travis.

Dio una sonrisa tímida antes de cruzar hacia un sofá de dos plazas bajo la ventana, y luego olfateó mientras se sentaba en los cojines.

—Dios, otra vez no.

Laura sacó su libreta del bolso y sacó su bolígrafo, aclarándose la garganta. —Entonces, por teléfono, Sarah, ¿dijo que ambas conocieron a Felicity en la escuela?

—Sí, todas acabamos en la misma clase para los *A-levels* de inglés —fue la respuesta.

—Nos llevamos bien desde el principio —añadió Elena—. No puedo creer que se haya ido. Especialmente de esa manera.

Se estremeció y se secó los ojos.

—Lo que quiere decir es que Felicity siempre fue la sensata —dijo Sarah—. En aquel entonces, Elena y yo éramos…

—Un dolor de cabeza. —Elena sonrió—. Honestamente, cuando pienso en algunas de las cosas que solíamos hacer. Mis pobres padres…

—Pero Felicity no —continuó Sarah—. Solía mantenerse al margen.

—¿Cómo llegaron a hacerse amigas? —dijo Laura.

—La estaban acosando, nada grave, solo la marginaban los demás por ser demasiado pija. Nosotras no… no nos importaba lo que la gente pensara de nosotras, así que ella se aferró a nosotras. Supongo que la hacíamos quedar bien, o al menos aceptable para los demás. La dejaron en paz después de unas semanas de andar con nosotras —dijo Sarah—. Y una vez que salimos de la escuela, ya no le servíamos de nada, así que nos dejó.

Laura frunció el ceño. —¿Hace cuánto tiempo fue esto?

—Hace unos dieciocho meses —dijo Elena—. Empezó rechazando invitaciones para salir juntas; las tres siempre íbamos de fiesta al menos cada dos semanas, a veces localmente y a veces en la ciudad. Solíamos salir los fines de semana y eso, una de nosotras conducía y encontrábamos algún lugar divertido para pasar el día…

—Entonces, como dice, todo se detuvo. —Sarah arrugó la frente—. Nunca supimos por qué.

—¿Hubo alguna discusión o algo así? —dijo Laura.

Elena se encogió de hombros. —Realmente no dijo nada. Simplemente dejó de hablarnos, y luego dejó de seguirnos en las redes sociales para que no pudiéramos enviarle mensajes ni nada para saber si estaba bien.

—Supongo que una vez que empezó a dirigir su propio negocio, ya no éramos lo suficientemente buenas. —Los labios de Sarah formaron un mohín—. En realidad, fue un poco perra la última vez que hablé con ella.

—¿Oh? ¿En qué sentido? —El bolígrafo de Laura se detuvo sobre sus notas.

Sarah suspiró. —Supongo que a medida que todas crecimos, ella empezó a mirarnos por encima del hombro, a mí ciertamente, porque no tenía las mismas dificultades que nosotras. Me refiero a lo económico. Mirando hacia atrás, creo que solo andaba con nosotras porque le éramos útiles…

—Como dijo Sarah, la acosaban cuando empezó en la escuela, así que andaba con nosotras para protegerse —dijo Elena sin rencor—. Sarah aquí no se dejaba intimidar por nadie, todavía no lo hace…

Ante eso, su compañera de piso soltó una risita. —Dios, éramos unos demonios en aquel entonces.

Laura levantó la vista de sus notas y miró a las dos mujeres. —Encontramos un paquete que creemos que contiene una sustancia ilegal metido en el sujetador de Felicity anoche. ¿Sabían que estaba consumiendo drogas?

—¿Felicity? ¿Drogándose? —Elena se giró en su asiento para mirar a su compañera de piso—. Dios, no. Yo no lo sabía, en todo caso.

Sarah arrugó la nariz. —Yo tampoco. Quiero decir, lo

vemos todo el tiempo obviamente cuando salimos, pero nunca me atrajo realmente.

—Entonces, ¿no tienen idea de cuándo pudo haber empezado, o si era una consumidora habitual? —dijo Laura—. ¿O de dónde pudo haberlas conseguido?

—No —dijo Elena—. Como dijimos, perdimos el contacto con ella. No estaba saliendo con nadie en ese entonces, y no sé cuáles son… eran sus circunstancias en este momento.

—¿Felicity ya estaba hablando de iniciar su propio negocio cuando perdieron contacto con ella? —dijo Laura.

—No, todavía estaba trabajando en el supermercado. Era todo el trabajo que podía conseguir, aunque mencionó algo sobre inscribirse en algunas agencias de empleo para poder encontrar trabajo administrativo. —Una triste sonrisa cruzó el rostro de Sarah—. Creo que siempre sintió que el trabajo en el supermercado estaba por debajo de ella y que estaba destinada a cosas más grandes.

—Y eso es lo que hace que su muerte sea aún más difícil de entender. —Elena sorbió y se secó los ojos una vez más—. Felicity simplemente no era el tipo de persona que se suicidaría.

CAPÍTULO 14

Kay estaba de pie bajo el pórtico de hormigón del Hospital Derwent Valley y entrecerró los ojos a través de la lluvia mientras otra ambulancia pasaba rápidamente frente a ella hacia las bahías de emergencia.

Se apartó del vehículo cuando el conductor emergió, la paramédica vestida con un mono verde corriendo hacia la parte trasera y ayudando a su colega a bajar una camilla al suelo.

El traqueteo de las ruedas sobre los adoquines de hormigón se desvaneció en el edificio mientras Barnes se apresuraba hacia ella, con su abrigo sobre la cabeza y sus zapatos salpicando a través de los charcos.

—Creo que encontré el último espacio en el estacionamiento —murmuró, bajando el cuello y siguiéndola adentro.

—Y el más lejano, por lo que se ve —sonrió ella—. ¿Todo listo?

—Todo lo que se puede estar. ¿Y tú? ¿Estás bien?

Kay asintió. —Solo estoy contenta de estar contribuyendo. Sigo pensando que Sharp me va a dejar fuera de la sala de incidentes por el robo.

Barnes negó con la cabeza, enviando riachuelos de agua corriendo por su cara antes de sacar un pañuelo de algodón y secarse. —Te necesita, jefa. Sabes lo cortos de personal que estamos en este momento. Además, me imagino que hasta que Adam regrese a casa necesitas algo que te distraiga, ¿verdad?

—Me conoces demasiado bien, Ian.

Él sonrió a modo de respuesta y sostuvo la puerta que conducía a la morgue. —Me alegro de que Gavin esté supervisando esa investigación también. Le vendrá bien.

—Tienes razón, le vendrá bien. —Kay dirigió su atención a un hombre larguirucho parado detrás de un pequeño escritorio de recepción, con la atención en la pantalla de su ordenador—. Hola, Simon.

—Buenas tardes, detectives. Pasad directamente en cuanto os hayáis registrado y vestido, por favor —dijo el asistente del patólogo sin levantar la vista—. Estamos con un horario apretado hoy, así que me temo que Lucas ya ha empezado.

—Gracias —dijo Barnes—. Nos vemos dentro, jefa.

Una vez que Kay se cambió a un mono protector, guantes y cubrebotas, se dirigió desde el vestuario de mujeres a través de un juego de puertas dobles de acero y entró en un área fresca iluminada por luces superiores.

El olor la asaltó cuando las puertas se cerraron con un susurro, y dio un paso involuntario hacia atrás.

Barnes le lanzó una mirada comprensiva por encima de

su mascarilla, luego volvió su atención a la mesa de examen donde trabajaba Lucas Anderson.

El patólogo hizo una pausa, con el bisturí en alto mientras ella se acercaba. —Buenas tardes, Kay. Le estaba diciendo a Ian: su víctima de suicidio era más que una usuaria ocasional.

Kay frunció el ceño y se movió hacia donde él estaba parado junto a los hombros desnudos de la mujer. —¿Marcas de agujas?

—No, aquí. —Lucas se apartó de las luces para que los dos detectives pudieran ver mejor y usó su dedo meñique enguantado para señalar la nariz de Felicity—. ¿Veis aquí? El tabique está roto en lugares, debajo de estas llagas. Lo vemos en casos donde las personas son usuarias frecuentes de drogas en polvo; con el tiempo, quema la piel y el cartílago. En su caso, hemos encontrado rastros de ketamina en las muestras de orina que tomamos antes junto con alcohol, una combinación mortal.

—¿Quiere decir que el alcohol potenció el efecto de la droga?

—Lo habría amplificado considerablemente, sí. Por sí sola, es un fuerte disociativo alucinógeno. Mezclada con el alcohol, habría causado alucinaciones, una falta de conciencia sobre su entorno…

La mandíbula de Kay se tensó. —¿Entonces era una usuaria habitual?

—Yo diría que sí. —Lucas indicó un tazón de acero inoxidable a un lado—. Su vejiga muestra todos los signos del tipo de daño causado por la ketamina. Un colega mío en el departamento gastrointestinal de Maidstone dice que ahora está haciendo al menos seis cistectomías al año, todas debido al abuso de drogas. Antes, la mayor parte de su trabajo provenía del departamento de oncología.

—¿Felicity habría sentido algún dolor con esto? —dijo Barnes.

—Definitivamente: calambres abdominales, dificultad para ir al baño. —Lucas suspiró—. Creo que habría tenido que buscar ayuda en cuestión de meses dado el daño que estamos viendo en sus órganos internos.

—Eso concuerda con lo que su madre nos dijo sobre que Felicity necesitaba mucho tiempo libre en el trabajo debido a los calambres menstruales —dijo Kay.

—Tendría sentido. Me imagino que el dolor se habría irradiado por su abdomen regularmente, más aún en los días inmediatamente posteriores a tomar las drogas.

—Me hace preguntarme cómo era trabajar con ella —dijo Barnes—. Quizás deberíamos hablar con su gerente en el supermercado.

—Buena idea. Tal vez algunos de sus colegas allí puedan saber quién le suministraba la droga. —Kay volvió su atención a Lucas—. ¿Había algo en sus registros médicos que sugiriera un historial de depresión?

—Nada en absoluto. La última vez que visitó al médico de familia fue hace tres años para una vacuna contra el tétanos.

Oyó a Barnes exhalar detrás de su mascarilla, haciendo eco de su tristeza por otra vida desperdiciada.

Mientras Lucas completaba la autopsia, sus pensamientos se desviaron hacia el ataque a Adam y el robo de ketamina de la clínica veterinaria.

Si Gavin y su equipo no podían encontrar a los responsables antes de que otra ola de alucinógenos baratos estuviera disponible en la ciudad del condado, habría aún más muertes.

Felicity Gregor podría haber sido la primera, pero no sería la última.

CAPÍTULO 15

Barnes abrió la puerta de la sala de incidentes para Kay y se situó detrás de la inspectora mientras ella serpenteaba entre los escritorios hacia la pizarra.

Dejó las llaves del coche junto al teclado de su ordenador al pasar, y luego asintió en señal de agradecimiento cuando ella le tendió un grueso rotulador negro y señaló la pizarra.

—¿Cómo quieres abordar esto? —dijo ella mientras él empezaba a escribir.

—Creo que va a ser complicado hablar de nuevo con los padres. —Frunció el ceño, luego sacó sus gafas de lectura del bolsillo y examinó las otras notas que cubrían la superficie de la pizarra antes de añadir los puntos más relevantes de los hallazgos de la autopsia—. Tal vez intentemos hablar primero con la madre, Isobel. Es decir, parecía ser en quien Felicity confiaba y fue quien señaló que Felicity había estado tomándose tiempo libre en el supermercado debido a los fuertes cólicos.

—Me inclino a estar de acuerdo contigo en eso. —Kay

cruzó los brazos y se apoyó en un escritorio cercano—. Al menos así podremos establecer un marco temporal de cuándo podría haber empezado a consumir las drogas, pero debe haber sido hace tiempo. Por lo que decía Lucas, Felicity se enfrentaba a un futuro sombrío en cuanto a su salud. Esos cólicos solo eran el principio, su estado habrá empeorado desde entonces.

—Necesitaremos intentar entender qué, o quién, la llevó a empezar a consumir drogas, y quién era su proveedor también —dijo Barnes.

Tapó el rotulador y se giró para recorrer con la mirada la sala de incidentes hasta que vio a Laura de pie junto a su escritorio y le hizo una seña.

—Las dos amigas con las que hablaste esta mañana, ¿mencionaron algo sobre que Felicity consumiera drogas?

—Perdieron el contacto con ella hace unos dieciocho meses, pero confirmaron que, hasta donde sabían, no era consumidora en ese entonces. —Laura señaló con la barbilla la pizarra—. ¿Esos son los hallazgos de la autopsia?

—Sí, deberíamos recibir el informe completo a finales de esta semana —dijo Barnes—, pero parece que Felicity era una consumidora habitual de ketamina. Lucas está seguro de que una combinación de eso y el alcohol encontrado en su sistema era una indicación de que podría haber estado alucinando cuando murió.

Vio a Kay mordisqueándose una uña mientras escuchaba, con los ojos fijos en la pizarra. —¿Estás bien, jefa?

—Sí —murmuró, bajando la mano—. Solo pensaba

que con el robo en la clínica veterinaria, ahora hay aún más de esta sustancia en circulación.

—¿Oficial? ¿Tienes un minuto?

Barnes se giró al oír la voz de Dave Morrison y vio al agente uniformado caminando hacia ellos.

—Claro. ¿Qué tienes?

—Verificaciones de antecedentes de las personas con las que Felicity se comunicaba regularmente por correo electrónico y sus redes sociales, cortesía del equipo de Andy Grey en Northfleet. —Morrison le entregó a cada uno una página fotocopiada—. Este es un resumen de los que creo que deberíamos empezar a investigar. Hay un proveedor local de materiales al que ella enviaba correos electrónicos al menos una vez por semana, y Andy también ha logrado reunir su lista de clientes. Hay cuatro clientes activos en este momento para los que Felicity estaba creando propuestas de diseño, y dos que le deben dinero por servicios de diseño de interiores que terminó el mes pasado. Todavía está trabajando en los registros de su teléfono móvil.

—Es una lista extensa. Buen trabajo —dijo Kay—. ¿Cómo quieres que nos dividamos esto, Ian?

Barnes se rascó el costado de la nariz. —Dave, ¿puedes llamar a los dos clientes que deben dinero y tal vez visitarlos si crees que las conversaciones lo justifican?

—Lo haré.

—Gracias, eso nos deja los cuatro clientes activos…

—Yo puedo encargarme de dos de ellos, Ian —dijo Laura—. Puedo hablar con ellos entre terminar de revisar las grabaciones de las cámaras de seguridad de la clínica veterinaria, si a Gavin no le importa…

—Habla con él, asegúrate de que esté de acuerdo con que dividas tu carga de trabajo entre los dos —dijo Barnes—. Kay y yo nos encargaremos de los otros dos clientes por la mañana, entonces.

—¿Qué hay de los extractos bancarios? —dijo Kay—. ¿Ya han llegado?

—Un momento, jefa. Están en mi escritorio. —Morrison trotó de vuelta a su asiento, recogió un montón de papeles y se los entregó—. Podéis ver en los resúmenes de saldos en la parte superior que a Felicity no le iba tan bien como insinuaba en las redes sociales. Tenéis ahí una cuenta corriente con el límite de sobregiro agotado y también he revisado su estado de cuenta de tarjeta de crédito: estaba a unos cientos de libras del límite y solo hacía el pago mínimo cada mes.

Barnes hizo una mueca mientras miraba por encima del hombro de Kay. —Parece que la mayor parte de su dinero se iba en ropa. Reconozco algunos de esos nombres de tiendas.

—Cuando revisé su perfil de redes sociales para su negocio, nunca llevaba la misma ropa dos veces —dijo Laura—. Pensé que tal vez las había pedido prestadas o comprado de segunda mano...

—No parece ser el caso, viendo esto.

Kay cruzó su mirada con él mientras le devolvía los estados de cuenta a Morrison. —Además de eso, estaba financiando una seria dependencia a las drogas. Haré algunas indagaciones discretas más con Isobel Gregor para averiguar si Felicity contribuía a alguna factura mientras vivía en casa, y ver si está al tanto de otras fuentes de ingresos.

—De acuerdo, gracias. —Barnes se giró y recorrió con la mirada la multitud de notas en la pizarra antes de suspirar.

Parecía que cuanto más descubrían sobre el estilo de vida de Felicity Gregor, más preguntas surgían.

—Y no tenemos ni una maldita respuesta —murmuró.

CAPÍTULO 16

Laura apartó el teclado de su ordenador y alargó la mano para coger su café, arrugando la nariz al darse cuenta de que se había enfriado mientras trabajaba.

Se frotó los ojos cansados, luego se inclinó hacia adelante y presionó el botón de "reproducir" en la pantalla, echando un vistazo al reloj en la esquina de la misma.

—Hasta luego, Laura.

Levantando la mirada mientras Debbie pasaba con su bolso colgado al hombro, logró esbozar una pequeña sonrisa. —¿Vienes mañana?

—Tengo un día libre programado, pero vuelvo al día siguiente. He conseguido que me asignen al turno de fin de semana aquí también. —La agente uniformada sonrió—. Es mejor que estar por ahí en el pueblo un sábado por la noche.

—De acuerdo, nos vemos entonces.

—Adiós.

Laura ya estaba observando las imágenes que pasaban por la pantalla cuando Debbie se alejó, ansiosa por llegar a las tres cuartas partes de la lista de archivos que aún esperaban ser evaluados antes de irse por el día.

Apoyó la barbilla en su mano, decidiendo ver tres archivos más antes de prepararse otra taza de café, y se acomodó para mirar.

Según la marca de fecha que parpadeaba en la parte superior de la pantalla, la grabación era del lunes por la tarde en la clínica. Laura aceleró la reproducción para verla al doble de velocidad y se inclinó más cerca mientras Adam y sus colegas atendían a sus clientes y sus mascotas.

La clínica atendía a una gran variedad de animales, y Laura sabía por la información proporcionada por Scott Mildenhall que él había estado haciendo sus rondas locales mientras Adam atendía la consulta de la tarde.

Había sido un tiempo ocupado, y tres clientes con sus mascotas esperaban en el área de recepción cuando una mujer entró sosteniendo un transportín para gatos y se acercó a Stephanie.

La recepcionista habló con la mujer durante unos momentos, luego señaló los asientos junto a la ventana delantera y le entregó un portapapeles.

Laura sabía por ver grabaciones anteriores que los formularios para nuevos pacientes estaban sujetos al portapapeles, y contuvo un bostezo mientras la mujer tomaba asiento frente a las salas de consulta, colocaba el transportín en el suelo a sus pies e inclinaba la cabeza para completar el formulario.

Momentos después, regresó al mostrador y entregó el formulario completado.

Al sentarse, la mujer se inclinó hacia el transportín y golpeó suavemente la puerta de malla metálica, luego se enderezó cuando llamaron al hombre de al lado con el pastor alemán más grande que Laura había visto jamás.

Uno por uno, Adam fue atendiendo a los pacientes, y Laura notó que aunque Stephanie le había informado que asignaban intervalos de veinte minutos a cada animal, a menudo se tomaba más tiempo, saliendo con los clientes y ofreciendo una palmada tranquilizadora en la espalda o riendo y bromeando mientras pagaban.

—¿Cómo va?

Laura se sobresaltó al oír la voz de Gavin y pausó la grabación. —Bien. Planeaba ver este y terminar por hoy después de actualizar mis notas en HOLMES2, ¿y tú?

—Se me están cruzando los ojos de ver las imágenes de los furgones de reparto de la compañía farmacéutica. —Sonrió y cogió la taza de café medio vacía de Laura—. ¿Quieres otro?

—Venga, si tú vas a tomar uno. Gracias.

Reanudó la grabación y observó cómo se iba disipando la cola de pacientes.

Finalmente, solo quedaban la recién llegada y una mujer mayor con otro transportín para gatos hasta que Adam reapareció y llamó a su penúltima cliente.

La recién llegada los observó desaparecer en la sala de consulta de la izquierda y se mordió una uña, luego de repente se levantó de su asiento, cogió el transportín y salió apresuradamente por la puerta principal.

Laura frunció el ceño, con el dedo suspendido sobre el botón del ratón mientras observaba a Stephanie ponerse de pie y caminar hacia la puerta, llamando a la mujer antes de volver a su escritorio con una expresión perpleja.

—¿Está todo bien? —Gavin dejó una taza de café

recién hecho en su escritorio y se quedó de pie junto a ella
—. Pareces confundida.

—Lo estoy. —Presionó el botón de rebobinar en la
pantalla y señaló una silla cercana—. Trae esa y echa un
vistazo a esto.

Su colega arrastró la silla y se dejó caer en ella, casi
derramando té sobre sí mismo antes de dar un sorbo
tentativo y apuntar con su taza hacia la pantalla. —Venga,
ponla.

Laura ralentizó la reproducción y golpeó el suelo con
el pie mientras Gavin observaba la grabación, sus ojos
buscando cualquier cosa que pudiera haber pasado por alto
la primera vez.

Cuando terminó, su colega arqueó una ceja. —¿Qué
estás pensando?

—Parecía agitada cuando llegó, lo cual es
comprensible si su gato estaba enfermo y estaba intentando
conseguir una cita con poco tiempo de antelación.

En la pantalla, Stephanie volvía a su escritorio
mientras la puerta de la sala de consulta se abría y el
hombre con el pastor alemán salía con Adam detrás.

Laura pausó la grabación y se volvió hacia Gavin. —Si
era urgente, ¿por qué irse cuando lo hizo? Si cambió de
opinión, ¿por qué esperar hasta que entró el último
paciente?

—Tal vez decidió que no era tan urgente después de
todo.

—Tal vez.

—No suenas convencida.

—No lo estoy. Aún no. —Laura miró su reloj y luego
cogió su teléfono móvil y se desplazó por la lista de

llamadas recientes hasta encontrar la de la clínica veterinaria.

Su llamada fue contestada en un par de tonos.

—Stephanie, soy la agente Laura Hanway. Siento molestarla en medio de las consultas, pero estoy mirando las imágenes de videovigilancia del lunes por la tarde y me preguntaba si conocía a la mujer que llegó tarde pero luego se fue antes de que la llamaran para su cita… ¿No la conoce? Bien, ¿por casualidad conservó el formulario de nuevo paciente que rellenó? Fantástico… sí, si pudiera, sería genial. Gracias.

Terminando la llamada, abrió su correo electrónico y contuvo la respiración.

—Supongo que te lo va a enviar, ¿no? —dijo Gavin.

—En cualquier momento. Solo tiene que escanearlo primero. —Laura tamborileó con los dedos sobre el escritorio, incapaz de contener su impaciencia—. Aquí está.

Hizo clic en el nuevo correo electrónico en la parte superior de la pantalla y abrió el archivo adjunto. —Daisy Stiles.

Gavin sacó su libreta y copió la dirección del formulario. —Prueba el número de móvil que ha escrito.

Laura lo marcó y luego negó con la cabeza. —No está conectado. El mensaje dice que no se reconoce.

—Vale, ¿qué hay del censo electoral? Al menos podemos comprobar si la dirección es correcta.

—Espera. —Laura acercó su teclado, abrió una nueva pestaña en el navegador de internet y escribió la cadena de búsqueda—. Vale, la tengo. Parece que está viviendo con sus padres. Tengo a Sharon y Kevin Stiles en la misma dirección —miró a Gavin—. ¿Quieres ir a hacerles una visita?

Gavin sacó las llaves de su bolsillo y señaló la taza de café junto al teclado de ella.

—Y yo que te lo había preparado.

—Te lo compensaré —sonrió ella y extendió la mano—. Yo conduzco.

CAPÍTULO 17

Veinte minutos después, Gavin se desabrochó el cinturón de seguridad mientras Laura aparcaba frente a una elegante casa adosada en las afueras de Maidstone.

Un cuidado sendero atravesaba un pulcro jardín delantero, y cuando presionó el timbre, notó que la puerta había recibido una capa reciente de barniz.

La calle estaba bien iluminada y, mientras esperaba que alguien respondiera, se volvió para mirar las propiedades vecinas, captando las pálidas facciones de Laura en el resplandor de una luz superior que parpadeó antes de que se descorriera un cerrojo.

Una mujer de unos cincuenta años se asomó, con los ojos llenos de sospecha.

—¿Quiénes son ustedes?

—¿Señora Stiles? Soy el agente Gavin Piper, y mi colega, la agente Laura Hanway. ¿Vive Daisy aquí?

—¿Daisy? Sí, vive aquí. ¿Qué está pasando?

—¿Podemos pasar? Sería más fácil que quedarnos aquí en la entrada.

—Supongo que sí.

Dio un paso atrás, les hizo un gesto para que entraran y cerró la puerta mientras una sombra aparecía en lo alto de las escaleras.

—¿Mamá? ¿Qué pasa?

Sharon Stiles se abrazó el abdomen y llamó por encima del hombro. —Es la policía. Quieren hablar.

Gavin miró por encima de su hombro al oír un maullido indignado y vio a un gato atigrado salir corriendo de una sala de estar que podía ver a través de una puerta abierta a su derecha, el animal corriendo hacia la cocina.

Unos pasos llamaron su atención de vuelta a las escaleras, y la mujer de las imágenes de las cámaras de seguridad levantó el mentón mientras descendía.

—¿La policía? ¿Para qué?

Notó un deje de ansiedad en su voz y sonrió. —Solo son un par de preguntas rutinarias con las que esperamos que pueda ayudarnos en relación con una investigación en curso. ¿Es usted Daisy Stiles?

—Sí, soy yo. —Se colocó un mechón de pelo detrás de la oreja antes de adoptar la misma postura que su madre—. ¿Qué investigación?

—¿Nos sentamos y charlamos?

—Pasen por aquí. —Sharon Stiles señaló la sala de estar antes de guiarlos, pero no antes de que Gavin captara la mirada que se cruzó entre las dos.

Evidentemente, Daisy tendría que dar algunas explicaciones una vez que él y Laura terminaran, pero notó que, a pesar de esto, se sentaron juntas en el sofá.

Él tomó asiento en un sillón de cuero frente a un

televisor mientras Laura permaneció de pie, con su libreta abierta.

—En primer lugar, Daisy, ¿puede confirmar que esta es usted? —Sacó una impresión de la imagen de las cámaras de seguridad de la clínica veterinaria y se la mostró a la joven.

Ella se inclinó, tragó saliva y luego asintió. —Sí, soy yo.

—¿Por qué fue allí?

Daisy parpadeó. —Estaba preocupada por Lily, la gata que acaban de ver.

—¿Qué edad tiene Lily?

—¿Perdón?

—La gata, ¿qué edad tiene?

—Doce años y medio.

—¿Son nuevos en la zona?

Ambas mujeres negaron con la cabeza.

Sharon se inclinó hacia adelante. —Mi marido y yo hemos vivido en la zona toda nuestra vida. ¿Por qué?

—¿Dónde suelen llevar a Lily cuando está enferma?

—Al veterinario cerca de Downswood. —Sharon frunció el ceño—. Detective Piper, no entiendo por qué…

—Si el veterinario habitual de Lily está en Downswood, ¿por qué la llevó a Turner's Veterinary Practice en su lugar, Daisy?

—El habitual estaba ocupado y dijo que no podrían atenderla hasta la mañana siguiente… Me entró el pánico, así que la llevé allí por si acaso podía conseguir una cita.

—No me dijiste que Lily estaba enferma. —El tono de Sharon era acusatorio mientras se volvía hacia su hija.

—Estaba preocupada por ella mientras estabas fuera,

mamá. Dejó de comer durante veinticuatro horas, y nunca hace eso, ¿verdad? Honestamente, dado su tamaño, te preguntas dónde mete toda la comida. —Se volvió hacia Gavin y sonrió—. Por eso me pareció tan fuera de lo normal en ella.

—¿Y por qué se fue antes de su cita?

Esta vez se encogió de hombros. —No lo sé. Supongo que pensé que estaba siendo tonta, que había exagerado. —Resopló—. Pensé que acabaría pagando mucho dinero por nada.

—Bien. —Gavin hizo una pausa, tomándose un momento para mirar las fotografías familiares enmarcadas en la pared opuesta antes de volver su atención a la mujer más joven—. Solo una última pregunta, Daisy, una estándar en casos como este: ¿dónde estuvo entre las cuatro de la tarde y las siete y media hace dos días?

—Estaba recogiendo a mamá y papá en Gatwick. Su vuelo debía llegar a las tres y media…

—Nos retrasamos más de una hora —dijo Sharon—, así que no aterrizamos hasta las cinco…

—…y por supuesto, luego nos quedamos atascados en el tráfico volviendo por la M25. —Daisy se encogió de hombros—. Creo que finalmente llegamos a casa alrededor de las nueve de la noche.

—Sí, justo después de las nueve —añadió su madre—. Ya estaba desesperada por una taza de té, se lo aseguro.

Laura contuvo un suspiro y guardó su libreta en el bolso. —Bueno, gracias por su tiempo.

—Espero que encuentren a los responsables de esto —dijo Sharon, acompañándolos a la puerta—. Nos afectó mucho cuando nos enteramos de que habían herido a ese veterinario.

—Gracias, señora Stiles.

Laura siguió a Gavin de vuelta al coche y se deslizó detrás del volante.

Antes de girar la llave en el encendido, miró hacia la casa de los Stiles y se mordió el labio.

—Volvamos a la comisaría —dijo Gavin, dejándose caer en el asiento del pasajero y cerrando la puerta de golpe—. Redactaremos esto y lo daremos por terminado por hoy.

—De acuerdo.

—No suenes tan desanimada. Ya sabes cómo es esto: seguiremos insistiendo hasta que encontremos algo. Siempre lo hacemos.

CAPÍTULO 18

—Ah, eso está mejor.

Adam chasqueó los labios y puso el tazón de sopa vacío sobre la mesa de café, luego alargó la mano hacia un frasco de pastillas junto a un vaso de agua y leyó la dosis en el lateral.

—Yo esperaría media hora a que baje la comida antes de tomar esas —dijo Kay, recogiendo el tazón de él junto con el suyo y deteniéndose en la puerta de la sala de estar.

Él sonrió y sacudió dos pastillas del frasco. —Estas están bien. Confía en mí, soy veterinario.

—¿Necesitas algo más?

—Estoy bien. Tal vez una lata de gaseosa. ¿Vas a tomar una copa de vino?

—Iba a esperar hasta que tú pudieras. Se supone que debo perder algo de peso antes de nuestras vacaciones.

—No necesitas perder peso, y no te preocupes por mí. Toma una copa. —Le guiñó un ojo—. No me voy a enfurruñar.

Kay se rio y luego se dirigió a la cocina.

Después de cargar el lavavajillas y encenderlo, fue a buscar sus bebidas y regresó a la sala de estar, acurrucándose junto a Adam mientras él cambiaba los canales de televisión.

—¿No hay noticias sobre el allanamiento? —dijo él.

—Todavía no. Aunque Gavin está haciendo todo lo posible, y todos estamos tratando de ayudar donde podemos.

—¿Y tu caso?

—Aún es pronto.

Kay se enderezó al oír el timbre de la puerta.

—¿Esperas noticias? —dijo Adam.

—No, me habrían llamado si fuera urgente. Sabían que te iba a recoger y traer a casa, y Barnes está de guardia esta semana.

Perpleja, dejó su copa en la mesa y silenció la televisión antes de apresurarse hacia el pasillo y descorrer el cerrojo de la puerta.

Dejando puesta la cadena, la abrió para ver a Scott en el umbral.

Antes de que pudiera abrir la boca para hablar, él se llevó un dedo a los labios y luego señaló hacia sus pies.

Un gran Golden Retriever con el hocico canoso le sonrió, con la lengua colgando. Jadeaba de emoción mientras su cola golpeaba contra los zapatos de Scott.

—¿Scott? ¿Está todo bien? —Kay quitó la cadena y abrió más la puerta, sin poder ocultar la confusión en su voz.

—Absolutamente bien —dijo él, y cruzó el umbral—. Stephanie me dijo que traías a Adam a casa esta noche.

—Sí, pero…

—Por aquí, amigo —llamó Adam.

Scott le guiñó un ojo, luego sacudió la correa de cuero en su mano haciendo que el collar del perro tintineara. —Oh, por cierto, este es Oscar.

—Hola, Oscar. Pasa, Scott. ¿Quieres algo de beber?

—No, estoy bien, gracias. No me quedaré mucho tiempo, le he prometido a mi novia que cocinaré esta noche.

Kay cerró la puerta cuando él desapareció hacia la sala de estar y sacudió la cabeza, tratando de recordar si sabía que Scott tenía un perro, y luego preguntándose qué se traía entre manos el socio de Adam.

Cuando llegó a la sala de estar, él estaba sentado en el sillón junto a la estantería mientras Adam hacía caricias a Oscar, que se había instalado a su lado en el sofá.

—Creemos que tiene un poco de dolor en las patas traseras —estaba diciendo Scott—. Parece estar bien, pero su dueño insiste en que no está comiendo adecuadamente y que no se encuentra bien. Han tenido que irse corriendo a Gales por una emergencia familiar, así que he accedido a cuidarlo mientras están fuera. —Metió la mano en el bolsillo y sacó un pequeño frasco de pastillas—. Le estoy dando una dosis baja de analgésicos por el momento para ver si eso ayuda, pero si no lo hace, le haré más pruebas. Con todo lo demás que tenemos entre manos, me preguntaba si te importaría vigilarlo durante unos días por mí. Agradecería tu opinión.

—Por supuesto. —Adam bajó la cara hacia el perro mientras le acariciaba las orejas—. ¿Quieres quedarte? ¿Eh? ¿Averiguamos qué te pasa?

Oscar le lamió la nariz, luego se desplomó en los

cojines y colocó sus patas delanteras sobre las piernas de Adam.

—Eh, no estoy segura de que sea una buena idea —dijo Kay, mirando de Adam a Scott—. Quiero decir, se supone que debes estar descansando. La enfermera que rellenó todo el papeleo del alta antes insistió bastante en eso.

—Solo lo alimentaré y lo vigilaré mientras termina este tratamiento —dijo Adam—. Tenemos un montón de comida para perros de sobra en esa caja debajo de las escaleras de cuando se quedó el último perro con nosotros, así que no es molestia. Y tiene el jardín para pasear, así que no tendré que sacarlo a caminar si no me siento con fuerzas.

Ella oyó la nota de desesperación en sus palabras y suspiró. —Está bien, veamos cómo va. Iré a buscar la cama y las cosas que guardamos en el garaje.

Cuando regresó, Scott estaba poniendo al día a Adam sobre la lista de citas que habían tenido en la clínica veterinaria durante su ausencia, y su otra mitad escuchaba con atención, ofreciendo su opinión sobre algunos de los procedimientos más complicados que Scott había planeado para el resto de la semana.

—Bien, aquí hay una cama que creo que es lo suficientemente grande —dijo Kay, dejando caer la suave alfombrilla en el suelo junto a las estanterías—. Encontré unos cuencos para comida y agua que he puesto en la cocina, y también un par de juguetes blandos.

Hizo chillar una tortuga verde de peluche, y Oscar se deslizó del sofá y se acercó, arrebatándole el juguete de la mano antes de llevarlo a la cama.

—Bueno, ya está instalado —dijo Adam—. Eso es una buena señal.

—Lo es. —Scott miró su reloj, luego se puso de pie—. Bueno, será mejor que me vaya o estaré en problemas.

—Gracias por pasarte y por la actualización.

—No hay problema. Espero que te sientas mejor pronto.

Adam sonrió, se acercó a la cama del perro y se agachó junto a Oscar antes de iniciar un juego de tira y afloja con la tortuga. —Seguro que volveré la semana que viene.

—No, ni hablar —dijo Kay—. Dos semanas, dijo el médico. No una.

—Y con eso… —Scott sonrió—, será mejor que me vaya.

—Te acompaño a la salida —dijo Kay. Miró por encima del hombro para asegurarse de que Adam estaba ocupado haciendo caricias al perro, luego acompañó al joven veterinario al pasillo, cerró la puerta de la sala de estar y se cruzó de brazos.

—Scott, sé que estás ocupado en la clínica, pero no creo que sea el momento de esperar que Adam cuide de un perro enfermo. Se supone que debe estar descansando.

—No es lo que piensas.

—¿Qué quieres decir? ¿Qué le pasa?

—Nada. —Scott guiñó un ojo—. Le pedí prestado a Oscar a un amigo mío por unos días. Solo pensé que podría ayudar a distraer a Adam por un tiempo. Seamos sinceros, de lo contrario, nos va a volver locos a los dos mientras esté en casa, ¿no?

—¿Y qué hay de los medicamentos?

—Son falsos. Stephanie los hizo en casa esta tarde

moliendo algunas galletas para perros y luego horneándolas de nuevo. Confía en mí, Adam no tendrá ningún problema en hacer que Oscar las tome.

—Eres un hombre terrible, Scott Mildenhall. —Kay contuvo una risa antes de entrelazar su brazo con el de él y guiarlo hacia la puerta principal—. Si alguna vez se entera…

CAPÍTULO 19

Laura se recogió su largo cabello en un moño en la nuca, se alisó la chaqueta y se apresuró por la estrecha acera que bordeaba la plaza del pueblo.

Una neblina matutina se aferraba a los bordes, suavizando los contornos de un pub y una hilera de casas adosadas al otro lado.

La casa que buscaba estaba oculta detrás de un alto muro de piedra y separada de la calle por una gruesa puerta de madera con una alarma de seguridad al lado.

Presionó el botón debajo del intercomunicador y retrocedió sorprendida cuando una voz femenina ladró desde el altavoz.

—¿Quién es?

—Agente Laura Hanway —dijo—. Me preguntaba si podría hablar con Angela Tasker sobre Felicity Gregor.

Hubo una pausa tras sus palabras. —Está bien. Empuje la puerta. Siga el camino hasta la parte trasera de la casa.

Después de hacer lo que la mujer le indicó, Laura

zigzagueó por un sendero de pizarra y miró hacia la casa catalogada como Grado II.

Las ramas desnudas de una glicina se enroscaban alrededor del porche sobre la puerta principal y una de las ventanas, y un hilo de humo escapaba de una chimenea de ladrillo rojo.

Laura se estremeció y se ajustó la chaqueta alrededor de los hombros cuando un viento frío azotó el lateral de la propiedad, luego se apresuró a doblar la esquina hacia la puerta trasera.

Una mujer de unos sesenta años tenía la mano en el marco, con una expresión de impaciencia.

Laura forzó una sonrisa. —Gracias por recibirme con tan poco aviso, señora Tasker.

—Vamos, dese prisa. Va a dejar escapar todo el calor. Y llámeme Angela.

—Lo siento. Gracias.

Laura pasó junto a la mujer, sorprendida por su altura, y se encontró en una enorme cocina.

Una cocina de leña ocupaba la mayor parte del extremo más alejado de la habitación, creando una calidez que inmediatamente le calentó las mejillas. Una gran mesa redonda de pino situada a un lado estaba cubierta de periódicos salpicados de pedazos rotos de porcelana.

—Ha interrumpido mi trabajo, detective. Venga al salón.

Laura siguió a la mujer por un estrecho pasillo, su mirada recorriendo los jarrones antiguos y las viejas pinturas al óleo mientras trataba de evitar chocar contra algo, y luego entró en una de las habitaciones delanteras.

Una enorme chimenea era el punto focal del gran

espacio, y Angela hizo un gesto hacia uno de los dos sofás ubicados a ambos lados del hogar.

Se sentó, y escuchó un maullido indignado antes de que un gato negro se deslizara a la vista desde debajo de una mesa baja de madera llena de revistas brillantes.

Angela lo levantó sobre su regazo y se acomodó en los cojines. —Pregunte, entonces.

Después de llevar a la mujer a través de los preliminares de una entrevista, Laura se acomodó en una rutina familiar, su confianza volviendo a su voz.

Angela parecía disfrutar el proceso, su aspereza inicial disminuyendo mientras consideraba cada pregunta antes de responder.

—¿Cómo se enteró del negocio de diseño de interiores de Felicity Gregor?

—No a través de ese Insta-noséqué, como seguro habrás adivinado. No, me enteré de lo que estaba haciendo a través de su madre, Isobel. Una vez cometí el error de preguntar cómo iba el nuevo negocio de Felicity, y eso fue todo. Solo estaba siendo educada.

—¿Le pidió a Felicity que hiciera algún trabajo de diseño de interiores para usted?

—Sí, y eso fue un error. Realmente no era tan buena. —La nariz de la mujer se arrugó—. No para lo que cobraba.

—¿Oh?

—Delirios de grandeza, esa chica. —Angela se encogió de hombros—. Pero, ¿qué podía hacer? Su madre me pidió que solicitara el encargo para ayudarla. Supongo que pensó que si Felicity podía tomar algunas fotografías de lo que había hecho aquí, podría ayudar a que su negocio ganara algo de tracción. Aunque creo que le faltaba algo de talento natural.

—¿Hace cuánto que conoce a su madre?

—Fuimos juntas a la universidad. Estudiamos inglés en Oxford. —Angela suspiró, su mirada desviándose hacia el fuego abierto—. Parece que hace una vida. Pobre Izzy. Perder a una hija así.

—¿Cuándo realizó Felicity el trabajo para usted?

—Terminó hace dos semanas.

Laura se tomó un momento para mirar alrededor de la habitación, luego frunció el ceño.

Angela levantó la mano antes de que pudiera hablar. —Volví a poner la habitación como estaba tan pronto como ella salió por la puerta. Usó colores horribles. Terrible. —Suspiró—. Aun así, mientras haya ayudado, supongo. Aunque podría haberse ahorrado la factura después.

—¿Esperaba que usted pagara por ayudarla?

—Bueno, ella nunca supo que su madre me pidió que lo hiciera. —Angela chasqueó la lengua—. No, esa fue toda idea de Isobel. Llamé a Felicity para concertar la cita. Antes de darme cuenta, la chica estaba llegando con todos los cojines nuevos y chucherías, y por supuesto tendré que pagar, especialmente ahora.

Laura actualizó sus notas antes de mirar a la mujer una vez más. —¿Sería justo decir, entonces, que tal vez Felicity era mejor en ventas que en ejecutar un proyecto de diseño de interiores?

Angela se rio. —Esa es una manera muy diplomática de decir las cosas, detective, pero sí, tendría que estar de acuerdo. Esto sonará horrible dadas las circunstancias, pero no podía ver que su negocio fuera a durar mucho. Me parecía más un capricho. Algo que hacer para parecer ocupada, en lugar de estar realmente ocupada.

—¿Cuándo fue la última vez que vio a Felicity?

—Hmm. Tendría que decir que fue el lunes de la semana pasada. Dejó otra manta espantosa para poner sobre ese sofá en el que está sentada. —Angela resopló—. Gracias a Dios que no había quitado todo lo que había hecho el viernes anterior, y eso fue solo porque estuve ocupada con mi propio trabajo durante ese fin de semana. No quiero ni pensar en lo que habría dicho.

—¿Y qué tipo de trabajo hace usted?

—Restauro porcelana antigua para dueños torpes estos días, detective. Y dirigí el negocio de restauración de muebles de mi marido durante treinta años antes de su muerte. —Una sonrisa pícara cruzó los labios de la mujer —. Así que ya ve, detective, tengo bastante ojo para el diseño de interiores. Sé cuándo me han tomado el pelo.

CAPÍTULO 20

Kay se abrochó el cinturón de seguridad mientras la barrera del aparcamiento se levantaba y Barnes metía el coche en el tráfico que avanzaba lentamente por Palace Avenue.

Sacando su libreta del bolso, encontró la página con los detalles del cliente de Felicity al que iban a ver y se los leyó a su colega.

—Mejor toma la autopista, Ian. Será más rápido que luchar contra la circunvalación esta mañana.

—De acuerdo. —Indicó a la izquierda, y Kay miró el aparcamiento de varios pisos mientras pasaban por delante.

El equipo forense había recogido su tienda y equipo en las primeras horas del jueves por la mañana, y no quedaba nada que indicara que una joven había caído a su muerte. Los peatones se apresuraban por la acera junto a ellos mientras esperaban en el semáforo, sin saber lo que había sucedido.

—¿Cómo está Adam? —preguntó Barnes, cambiando

de marcha cuando el tráfico se puso en movimiento y siguiendo las señales hacia la autopista.

—Bien, gracias. Parece que se está recuperando bien del golpe en la cabeza. Tiene una revisión en el hospital el martes que viene, y luego solo necesita descansar. —Kay volvió a meter su libreta en el bolso—. Aunque Scott vino anoche y trajo a un paciente con él.

Cuando le contó lo que el gerente de la clínica de Adam había dicho sobre Oscar, Barnes negó con la cabeza.

—Cuando se entere…

—No lo hará, y tú no se lo vas a decir. Durante mucho tiempo. —Suspiró—. Ojalá Scott no nos hubiera traído algo que se tira tantos pedos.

Barnes soltó una carcajada.

—¿Huele mal?

—Oh, Dios mío, no tienes ni idea. Sabe Dios qué le habrá estado dando de comer el amigo de Scott. Voy a tener que hablar con él cuando venga a recogerlo.

—Y hace demasiado frío para abrir las ventanas…

—Al menos a este paso, voy a pasar más tiempo corriendo por las tardes que sentada frente al televisor.

—¿Ves? Siempre hay un lado positivo.

Kay puso los ojos en blanco y se acomodó para el corto viaje a Leybourne.

—Al parecer, esta clienta de Felicity tiene una casa de vacaciones cerca del castillo y le pidió que renovara el invernadero.

—¿Qué tiene de malo una mano de pintura fresca en las paredes? —se quejó Barnes, accionando el intermitente y reduciendo la velocidad para negociar el cruce—. Ayer por la tarde estuve mirando su feed en las redes sociales y te juro que había tantos cojines en los sofás que no encontrarías dónde sentarte.

—No eres muy fan de los textiles, ¿eh?

—Si compras una silla cómoda, no deberías necesitar cojines.

Kay se rio.

—Toma la próxima a la derecha, y quizás no le sugieras eso a la señora Daniels cuando hablemos con ella. Pagó mucho dinero por esos cojines.

Barnes negó con la cabeza, incrédulo, y redujo la velocidad hasta detenerse frente a una gran casa independiente con altas chimeneas.

—Caramba —dijo, mirando más allá de Kay por la ventanilla del pasajero—. No es de extrañar que pudiera permitirse pagar a Felicity.

—Veamos qué tiene que decir sobre ella.

Una mujer de unos cuarenta años abrió la puerta momentos después de que Kay tocara el timbre, con una melena rubia desordenada recogida en una coleta suelta que le caía sobre el hombro.

—Bien, han llegado puntuales. —Cerró la puerta tras ellos y les dirigió una sonrisa de disculpa—. Lo siento, estoy esperando a un electricista, así que no me importaría que hicieran sus preguntas antes de que llegue. La gente tiende a cotillear por aquí. Por cierto, soy Beverley Daniels.

Kay hizo las presentaciones antes de que Beverley los condujera a un gran invernadero en la parte trasera de la propiedad.

De varios metros de largo, la habitación estaba dividida en dos áreas de estar con grupos de sofás dispuestos alrededor de mesas bajas de madera. Elegantes objetos decorativos llenaban los nichos y se habían colgado pinturas abstractas de buen gusto en las paredes. Kay negó ligeramente con la cabeza cuando Barnes arqueó una ceja ante la variedad de cojines repartidos por los diversos asientos.

Un radiador recorría una de las paredes bajas, pero hacía poco para compensar el frío de la habitación.

La mujer señaló el techo donde colgaban dos calentadores infrarrojos de soportes en la estructura.

—Normalmente estos estarían encendidos también, pero han dejado de funcionar. De ahí el electricista. Pensé que querrían ver lo que Felicity hizo por mí aquí; todo esto fue idea suya.

—¿Hace cuánto tiempo terminó el trabajo? —preguntó Kay.

—El mes pasado. —Beverley se hundió en un sillón junto al radiador y les indicó que se sentaran en un sofá frente a ella mientras se envolvía en una gruesa rebeca—. Esta habitación siempre es popular entre los huéspedes en los meses más cálidos, pero empezaba a verse anticuada, y mi marido y yo queríamos hacerla cómoda también para los meses fríos. El salón de la parte delantera de la propiedad puede volverse bastante oscuro en invierno, y abarrotado si tenemos mucha gente alojada.

—¿Tuvo algún problema con el trabajo de Felicity o con su puntualidad?

—De hecho, sí. —Beverley suspiró—. Va a sonar horrible, con eso de que murió así, pero tuvimos que reprogramar a los decoradores porque ella se olvidó de venir a supervisarlos. No estaban contentos con eso, y acabaron cobrando extra por volver la semana siguiente. Tuvimos suerte de que pudieran; son uno de los más populares de la zona.

—¿Dijo por qué se olvidó? —preguntó Barnes.

Beverley se encogió de hombros.

—Oh, me dio una excusa tonta sobre hacer malabares con compromisos de trabajo, pero sé cuándo alguien está mintiendo. Para empezar, no podía mirarme a los ojos, y luego, la semana siguiente, la encontré vomitando en el baño de abajo. Parecía desorientada. Me pregunté entonces si tendría un problema con el alcohol o algo así.

—¿Le dijo algo en ese momento? —Kay levantó la vista de sus notas—. ¿Algo que sugiriera que ese era el caso?

—No, solo que no se había estado sintiendo bien y se preguntaba si estaba incubando algo. —Beverley soltó un resoplido despectivo—. Una hora después, la oí haciendo planes para salir a cenar con amigos esa noche, así que no podía estar tan enferma. Como dije, me pregunté si estaba trabajando sin descanso.

—¿Tuvo algún otro problema después de eso antes de que terminara su trabajo aquí?

—No. Era casi como si supiera que debía tener cuidado después de aquella mañana con el malestar. Es decir, aún esperaba que le diera una reseña después de terminar el trabajo y enviarme una factura.

—Una vez que el proyecto se completó, ¿volvió a saber de ella? —preguntó Kay.

—Solo para reclamar el pago. Eso me molestó un poco. Solo tenía dos días de retraso y, dada su actitud mientras estuvo aquí con la tardanza y todo lo demás, me

pareció un poco descarado de su parte. —Beverley suspiró
—. Simplemente lo atribuí a que estaba empezando y necesitaba el flujo de caja.

Kay cerró de golpe su libreta. —Gracias por su tiempo, señora Daniels.

CAPÍTULO 21

Kay cogió una manzana de la cesta de frutas en el escritorio de Debbie y sonrió mientras la agente uniformada regresaba de la fotocopiadora, con las manos llenas de agendas grapadas listas para la reunión de la tarde.

—¿Qué es esto? ¿Intentando que seamos saludables?

—Como si fuera posible. —Debbie sonrió—. No, esto lo dejó en recepción una pareja de ancianos a quienes les entraron a robar la semana pasada. Dave logró rastrear y arrestar a los adolescentes responsables antes de que pudieran vender ninguno de los objetos robados, incluyendo algunas reliquias familiares. No tuve el corazón para decirles que vosotros os alimentáis de pizza. Deberían haber dejado vales para el restaurante de comida para llevar de la zona.

El estómago de Kay rugió y ella se rio.

—Tomaré lo que pueda conseguir.

—Me lo imaginaba, jefa.

—Bien, empecemos con esto. —La voz de Barnes

resonó en la sala de incidentes mientras hacía señas al equipo para que se acercara a la pizarra—. Cuanto antes hagamos esto, antes podrá Debbie daros el horario para el fin de semana.

Kay se acercó y tomó asiento en los márgenes del grupo reunido, notando la confianza que emanaba de su colega mientras caminaba por la alfombra organizando sus pensamientos mientras tres rezagados tomaban sus lugares.

—Bien, Gav, ¿quieres darnos una actualización rápida sobre el robo en la veterinaria para empezar? —dijo Barnes.

—No hay mucho que informar todavía, lo siento. —Gavin lanzó una mirada de disculpa a Kay—. Anoche hablamos con una mujer que fue vista saliendo de la clínica antes de que la llamaran para su cita; habría sido la última persona del público en ver a Adam antes del ataque, pero nos dijo que había cambiado de opinión sobre gastar el dinero. No hay nada en el sistema sobre ella, y tiene una coartada para el momento del robo: estaba recogiendo a sus padres en el aeropuerto. Todavía tenemos algunas imágenes de videovigilancia de los vehículos de la empresa de reparto para revisar en los próximos días, así que podrían revelar algo.

—Avísanos si encontráis algo, y si quieres discutir cualquier cosa, solo pregunta —dijo Barnes—. Bien, pasemos a Felicity Gregor. Laura, ¿cómo te fue hoy? Estabas hablando con Angela Tasker esta mañana, ¿no?

Kay escuchó mientras la agente compartía sus hallazgos, esperando hasta que volvió a tomar asiento al frente antes de proporcionar su propia actualización al equipo.

—Hablamos con Beverley Daniels, quien contrató a Felicity para hacer el diseño interior de un invernadero en su casa de vacaciones. Parece que tuvo algunos problemas: Felicity no se presentó una mañana, y otra mañana estuvo enferma. —Kay apuntó con su manzana a las notas en la pizarra—. Eso nos hizo preguntarnos si había estado tomando drogas y no podía lidiar con las consecuencias.

—Sin mencionar el hecho de que habría estado conduciendo bajo la influencia para llegar a Leybourne —añadió Barnes—. ¿Qué hay del segundo cliente que ibas a entrevistar hoy, Laura?

La joven detective hojeó su libreta.

—Eran el Sr. y la Sra. Starling, en Pembury. Patricia, la esposa, dijo que le pidió a Felicity que renovara una habitación individual para su hija de cinco años. Dijo que estaba satisfecha con los resultados y planeaba pedirle que viniera a trabajar en un proyecto de casa de verano en unas semanas.

—¿Algún problema mientras trabajaba para ellos? —dijo Barnes.

—Ninguno del que ellos fueran conscientes. Patricia dijo que Felicity llegaba puntual a las diez cada mañana y se quedaba hasta las seis la mayoría de las tardes. Todo el proyecto se completó en dos semanas: hubo un período de seis días en el medio mientras discutían materiales y colores por correo electrónico, y luego Felicity pidió todo y lo instaló en dos días a principios de este mes. No podía hablar mejor de ella.

—Bueno, eso equilibra las reseñas en línea —reflexionó Gavin.

—¿Patricia Starling confirmó que recibió una factura de Felicity? —dijo Barnes.

—Sí, y debía pagarse la próxima semana. —Laura cerró su libreta—. Angela Tasker dijo que la suya estaba vencida, pero planeaba pagarla la próxima semana también.

—Así que Felicity no tenía ingresos mientras estaba entre trabajos —dijo Barnes.

Kay terminó la manzana mientras escuchaba, recorriendo con la mirada las notas adicionales que Barnes añadía a la pizarra. Tragó y agitó el corazón de la manzana en el aire para llamar la atención de su colega mientras él se volvía para enfrentar al equipo reunido una vez más.

—¿Ian? Hablé con Isobel Gregor antes, y confirmó que no se esperaba que Felicity pagara nada por los gastos de la casa y cosas así mientras vivía con sus padres. Según Isobel, ella y Peter acordaron que, como no tenían que pagar cuotas universitarias, podían permitirse apoyarla mientras intentaba establecer su negocio. Eso podría explicar cómo Felicity se las arreglaba para subsistir.

—Gracias, jefa. Laura, ¿alguno de los clientes que entrevistaste notó si Felicity parecía desanimada cuando trabajaba para ellos, o bajo la influencia de sustancias?

—No, oficial, pero si Felicity había estado consumiendo durante tanto tiempo como sugiere el informe de la autopsia, entonces podría haber sido buena ocultándolo a sus clientes —dijo Laura—. Sus padres no tenían ni idea, ¿verdad?

—Cierto. —Barnes dejó caer el bolígrafo en un estante debajo de la pizarra y apoyó las manos en las caderas mientras miraba fijamente sus notas—. ¿Alguien tiene una actualización de Andy Grey sobre los registros telefónicos?

—Dice que estarán aquí para el lunes —dijo Dave Morrison desde el fondo de la sala—. Ha tenido dos personas de baja por enfermedad esta semana, así que va con retraso.

—Muy bien, gracias a todos. Aseguraos de hablar con Debbie al salir para obtener vuestros horarios.

Barnes dio por terminada la reunión, luego se acercó a donde Kay estaba sentada y le dedicó una sonrisa irónica mientras se apoyaba en el escritorio junto a ella.

—Eso salió tan bien como se podía esperar —dijo.

—A veces estas cosas llevan tiempo, Ian. Lo sabes.

—Esperemos tener un avance en uno de estos casos durante el fin de semana, jefa. De lo contrario, nos espera un largo camino.

CAPÍTULO 22

Jack Moreton sacó el cartón de leche del refrigerador, abrió la tapa y se le revolvió el estómago.

—Joder, esto ya está pasado.

Cerró la puerta de golpe, cruzó hacia un fregadero de cerámica abarrotado de vajilla y vertió el líquido por el desagüe, abriendo el grifo de agua fría para hacerlo desaparecer.

El buzón resonó en el pasillo y, mientras miraba a través de las cortinas amarillentas de la ventana, vio al chico que repartía el periódico gratuito del sábado apresurándose por el camino.

Al volver a la encimera, su labio superior se curvó.

—Café negro será, entonces.

Se pasó la mano por el pelo demasiado largo y alcanzó un armario, abriendo la puerta y hurgando hasta encontrar un frasco de café medio vacío y una caja de Tupperware a medio llenar de azúcar.

—Espero que no estés robando el mío.

Se giró al oír la voz, incapaz de ocultar la sonrisa culpable que se formó. —Lo siento, Tina. Es urgente.

Su compañera de piso cruzó la cocina arrastrando unas zapatillas de peluche que le quedaban grandes y se sirvió una rebanada de pizza fría de la caja abierta en la encimera.

—¿Qué hora es? —bostezó.

—Las once y media.

—¿A qué hora llegaste?

—Sobre las dos, supongo.

—Debí quedar inconsciente. No oí nada. ¿Gary no anda por aquí? Normalmente ya está levantado a esta hora.

Jack encendió el interruptor del hervidor y se encogió de hombros.

—No lo he visto. Debe estar en casa, porque su teléfono está ahí. Ya ha sonado una vez, eso es lo que me despertó.

—¿Queda más de esta pizza?

—No. ¿Por qué, quieres pedir más?

—No, está bien. Probablemente iré a casa de mamá y papá después de tomar un par de analgésicos. Dijo que haría espaguetis a la boloñesa para el almuerzo, así que no me lo pierdo.

Sonrió. —¿No ibas a reducir el alcohol?

—Eso creía yo. —Tina hizo una mueca—. ¿Quieres que compre más leche de camino a casa?

—Sí, gracias.

—Hasta luego.

Jack la vio salir de la habitación, sonriendo mientras ella tiraba de su pijama arrugado y bostezaba de nuevo antes de desaparecer en el comedor que su casero anunciaba como tercer dormitorio.

Hubo una atracción mutua una vez, tal vez hace un año cuando se mudó, pero se apagó rápidamente una vez que pasaron tiempo en el espacio vital del otro y se dieron cuenta de que eran polos opuestos en cuanto a su naturaleza.

El teléfono móvil en la encimera sonó, sacándolo de sus pensamientos, y se inclinó para leer la pantalla.

Mamá.

—Supongo que podría ser urgente —murmuró, y agarró el móvil.

Los padres de Gary vivían en algún lugar cerca de Sevenoaks; nunca podía recordar el nombre del pueblo y nunca los había conocido, pero sabía por conversaciones con su compañero de piso que era cercano a ellos.

Salió de la cocina y subió las escaleras corriendo antes de golpear una puerta hacia la parte trasera de la casa adosada, luego miró hacia abajo cuando el móvil dejó de sonar.

—¿Gary? Tu móvil sonó, colega. Parece ser el número de tu madre.

Golpeó la puerta con los nudillos una vez más.

—¿Gary? ¿Estás ahí?

Conteniendo la respiración, Jack aguzó el oído para escuchar más allá de la superficie de madera por encima del sonido de Tina hablando por teléfono, su voz llegando hasta las escaleras donde él estaba.

—Mierda —murmuró—. No puedo oír nada. Colega, más te vale estar decente porque voy a entrar.

El amargo hedor a vómito asaltó sus fosas nasales en el

momento en que abrió la puerta, y retrocedió, cubriéndose la nariz con la mano mientras sus ojos se adaptaban al interior sombrío.

Cruzó la habitación, apartó las cortinas y abrió una ventana de golpe antes de tomar respiraciones profundas.

Al volverse, observó la forma dormida envuelta en un fino edredón, con un mechón de pelo oscuro y rizado sobresaliendo por la parte superior.

—¿Gary? Despierta. Tu madre ha estado llamando.

Sin respuesta.

Suspiró, caminó alrededor de los pies de la cama hacia el otro lado y vio un brazo pálido que salía de debajo del edredón, colgando a un lado del colchón.

La cara de su compañero de piso estaba cubierta por las sábanas que se había subido sobre la cabeza.

Sonriendo, Jack extendió la mano hacia el edredón.

—Vamos, despierta —cantó, arrebatándolo.

Tambaleándose hacia atrás, Jack parpadeó ante la forma inmóvil.

Los ojos pálidos de Gary le devolvieron la mirada, sus mejillas, fosas nasales y labios cubiertos de vómito que se había acumulado en la sábana y empapado el colchón. Su piel tenía un tono azulado moteado, e incluso antes de que Jack extendiera la mano para tocarlo, ya lo sabía.

Sus entrañas se retorcieron, y luego salió corriendo de la habitación.

CAPÍTULO 23

Barnes se abrochó la chaqueta y se detuvo en la puerta metálica abierta que separaba la avenida arbolada de la casa.

Echó un vistazo por encima del hombro hacia donde Kay estaba registrándose con un joven policía en el cordón policial y luchó contra un pico de adrenalina que le golpeó el pecho.

Los únicos detalles que habían llegado por radio eran que un hombre de unos veinte años había sido descubierto por sus compañeros de piso, muerto por una supuesta sobredosis.

—Estoy lista cuando quieras, Ian.

Kay se acercó con el policía detrás y asintió hacia la puerta principal. —El lugar no parece estar en tan malas condiciones, considerando que es una casa compartida.

El policía resopló. —Espera a ver el interior, jefa.

—¿Qué nos puedes decir sobre los compañeros de piso del fallecido? —dijo Barnes, haciéndose a un lado mientras dos hombres pasaban junto a él llevando una camilla vacía—. ¿Cuál de ellos lo encontró?

—Jack Moreton, oficial. Trabaja a tiempo completo en una empresa de seguros en la ciudad. —El agente Walker, según su placa de identificación, recitó los detalles de memoria—. Tiene veintidós años, sin antecedentes penales. Nos dijo que Gary, ese es el fallecido, oficial, dejó su teléfono móvil en la cocina y tenía una llamada perdida de su madre, así que cuando sonó de nuevo, subió corriendo con él. Cuando golpeó la puerta del dormitorio no hubo respuesta, así que entró. Fue entonces cuando lo encontró.

—¿Quién más vive aquí? —dijo Kay.

—Una mujer de veintiún años llamada Tina Lewis. De nuevo, sin antecedentes. El nombre de Gary está en el contrato de arrendamiento, y Jack y Tina subarriendan de él. He hablado con el agente del propietario y dice que nunca ha habido informes de problemas o incidentes desde que los tres viven aquí.

—¿Has tenido oportunidad de tomar sus declaraciones? —dijo Barnes.

—Sí, oficial. Ambos están sentados en la cocina si quieres hablar con ellos. —Walker inclinó la cabeza mientras se hacía a un lado—. Añadiré estas declaraciones al sistema cuando terminemos aquí, si te parece bien. Ah, y Lucas Anderson está dentro. Ha declarado la muerte, pero se quedó por aquí hasta que llegara el equipo del forense con la camilla, por si querías hablar con él.

—Gracias.

Barnes hizo un gesto a Kay para que fuera delante y la siguió a través de un camino de entrada de hormigón agrietado y lleno de baches hasta la puerta principal, donde el colega de Walker esperaba.

—Jefa, oficial. —Indicó la cocina a la derecha y bajó la voz—. Están aquí, a menos que queráis ver a la víctima primero antes de que el equipo de Lucas lo mueva.

Barnes miró hacia la estrecha escalera, con pasos pesados resonando desde algún lugar hacia la parte trasera de la casa. —No tardaremos mucho.

Kay le hizo un gesto para que liderara el camino, y él subió, siguiendo el sonido de voces masculinas hablando en voz baja.

El más bajo de los hombres del forense miró por encima del hombro a Barnes cuando este se detuvo en el umbral, e hizo una mueca.

—No es bonito.

—Nunca lo es.

Barnes se puso guantes protectores, le entregó un par extra a Kay, y luego se aclaró la garganta para contrarrestar el hedor subyacente que llenaba la habitación a pesar de la brisa que hinchaba las cortinas desde una ventana abierta.

—Buenas tardes, Lucas.

El patólogo había estado inclinado sobre el cuerpo inerte tendido sobre las sábanas, y ahora se enderezó, haciendo una mueca cuando su espalda protestó. —Detectives. Haré que Simon programe la autopsia para principios de la próxima semana y os daré los detalles una vez que tenga fecha y hora.

—¿Alguna posibilidad de que puedas aventurar una…?

—No de manera concluyente, pero sugeriría que se ahogó con su propio vómito. Eso podría ayudar en vuestras investigaciones. —Lucas se giró y señaló un pequeño paquete apoyado contra una lámpara en una mesita de noche—. A mi ojo inexperto, parece sorprendentemente similar en tamaño al que encontramos en Felicity Gregor la semana pasada.

—Es cierto. Lo pondremos en evidencia.

—Os dejaré continuar.

Barnes se acercó a la cama doble mientras el patólogo salía de la habitación.

Un rayo de luz débil se escapaba a través de las cortinas corridas, iluminando el pálido brazo de un hombre que se retorcía en un ángulo incómodo, con el rostro apartado de la ventana.

El vómito cubría las sábanas, el amargo hedor llenaba el aire viciado y se mezclaba con los otros fluidos corporales que se habían filtrado a través de la ropa de cama.

Barnes suspiró mientras se alejaba y dirigía su atención a la habitación.

Un amplio conjunto de pantallas de ordenador y servidores ocupaba un largo escritorio contra la pared del fondo, un tablero de corcho encima mostraba notas adhesivas con varios recordatorios garabateados, y un cuaderno había sido empujado a la derecha del teclado del ordenador.

Kay pasó su dedo enguantado por los garabatos a través de la página, con el ceño fruncido. —¿Qué son todos estos códigos de tres letras?

—Acciones.

Barnes se giró al oír la voz de Walker y vio al joven policía en la puerta.

—Le pregunté a Tina —dijo, sonrojándose un poco—.

Espero que no te importe, jefa. Dijo que Gary era un trader intradiario, ya sabes, de acciones. Según ella, le estaba yendo muy bien con eso.

—Interesante. ¿Dónde está ahora ese teléfono móvil suyo?

En respuesta, Walker levantó una bolsa de plástico para evidencias. —Aquí dentro. También registraremos estos servidores antes de irnos.

Hurgando en el bolsillo de su chaqueta, Barnes sacó una tarjeta de visita. —¿Me haces un favor? Llama a la sala de incidentes cuando regreses y yo me encargaré de la cadena de custodia. Quiero que eso vaya a la unidad forense digital lo antes posible.

—Lo haré, oficial.

—Bien, jefa, ¿hablamos con los compañeros de piso?

CAPÍTULO 24

Kay pudo sentir la conmoción emanando del hombre y la mujer sentados a la mesa de la cocina cuando entró en la habitación.

La mujer, Tina, sostenía una taza medio vacía entre sus delgados dedos, con el rostro enfermizamente pálido y el cabello desaliñado.

El hombre, Jack, parecía asustado.

Kay se apoyó contra el fregadero mientras Barnes sacaba una silla junto a los compañeros de piso y descansaba su brazo sobre la mesa.

—¿Cómo están sobrellevando esto? —comenzó—. ¿Alguno de ustedes tiene familia o amigos cerca con quienes puedan estar hoy cuando hayamos terminado aquí?

—Mi madre está en West Farleigh —dijo Tina con voz temblorosa—. Conoce a Jack, y ya nos ha dicho que podemos quedarnos allí por un tiempo. N-no puedo creer que se haya ido. No así.

Barnes dirigió su atención a Jack.

—Tengo entendido que usted encontró a Gary y llamó a emergencias, ¿es correcto?

—Sí. —El joven se aclaró la garganta, su mirada siguiendo los sonidos de los empleados del forense negociando las escaleras con la camilla cargada—. Aunque sabía que no tenía mucho sentido pedir una ambulancia.

Kay se movió por la cocina y cerró la puerta, antes de hacer una mueca comprensiva.

—Sabemos que este es un momento muy difícil para ambos, pero tenemos que hacer preguntas para averiguar cómo murió su amigo.

—Lo sé. —Jack se encogió de hombros—. Lo he visto en la tele suficientes veces.

—No es lo mismo en la vida real, ¿verdad? —dijo Barnes con compasión—. Haremos esto lo más rápido posible. ¿Cuándo fue la última vez que vieron a Gary con vida?

—Ayer. Alrededor de las siete de la noche. Yo estaba de salida para encontrarme con amigos en la ciudad, y él estaba aquí.

—¿Tina? ¿Qué hay de usted?

—Justo después de las siete y media, creo. Necesitaba pedir prestado un cargador de móvil y él me dio el suyo para usar. Y-yo probablemente debería devolverlo o algo… —Su mano tembló mientras se apartaba el cabello rubio de la cara—. Estaba apurada para prepararme antes de que una amiga me recogiera, y todo lo que recuerdo es que él estaba de pie junto al fregadero allí diciéndome que no olvidara tomar un vaso de agua cuando llegara a casa para no despertarme con resaca. Era… era amable.

—¿Alguno de ustedes sabe a dónde planeaba ir Gary anoche? —dijo Barnes.

—No creo que tuviera grandes planes —dijo Jack—. La última vez que hablamos, dijo que probablemente tomaría un par de cervezas en el pub aquí abajo. Creo que iba a encontrarse con amigos esta mañana en algún lugar.

—¿A qué hora estaba programado eso?

—No lo sé.

—¿Saben con quién iba a encontrarse?

—No, lo siento. Quiero decir, todos vivimos aquí, pero no metemos las narices en lo que hacen los demás. No realmente.

—Gary era más sensato que nosotros, menos propenso a tener que dormir después de una noche de fiesta… —La voz de Tina se quebró y se limpió los ojos—. Mierda.

—Encontramos una pequeña bolsa de polvo en la mesita de noche de Gary —dijo Kay, observando cuidadosamente las reacciones de los dos compañeros de piso—. ¿Alguna idea de dónde vino eso?

Tina palideció.

—No, ciertamente no de mí…

—Ni de mí. —Jack bajó la mirada—. No sabía que todavía consumía drogas.

—¿Oh? —Barnes cruzó la mirada con Kay y se enderezó en su asiento—. ¿Tiene antecedentes, verdad?

—Se salió un poco de control hace un año —murmuró Jack—. Se asustó. Creo que tomó algo que había sido cortado mal.

—Él no estaba aquí cuando sucedió. —Tina miró de Barnes a Kay, sus ojos suplicantes—. No lo supimos hasta que regresó.

—¿Regresó de dónde? —dijo Kay.

—No sé con quién estaba, pero creo que era un grupo de amigos en una fiesta en la ciudad…

—Él creía que después de esa experiencia, nunca volvería a tocar nada —agregó Jack—. Lo asustó muchísimo. Alucinaciones y todo.

—¿Han notado algo diferente en el comportamiento de Gary recientemente? —dijo Barnes—. ¿Algo fuera de lo común, por ejemplo?

Tina negó con la cabeza.

—No realmente, pero no salimos juntos. Quiero decir, aparte de vernos aquí tal vez una o dos veces al día, tendemos a estar fuera haciendo nuestras propias cosas. Nunca socialicé con él.

—Yo tampoco, aparte de tomar algo ocasionalmente en el pub con él, y eso nunca era más de una vez al mes, generalmente si estaban transmitiendo un partido de fútbol que ambos queríamos ver —agregó Jack—. No podíamos pagar el servicio de suscripción para verlo aquí, así que el pub era la siguiente mejor opción.

—Muy bien. —Kay se apartó de la encimera mientras Barnes se unía a ella—. Nos pondremos en contacto si tenemos más preguntas. Pueden hablar con Walker o su colega mientras tanto si necesitan algo.

Siguió a Barnes hasta el coche, deteniéndose para observar cómo la camilla que llevaba a Gary Lovell era cargada en la parte trasera de una ambulancia privada sin identificación.

—¿Estás bien, jefa?

La voz de su colega la sacó de sus pensamientos, y miró por encima del coche hacia él.

—Tengo un muy mal presentimiento sobre todo esto, Ian.

CAPÍTULO 25

Cuando Kay abrió la puerta de la sala de incidentes, un estruendo de teléfonos sonando asaltó sus oídos.

—Dios mío —dijo Barnes—. ¿Qué pasó? Solo los dejamos por un par de horas.

Gavin se acercó rápidamente, con su teléfono móvil en la oreja. —Seis personas han sido llevadas de urgencia a los hospitales de Maidstone y Ashford desde las tres de la madrugada. Tres están en estado crítico, y no pinta bien para otros dos. El más joven tiene solo dieciséis años. Todos están sufriendo sobredosis de drogas.

Kay miró la cara agobiada del detective y lo guio hacia su escritorio. —Dime lo que sabes. La versión corta.

—De acuerdo. —Se hundió en una silla libre junto a la de ella y tomó un respiro profundo antes de enderezar los hombros—. Se cree que los seis estuvieron en esa nueva discoteca que está cerca de aquí anoche…

—¿Incluyendo al de dieciséis años?

—Tenía una identificación falsa. No hace falta decir que los dueños de la discoteca están teniendo una charla con sus contratistas de seguridad. La discoteca cerró a las tres de la madrugada, pero las llamadas a emergencias comenzaron a llegar a las dos y media, y los dos primeros casos fueron llevados al Hospital de Maidstone a las tres y cuarto.

—¿Y todos los casos son de la misma discoteca?

—Hasta ahora, sí. —Gavin frunció el ceño—. ¿Y tú, jefa? Laura dijo que hubo otra muerte esta mañana.

Kay suspiró. —Lucas cree que el tipo se ahogó con su propio vómito después de una sobredosis, pero encontramos más de lo que parece ser el mismo polvo que se encontró en posesión de Felicity Gregor. Mismo empaque, todo.

—¿Jefa?

Kay se giró en su silla cuando Laura se acercó, con el rostro afligido. —¿Qué pasa?

—Era el Hospital de Maidstone, jefa. La chica de dieciséis años no lo logró.

—Dios mío.

Kay se pasó la mano por la boca mientras miraba a Gavin.

Sus ojos estaban preocupados. —Llegamos tarde, ¿verdad? Esa cosa que se llevaron de la clínica veterinaria ya está circulando.

—Lo que no entiendo es por qué estamos viendo tantas sobredosis —dijo Kay—. Es decir, la gente usa ketamina todo el tiempo; ha reemplazado a la cocaína por aquí entre los de veinte y treinta años durante los últimos seis años, así que ¿por qué el repentino aumento de muertes?

—Tal vez la han cortado de manera diferente. —Laura hizo una pausa mientras Barnes se acercaba para unirse a ellos—. Podríamos estar tratando con alguien nuevo en esto y que no se da cuenta.

Kay frunció el ceño. —¿Alguien de Delitos Mayores en Northfleet ha mencionado algo sobre una nueva pandilla en el área, o una operación en los límites del condado?

Barnes negó con la cabeza. —Acabo de hablar con Paul Solomon allí, y dice que ninguna de sus informaciones indica que haya un nuevo sistema en marcha.

—¿Alguna otra área ha experimentado un aumento de casos de sobredosis esta semana?

—No, sea lo que sea que está pasando, se limita a Maidstone.

Kay cerró el puño y lo golpeó contra el escritorio, mirando fijamente la pantalla de su ordenador mientras aparecían dos correos electrónicos más, ninguno de los cuales ayudaba a su investigación. —Demonios, necesitamos esos resultados de las pruebas de laboratorio. Necesitamos saber qué es esta cosa, y confirmación de si son los suministros robados de la clínica de Adam, o algo más.

—¿Nada de Harriet todavía? —dijo Gavin.

—No, y ella calculaba que tomaría dos semanas con los niveles de personal como están en este momento. —Kay empujó hacia atrás su silla y se acercó a zancadas a la pizarra, mirando con enojo las diversas notas y fotografías —. Ian, ¿puedes llamar a Jack Moreton y preguntarle si él o Tina saben si Gary Lovell alguna vez fue a esa discoteca? Si lo hizo, podemos avanzar sobre la base de que estuvo allí anoche y solicitar imágenes de videovigilancia para descartarlo o encontrarlo.

—Lo haré, jefa.

—Dado que los resultados de las pruebas no nos llegarán hasta al menos el viernes, ¿qué tal si echamos un vistazo más de cerca a la discoteca nosotros mismos para ver quién está vendiendo esta mezcla particular de ketamina? —dijo Laura—. Es decir, si quien la está vendiendo hizo algo de dinero anoche, estará demasiado tentado a intentarlo de nuevo esta noche, ¿no?

Kay negó con la cabeza. —Es una buena idea, Laura, pero no tenemos el personal para vigilar todas las discotecas de la ciudad, no todas a la vez.

—Podríamos si trajéramos a los manejadores de perros —dijo Barnes.

—Nunca conseguiré que aprueben el papeleo a tiempo para sacar a los perros antidroga esta noche.

—¿Quién dijo algo sobre los especializados? —Su colega sonrió—. Habla con la unidad canina y pídeles que pongan chalecos de alta visibilidad a los suyos en su lugar. Solo necesitamos crear una ilusión en las otras discotecas de que hay perros rastreadores en las puertas para acorralar al traficante de vuelta a este lugar en particular, ¿no?

Kay soltó un bufido. —Ian, eso es astuto, incluso para ti. Me gusta.

—Creo que yo también debería entrar —dijo Laura—. Si alguien está vendiendo ketamina robada, puedo actuar como ojos y oídos en el terreno para respaldar lo que estamos viendo en las cámaras de seguridad.

—No estoy contento con eso. No sabemos quién es esta persona, o si está trabajando solo. Podría ser peligroso

—dijo Gavin, apoyándose en el escritorio. Su frente se arrugó—. Creo que debería ir yo en su lugar.

Laura le lanzó una sonrisa pícara y extendió la mano para darle una palmadita en el brazo.

—No puedes, Gav. Eres demasiado viejo para ir a discotecas.

—Ninguno de vosotros irá —dijo Kay cuando las risas se apagaron—. Esto es Maidstone, no el Salvaje Oeste. Me pondré en contacto con Northfleet y conseguiré ayuda de Sharp. Necesitaremos oficiales especialmente entrenados para llevar a cabo el trabajo encubierto. El resto de vosotros podéis estar en espera en las cercanías en caso de que necesiten hacer algún arresto.

Vio la decepción en las caras de sus colegas y levantó la mano antes de que pudieran protestar.

—Necesitamos detener a quien esté suministrando estas drogas antes de que maten a alguien más; o han cometido un error al fabricarlas, o han salido deliberadamente a dañar a cualquiera que las tome. No estoy dispuesta a correr ningún riesgo.

CAPÍTULO 26

Laura se cubrió la mano con la manga de su sudadera y frotó la condensación que cubría el interior de la ventana de un solo cristal.

Tres pisos más abajo, un bajo retumbante resonaba mientras una puerta reforzada se abría hacia la acera y cuatro mujeres salían tambaleándose de la discoteca.

Tambaleándose sobre tacones de diez centímetros, se rieron y silbaron mientras se dirigían hacia una parada de taxis y se amontonaron en un coche al frente de la cola.

Observó cómo el vehículo se alejaba de la acera, con el conductor sacudiendo la cabeza y sonriendo.

La radio en el archivador abandonado junto a ella crepitó y siseó antes de que una voz emitiera una de las señales de llamada acordadas para la operación y alguien en el control de la fuerza respondiera.

—¿Algo?

Laura miró por encima del hombro al oír la voz de Gavin. —Nada que nos ayude. Los registros en High Street han encontrado las pastillas y marihuana habituales. Aunque en pequeñas cantidades, aún no hay traficantes.

—¿Y nada de ese polvo?

—Nada que se parezca remotamente. Quiero decir, si encuentran algo, tendrá que ser analizado de todos modos, pero hasta ahora…

Gavin acercó una silla a la ventana y consultó su reloj a la luz de la calle. —Solo queda una hora. Con suerte, aparecerá algo.

—Yo no me sentaría ahí si fuera tú, ¿has visto el estado del respaldo?

Entrecerró los ojos en la escasa luz y luego apartó la silla con disgusto. —¿Cuánto tiempo ha estado vacía esta oficina?

—Unos dieciocho meses. —Laura observó la vista de abajo mientras la puerta de la discoteca se abría una vez más—. Dave Morrison decía que el propietario está intentando obtener permiso para convertir el lugar en apartamentos; ha renunciado a los alquileres comerciales. La tienda de abajo lleva dos años vacía.

—Eso explica mucho. —Gavin pasó la mano sobre una capa de polvo que cubría el alféizar—. Creo que oí arañazos en esa esquina de allí antes.

Laura palideció, mirando hacia las sombras de la oficina. —¿Qué?

Cuando lo miró, él estaba sonriendo, ya con las manos levantadas en fingida defensa.

—A veces eres un imbécil, Piper. —Se volvió hacia la ventana, conteniendo la sonrisa que amenazaba con aparecer—. No sé cómo te aguanta Leanne.

—Porque me ama.

—Alguien tiene que hacerlo, supongo. —Laura observó cómo un grupo de cinco adultos mayores deambulaba por la acera, todos vestidos con chalecos de alta visibilidad uniformados.

Un hombre del grupo se detuvo junto a dos mujeres jóvenes, una de las cuales parecía estar en mal estado.

—No sé cómo lo hacen —murmuró—. Todo el abuso que reciben de algunas personas, además de estar a la intemperie en todo tipo de clima.

—Pero gracias a Dios que lo hacen —dijo Gavin, mientras el voluntario hacía señas a un taxi y se aseguraba de que ambas chicas subieran al asiento trasero.

Mientras el taxi se alejaba, Laura estiró los brazos sobre su cabeza y se crujió el cuello. Estaba empezando a sentir frío en la oficina abandonada y comenzó a caminar por la habitación para entrar en calor mientras él continuaba vigilando la calle.

—¿Alguna novedad sobre el ataque a Adam? —dijo, dando vueltas por el centro del cavernoso espacio, con las manos metidas en los bolsillos de su chaqueta de forro polar.

—Todavía no. He estado demasiado ocupado los últimos días con este lado de las cosas, para empezar.

Entonces escuchó la frustración en la voz de su colega y se acercó a él. —¿Hay algo en lo que pueda ayudar?

Gavin apartó la mirada de la ventana y forzó una sonrisa. —No realmente, pero gracias. Solo necesito unas horas para pensar en lo que tengo hasta ahora y ver si hay algo que se me haya escapado. Quiero intentar hablar con Stephanie de nuevo a principios de la semana que viene también. Dado que ella fue la primera en llegar a la escena después del ataque, podría recordar algo ahora que no recordó cuando la entrevistamos por primera vez. Sucede, ¿no?

—Sí, sucede.

La radio en el alféizar junto a su codo los interrumpió, llenando el aire con una orden brusca.

—Podría ser otro arresto —dijo Gavin, ajustando el volumen mientras se intercambiaban respuestas con el centro de control—. Parece que es en Bank Street.

—Crucemos los dedos.

Laura hundió la barbilla en el grueso y suave cuello de su chaqueta, con los hombros encogidos mientras escuchaba el intercambio subsiguiente entre el par de jóvenes policías en la calle y el despachador.

Parecía bastante amistoso: se emitió una advertencia y el hombre fue enviado sin problemas antes de que uno de los oficiales terminara la llamada.

Debajo de su posición en la ventana, una última oleada de juerguistas salió de la discoteca, un grupo de seis hombres cantando a todo pulmón antes de desaparecer por la esquina, y Laura consultó su reloj.

—Las tres en punto. Eso es todo, entonces.

Mientras la música se desvanecía, Laura tomó la radio y ajustó los interruptores antes de soltar rápidamente su señal de llamada. —¿Se ha encontrado algún rastro del polvo de ketamina en alguna parte?

—Negativo —llegó la respuesta—. Podemos confirmar dos arrestos por venta de pastillas y otros tres por posesión de cannabis, pero eso es todo. Vuestro traficante de ketamina no estuvo aquí esta noche.

Laura bajó la radio, su mirada encontrándose con la de Gavin.

Él parecía tan abatido como ella se sentía, con los hombros caídos mientras resoplaba.

—Mejor terminemos por hoy —dijo, poniéndose su chaqueta de cuero sobre los hombros—. Tengo la sensación de que nos espera un largo día.

CAPÍTULO 27

Kay alborotó las orejas de Oscar mientras se dirigía a la cocina y llenaba un vaso con agua del filtro, con los ojos soñolientos.

Después de pasar la mayor parte del sábado por la noche lidiando con una serie de mensajes de texto que contenían actualizaciones de su equipo, había caído en un sueño inquieto que había sido interrumpido por el despertador hacía diez minutos.

Se estremeció, acercando su bata al pecho y escuchó el clic de la caldera al encenderse, un suave rumor desde dentro del armario junto a la puerta trasera y el sutil *tic tic* del radiador junto a la cama de Oscar prometiendo calor en unos minutos.

Bostezando, encendió la cafetera e inhaló el aroma reconfortante de los granos recién molidos y luego rellenó el cuenco de agua de Oscar. Midió una taza de croquetas en un segundo cuenco antes de colocarlo frente al Golden Retriever, arrugando la nariz.

—Sé que probablemente no puedes evitarlo, pero Scott

realmente necesita decirle a su amigo que deje de darte lo que sea que te esté afectando el estómago —murmuró, consciente de los pasos que venían del dormitorio de arriba.

Oscar apartó su mano con el hocico y hundió la cara en su comida, llenando la cocina de felices ruidos de lamidas mientras Kay cogía una humeante taza de café y regresaba a la encimera central.

Un nuevo mensaje apareció en la pantalla de su móvil, y se sentó en un taburete mientras leía el texto de Barnes.

Todos estaremos allí a las 8 para el informe - nos vemos pronto.

—Café...

Miró por encima del hombro cuando Adam entró en la cocina, con los brazos extendidos frente a él como un zombi mientras arrastraba los pies por las baldosas.

Kay escondió su móvil bajo un menú de comida para llevar y forzó una sonrisa. —Pensé en ir y averiguar cómo les fue anoche.

—¿Sin llamadas telefónicas?

—Algunos mensajes, eso es todo. Solo me habrían llamado si hubiera surgido algo urgente.

Adam se arrastró hasta la cafetera y colocó una cápsula. —Entonces, que no haya noticias es una buena noticia.

Su sonrisa vaciló cuando él se dio la vuelta.

Los moretones en la cuenca del ojo y el pómulo estaban empezando a tornarse amarillos y morados, el color profundo de su piel cambiando a medida que sanaba. El enrojecimiento en su ojo estaba disminuyendo, y notó que el paquete de analgésicos en la encimera a su lado no había sido tocado en un par de días.

Sin embargo…

—¿Qué pasa? —dijo él, trayendo su taza de café a donde ella estaba sentada y rodeando sus hombros con el brazo. Le besó el pelo—. ¿En qué piensas?

Esperó hasta que él dejó su taza, luego se giró en su silla y lo rodeó con sus brazos, apoyando la cabeza contra su pecho. —Estoy preocupada por ti.

—Estoy fuera de peligro. Ya verás, cuando volvamos al hospital el martes, me darán el alta. —Inclinó su rostro hacia el suyo y le besó la nariz—. Así que no hay nada de qué preocuparse.

Apartándose mientras él recogía su café, Kay suspiró. —Adam, sabes tan bien como yo que quien entró en la clínica podría volver. Lo hemos visto pasar antes con otros negocios. Ahora que saben lo que se guarda en ese armario tuyo, será demasiado tentador para ellos. Si Gavin no descubre quién hizo esto…

—Escucha, no tuve oportunidad de decírtelo ayer, estabas demasiado cansada cuando llegaste a casa, pero Scott encargó un nuevo armario de seguridad para esos medicamentos el viernes. —Adam se hundió en el taburete a su lado—. Es mejor que el que teníamos antes. Nadie debería poder forzarlo.

—No son los medicamentos lo que me preocupa. Bueno, sí, obviamente. —Kay extendió la mano y apretó la suya—. Me preocupas tú. Y Scott, y Stephanie. Quien hizo esto no dudó en atacarte para llegar a los medicamentos. Eso es un acto de desesperación completamente distinto;

nunca antes habíamos tenido un veterinario atacado. No por aquí.

—Entonces pondremos nuevas medidas de seguridad. Añadiremos cámaras en el exterior del edificio, cosas así.

Ella suspiró y bajó la mirada a su regazo. —Genial, así cuando te ataquen la próxima vez podremos verlo en alta resolución.

—¿Qué quieres que haga? ¿Cerrar la clínica? ¿Renunciar?

Su cabeza se levantó de golpe. —No. No, por supuesto que no.

—Entonces deja de preocuparte por lo que pueda pasar. —Sonrió, besó sus dedos y luego cogió su taza de café y se deslizó de su taburete—. Además, te conozco. No te rendirás hasta que descubras quién me hizo esto y los detengas. ¿Verdad?

—No lo haré.

Un sutil silbido rompió la atmósfera, y Kay se dio la vuelta para ver a Oscar levantando la cabeza de su cama, con sus ojos marrones preocupados.

—¡Oh, Jesús, otra vez no!

Tropezó hacia la puerta trasera, la abrió de un tirón y cogió un paño de cocina del escurridor, agitándolo para contrarrestar el olor pútrido que flotaba en el aire.

—Ese maldito perro —dijo, mirando con furia al Golden Retriever mientras Adam se inclinaba para frotar sus orejas—. Cuanto antes se lo lleve Scott, mejor.

—Ay, no puede evitarlo. Está enfermo.

Kay apretó los labios, conteniendo la verdad y jurando llamar al colega de Adam cuando llegara al trabajo para decirle lo que pensaba.

—Voy a ducharme. —Adam se enderezó, luego guiñó un ojo—. Si te apetece ayudarme a desperdiciar algo de agua caliente…

A pesar de sí misma, a pesar de todas sus preocupaciones, Kay se rio.

—¿Cómo podría resistirme a una oferta así?

CAPÍTULO 28

Después de subirse el cuello de la chaqueta, Kay extendió la mano para coger el pastel caliente de champiñones que Barnes le ofrecía y dejó que el calor se filtrara en sus dedos por un momento.

Un viento frío soplaba sobre el río Medway, creando un oleaje en el agua que hacía que un par de cisnes se balancearan mientras nadaban río arriba.

El banco de madera estaba resguardado contra un muro de piedra caliza que la protegía de lo peor del clima inclemente, pero aun así se estremeció cuando Barnes se sentó a su lado y desenvolvió la empanada de Cornualles más grande que jamás había visto.

—¿Dormiste mucho anoche? —dijo él.

—No realmente. ¿Y tú?

Su estómago rugió y le dio un mordisco al pastel, haciendo una mueca cuando la comida caliente le quemó la lengua, pero incapaz de resistirse a un segundo bocado.

—De a ratos. —Barnes se lamió las migas de los dedos

y luego metió la mano en el bolsillo de su abrigo, sacó su móvil y entrecerró los ojos mirando la pantalla.

—¿Algo?

—Solo Parker confirmando que ha ingresado al sistema las declaraciones de los arrestos de anoche. Ninguno de ellos sabe nada sobre un nuevo polvo a base de ketamina circulando.

—Esa es su versión. —Kay terminó el pastel, luego arrugó la servilleta de papel y se limpió los labios—. Dios, necesitaba eso.

—Yo también. —Barnes reprimió un eructo, luego tomó la basura de ambos y la llevó a un cubo de metal en el camino de sirga antes de regresar—. Esta mañana hablé con Kyle Walker, el agente que estuvo ayer en la casa de Gary Lovell. Confirmó que llevó el teléfono móvil y los servidores informáticos de Gary a Andy Grey ayer por la tarde. Al parecer, Grey dijo que dará prioridad al móvil; está trabajando en otro caso para la División Este este fin de semana y su otro experto en informática no regresa hasta mañana.

—De acuerdo. No hay mucho más que podamos hacer al respecto. —Kay suspiró—. ¿Así que la pista de la discoteca también es un callejón sin salida?

—Parece que sí. Gavin finalmente recibió noticias de Jack Moreton esta mañana, quien confirmó que ni él ni Tina recuerdan que Gary fuera allí. —La frente de su colega se arrugó—. O si lo hizo, se lo guardó para sí mismo.

—¿Qué hay de Chantelle Evans, la chica de dieciséis años que murió? Dave Morrison iba a hablar con sus padres ayer, ¿no?

—Lo hizo, y no es una historia feliz. —Se encogió dentro de su abrigo—. Su padre adoptivo dijo que ha estado mezclándose con gente mayor durante los últimos ocho meses más o menos, y ni él ni su esposa conocen ninguno de sus nombres. Cuando adoptaron a Chantelle por primera vez, dijeron que era una niña encantadora, pero se había vuelto reservada, grosera...

Kay suspiró. —Quizás había estado experimentando con drogas durante un tiempo.

—Eso es lo que Dave pensó. Planea ponerse en contacto con su escuela mañana y organizar una charla con algunos de sus compañeros de clase.

El móvil de Barnes volvió a sonar y se rio después de leer el mensaje antes de mostrárselo a Kay.

—Emma dice que se lo está pasando de maravilla y que te mande saludos.

Ella extendió la mano para inclinar la pantalla y sonrió ante la fotografía de su hija, con un conocido monumento de Sídney de fondo. —¿Va a volver?

—Más le vale. —Barnes volvió a guardar el móvil en su bolsillo—. Sharp aprobó mi tiempo libre el próximo mes; gracias por darle un empujón al respecto.

—No hay problema. Tengo que admitir que cuatro semanas al sol son bastante atractivas en este momento.

—¿Tú y Adam aún planean irse de vacaciones en algún momento?

—Absolutamente. Faltan un par de meses para nuestras vacaciones, así que nos dará tiempo para asegurarnos de que no haya contratiempos por sus lesiones. Por si acaso.

—¿Cuándo le da el alta su médico?

—Su cita es el martes por la tarde, así que lo sabremos

entonces. Aunque no parece tener ningún efecto secundario.

—Es un hombre afortunado. Debes estar aliviada.

—Sí, lo estoy. —Kay observó a los cisnes por un momento, luego cruzó los brazos sobre su pecho cuando el viento cambió de dirección y le alborotó el cabello—. Me preocupa que Gavin no haya avanzado más en la investigación del robo.

Barnes arrugó la nariz. —Tú y yo sabemos que es un caso difícil. Necesita un avance allí…

—Desearía… —Suspiró y se volvió hacia él—. ¿Y si está sobrepasado?

—No lo está, jefa. Simplemente llevará tiempo. —Barnes sonrió—. Después de todo, he estado ocupando mucho de ese tiempo esta semana enviándolo de aquí para allá tratando de averiguar si la muerte de Felicity está relacionada con el robo, o si podemos descubrir quién le suministró esas drogas a ella, y ahora también a Gary. Está haciendo lo mejor que puede, como siempre.

—Supongo que tienes razón. —Kay negó con la cabeza y golpeó sus palmas contra el asiento—. Por supuesto que la tienes. Es solo que…

—Solo quieres asegurarte de que quien suministró a Felicity y Gary, y quien irrumpió en la consulta de Adam y lo golpeó, reciban lo que se merecen. —Los ojos de Barnes se suavizaron—. Como todos nosotros.

Kay se apartó el pelo de los ojos cuando el viento cambió de dirección y la golpeó. —Te diré qué, iré a hablar con Isobel Gregor de nuevo esta mañana; tal vez ella pueda decirnos si Felicity conocía a Gary.

—Supongo que vale la pena intentarlo. —Barnes

frunció el ceño—. Sin embargo, por lo que sabemos de ellos hasta ahora, parecería extraño que se movieran en los mismos círculos. Recuerda que no había nada que los conectara en las redes sociales.

—Es una posibilidad remota, lo sé, pero tal vez haya algo allí que aún no estamos viendo. —Kay se puso de pie, luchando contra la sensación de frustración que amenazaba—. Mira, si acaso, podría darnos una ventaja mientras esperamos esos malditos registros telefónicos.

CAPÍTULO 29

Un cielo gris pálido abrazaba los tejados de la gran casa cuando Kay dirigió el coche de la comisaría hacia el área de estacionamiento de grava en la cima de Windmill Hill.

Una fina niebla aún se aferraba a las depresiones y valles que podía ver en la distancia, mientras que los setos desnudos se inclinaban ante la fuerte brisa que soplaba a través de los campos yermos más allá del camino.

Se ajustó el abrigo alrededor de los hombros e hizo una pausa para dejar pasar a un tractor embarrado antes de cruzar la carretera hacia la puerta principal.

Todo el lugar parecía desolado, sin esperanza, y mientras Kay se apresuraba hacia la puerta principal, notó que el camino de entrada junto a la casa estaba desprovisto de vehículos.

Maldijo en voz baja.

En su prisa por hablar una vez más con los padres de Felicity, había asumido que estarían en casa un domingo por la mañana, y ahora deseaba haber pensado en llamar con anticipación.

Tocando el timbre, se dio la vuelta y observó cómo una pareja de caminantes con ropa brillante pasaba, el hombre más alto levantando la mano en señal de saludo antes de que la mujer a su lado señalara un sendero indicado junto al coche de Kay.

Desaparecieron de la vista cuando un cerrojo se corrió, y ella giró sobre sus talones a tiempo para ver a Isobel Gregor asomándose por la puerta.

—Detective Hunter… No la esperaba.

—Lo siento, señora Gregor. Debería haber llamado. —Kay luchó contra su vergüenza—. Me preguntaba… ¿podría pasar? Tengo algunas preguntas más.

—Está bien. —Isobel abrió más la puerta y señaló hacia la sala de estar mientras Kay entraba al calor—. Peter no está, me temo. Se fue temprano esta mañana.

—¿Oh?

El labio superior de la otra mujer se curvó. —Asuntos del Consejo Parroquial. Le dije que pensaba que podrían arreglárselas sin él unos días más dadas las circunstancias…

—Supongo que está muy solicitado estos días —dijo Kay, manteniendo su voz uniforme—. Especialmente con sus planes futuros.

—Es precisamente por esos planes futuros que insistió en asistir a la iglesia esta mañana, y luego a esta reunión improvisada.

Mientras Isobel se desplomaba en el sofá de dos plazas y le indicaba que se sentara en un sillón a juego, Kay vio el agotamiento y el dolor en los ojos de la mujer.

Todavía estaba pálida y parecía que podría desvanecerse.

—¿Tiene alguien con quien hablar o alguien que pueda estar con usted? —dijo Kay.

La mirada de Isobel se dirigió al fuego mientras un leño se movía y lanzaba chispas por la rejilla. —No realmente. Me temo, detective, que el tipo de personas con las que nos hemos estado asociando últimamente debido a las ambiciones de Peter no son el tipo de personas en las que confiarías tus opiniones o luchas personales.

Sacudió ligeramente la cabeza mientras su atención volvía a Kay. —Lo siento, ¿dijo que quería hacerme algunas preguntas más?

Kay juntó las manos en su regazo. —Así es, y lamento causarle más angustia, señora Gregor. Hubo un incidente ayer por la mañana: un joven de poco más de veinte años murió por una sospecha de sobredosis, y creemos que pudo haber tomado el mismo tipo de polvo que se encontró entre la ropa de Felicity.

Isobel jadeó. —¿No creerá que mi hija estaba traficando con drogas?

—No tenemos evidencia que sugiera eso. —Kay levantó la mano para calmar a la mujer—. Lo que estoy tratando de averiguar es si Felicity podría haberlo conocido, excepto que no hemos podido conectarlos en las redes sociales. Me preguntaba si usted podría haberla escuchado mencionarlo. Su nombre es Gary Lovell.

El ceño de Isobel se arrugó. —Ella conocía a un Gary, pero no estoy segura del apellido. ¿Tiene… tiene una fotografía?

Kay abrió su bolso y sacó su móvil, desplazándose hasta una fotografía reciente que Dave Morrison había copiado de uno de los perfiles de redes sociales de Gary antes de pasárselo.

Los ojos de la madre de Felicity se abrieron. —Oh, sí, lo recuerdo.

—¿De verdad?

—Sí. —Isobel devolvió el teléfono—. Hace aproximadamente un año, tal vez más, estábamos cenando y Felicity mencionó de pasada que le habían preguntado si le gustaría unirse a un grupo de jóvenes emprendedores. Era muy exclusivo, solo había alrededor de media docena de miembros en cualquier momento, y la membresía era solo por invitación.

—¿Sabe quién la invitó al grupo de emprendedores?

—No se me ocurre ahora mismo, no. No fue Gary; me parece recordar que Felicity solo nos lo mencionó a nosotros después de un par de meses. Más tarde nos lo presentó cuando nos topamos con él un sábado por la tarde en Maidstone mientras estábamos de compras. —Isobel frunció el ceño, luego suspiró—. No puedo recordar quién dijo que le hizo la invitación, ni cómo se enteró del grupo.

Kay hojeó sus notas, perpleja. —No tengo ninguna nota sobre un grupo así en las redes sociales de su hija…

—Oh, no era un grupo en línea. —Isobel alzó una ceja—. Sorprendente en estos días, lo sé. No, este grupo se reunía en persona. Una vez a la semana, los viernes para desayunar. Felicity siempre salía temprano de casa para eso, a las seis y media. Se reunían en una sala de eventos en uno de los hoteles más pequeños de Maidstone a las siete en punto; ella decía que dos o tres de los miembros todavía tenían trabajos mientras desarrollaban sus propios negocios, así que podían asistir al club de desayuno y luego irse a trabajar.

—¿No sabrá por casualidad los nombres de alguien más que asistiera?

—No, lo siento. Recuerdo que ella mencionó que uno de ellos era desarrollador de juegos, ya sabe, juegos de ordenador. Solo había otra mujer que era miembro. Creo que dirigía una empresa de diseño o algo así.

Kay pasó a una nueva página de su libreta. —No encontramos nada sobre este grupo entre las cosas de Felicity, y todavía estamos esperando los registros telefónicos del contrato de móvil que tenía. Tampoco había mención del grupo entre sus correos electrónicos.

—Creo que había una especie de código que se esperaba que siguieran, ya sabe, para proteger la confidencialidad de algunos de los asuntos que discutían. Felicity dijo que se esperaba que fueran muy abiertos sobre ganancias, estrategias de marketing, cosas así. Creo que por eso mantenían todo alejado de las redes sociales, en caso de que algo se filtrara. —Los hombros de Isobel se hundieron—. Ojalá no se hubiera unido, para ser honesta.

—¿Oh? ¿Por qué?

—Solía volver a casa sintiéndose… ansiosa. Creo que era un caso de pensar que no era lo suficientemente buena en comparación con los demás del grupo. Supongo que era porque veía que ellos tenían mucho más éxito que ella. Se esforzaba tanto por hacer que su pequeño negocio en línea tuviera éxito, pero cada semana se juntaba con personas que fácilmente ganaban ingresos de seis cifras.

—¿Sabe dónde solían reunirse? ¿Dijo usted que era en un hotel local?

—Sí, en ese hotel boutique cerca de Jubilee Square. El edificio solía ser propiedad de un banco, pero aparentemente se mudaron a nuevas oficinas.

—¿Y definitivamente no puede recordar los nombres de ninguno de los otros miembros?

—No. Lo siento. ¿Cree usted que alguno de ellos podría haber ayudado a Felicity, o podría habernos advertido de que estaba consumiendo drogas si no hubieran estado obligados a guardar el secreto?

—No estoy segura, señora Gregor. Pero puedo prometerle que voy a averiguarlo.

CAPÍTULO 30

Al día siguiente, una melancolía se aferraba a la sala de incidentes mientras Kay escuchaba el informe matutino.

Sus colegas se movían incómodamente en sus asientos mientras Barnes ponía al día a quienes estaban libres de servicio sobre la falta de progreso durante el fin de semana y se evaluaban los hallazgos finales de la operación encubierta en la discoteca.

Su sargento detective encontró su mirada al terminar de hablar y elevó la voz por encima de los murmullos y suspiros de frustración.

—Jefa, ¿te gustaría darnos una breve actualización sobre tu conversación con Isobel Gregor ayer?

—Gracias, Ian. —Kay se deslizó junto a Laura, luego se detuvo al lado de la pizarra y se aseguró de tener la atención de todos—. Bien, con suerte tendremos todos los registros telefónicos de Felicity a mano más tarde hoy, tal vez mañana, pero mientras tanto, necesitamos hablar con el dueño de este hotel justo al lado de Jubilee Square. —

Hizo una pausa para escribir el nombre del establecimiento en la pizarra—. Según Isobel, Felicity fue invitada a unirse a un club de desayuno exclusivo para jóvenes emprendedores hace un año, y se reúnen aquí todos los viernes por la mañana. Isobel además confirmó que Gary Lovell era miembro...

Una cacofonía de voces llenó el aire, y ella dejó que el ruido disminuyera antes de continuar.

—También he hablado con los padres de Gary, quienes dijeron que también sabían sobre el club de desayuno. Desafortunadamente, ninguno de los padres pudo nombrar a ninguno de los otros miembros.

—No había nada en ninguno de sus perfiles de redes sociales al respecto —dijo Laura, golpeando el extremo de su bolígrafo contra su barbilla—. Entonces, ¿por qué tanto secreto?

—Bueno, eso es lo que vosotros y Gavin tendréis que averiguar —respondió Kay—. Me gustaría que organizarais una entrevista con el gerente de este hotel lo antes posible y preguntarais quién estaba en la lista de invitados. Supongo que tendrán una nota de los nombres, dados todos los requisitos de salud y seguridad que estos tipos de lugares deben cumplir hoy en día.

—Iremos calle arriba después de esto —dijo Gavin, con la cabeza inclinada mientras se desplazaba por las páginas del buscador en su móvil—. Si el gerente no está disponible, averiguaremos con la recepcionista quién administra la sala de eventos y hablaremos con ellos.

—Suena bien, gracias.

—Bien, otras acciones para hoy —dijo Barnes, hojeando la agenda en sus manos.

Ambos levantaron la mirada cuando la puerta de la sala de incidentes se abrió de golpe, el picaporte golpeando un archivador detrás de ella.

Sharp avanzó hacia ellos, su rostro furioso.

—Jefe... —logró decir Barnes—, ¿hay algún problema?

—Debo hablar con la inspectora Hunter, si me permites —ladró el comisario—. Disculpa la interrupción, Ian.

Kay echó un vistazo a la cara de Sharp y tragó saliva.

—Bien, jefe. Quizás en tu antigua oficina.

El calor subió a su rostro mientras se disculpaba ante el grupo reunido alrededor de la pizarra y se apresuraba hacia donde Sharp estaba de pie junto a la puerta abierta de la oficina abandonada.

Al entrar, tomó un respiro profundo, su ritmo cardíaco se disparó mientras su mente trabajaba, tratando de entender qué podría haber sucedido, qué podría haber salido mal y por qué Sharp estaba de tan obvio mal humor.

La puerta se cerró de golpe, y ella se volvió para enfrentarlo.

—¿Qué sucede, jefe?

—La maldita Suzi Chambers, eso es lo que sucede —escupió, empujándole una copia de un artículo de noticias en línea.

Kay frunció el ceño, tomó la impresión y miró el titular.

Detective suplica a los padres de la víctima después del robo en la clínica veterinaria.

—¿Qué demonios...? —Sus ojos cayeron sobre la fotografía debajo, su respiración se volvió superficial al reconocerse a sí misma saliendo de la casa de Isobel Gregor el día anterior—. Las personas que vi frente a la casa de los Gregor ayer… deben haber tomado esto.

—Suzi tiene contactos en todos lados—dijo Sharp—. Deben haber estado esperando que algo así sucediera, especialmente con las ambiciones políticas de Peter.

Kay leyó rápidamente el artículo, su voz temblando de ira.

—"Una detective superior de la Policía de Kent fue vista hablando con la madre de la víctima de suicidio Felicity Gregor solo días después de un robo de ketamina en Turner's Veterinary Practice en Maidstone. La clínica es propiedad y está administrada por la pareja de la detective Kay Hunter, Adam Turner…" —Bajó la página y miró fijamente a Sharp—. Esto es una estupidez.

—Desafortunadamente, es una estupidez que ha llamado la atención de Peter Gregor y de la comisario jefa —dijo Sharp, mirando su reloj—. Por eso tendremos una reunión con ellos en Northfleet a primera hora mañana.

—Mierda.

—Sé que no es justo, Kay, pero es de esperar en estas circunstancias. Tú harías lo mismo.

Kay resopló apartando el flequillo de sus ojos. —Supongo que sí. ¿Qué quieres que haga?

—Vete a casa por ahora. Entrega todo tu trabajo a Barnes antes de irte. —Sharp suspiró—. Lo siento, Kay, pero tenemos que enfrentar la posibilidad de que la comisario jefa quiera suspenderte hasta que todo esto termine. Tanto para tu propia protección como la de la fuerza.

Parpadeando para alejar la sensación de ardor en el rabillo del ojo y reprimiendo su frustración, Kay suspiró.

—No tengo mucha opción, ¿verdad?

CAPÍTULO 31

Gavin extendió la mano hacia el pulido picaporte de latón de la puerta de cristal que daba acceso al hotel boutique y dejó que Laura entrara primero al edificio, mientras los tacones de su colega resonaban en las baldosas lacadas.

Una escalera intrincadamente tallada se elevaba a su derecha, y al levantar la mirada, su boca se abrió maravillado ante la enorme lámpara de araña que colgaba sobre su cabeza.

Parpadeó para contrarrestar el efecto cegador de todas las bombillas y dirigió su atención al hombre de traje detrás de un sólido mostrador de recepción de roble, quien sonrió cuando Laura se acercó.

La sonrisa vaciló un poco cuando ella mostró su placa, pero su profesionalismo se impuso y cogió un teléfono junto a un ordenador portátil, haciéndoles un gesto para que se dirigieran a un grupo de cómodos sillones a la izquierda de la entrada.

—El señor Knight estará con ustedes en breve —les

grito mientras tomaban asiento—. Solo tardará un momento.

—Gracias. —Laura cruzó las piernas, luego se inclinó hacia adelante y seleccionó una de las lustrosas revistas dispuestas sobre una mesa baja de madera frente a ellos.

—Pareces estar como en casa aquí —dijo Gavin con una sonrisa.

—Es bonito, ¿verdad? —Levantó los ojos hacia el techo y luego frunció el ceño—. Aunque no me gustaría tener que limpiar esa maldita lámpara de araña, ¿a ti sí?

—Afortunadamente, detective, tenemos un talentoso equipo de limpieza que se encarga de eso por nosotros.

Gavin levantó la mirada al oír la voz y vio a un hombre alto de unos treinta y tantos años caminando por el vestíbulo de recepción hacia ellos, con la mano extendida cuando los alcanzó.

—Soy Lee Knight, gerente de este magnífico establecimiento. ¿En qué puedo ayudarles?

Después de hacer las presentaciones, Gavin guardó su placa en el bolsillo de la chaqueta e inclinó la cabeza hacia la parte trasera del edificio.

—Entendemos que tienen una sala de eventos allí que se utiliza para un club de desayuno regular los viernes por la mañana. Nos gustaría hacer algunas preguntas sobre los asistentes.

Knight frunció el ceño antes de recuperarse, y luego señaló hacia una puerta abierta que conducía más allá del mostrador de recepción.

—¿Les gustaría venir por aquí? Puedo mostrarles dónde está la sala de eventos mientras hablamos, si lo desean.

—Gracias.

Gavin siguió a Laura mientras Knight los guiaba por un pasillo, sus pasos amortiguados por la gruesa alfombra que cubría el suelo. Impresiones enmarcadas de paisajes locales colgaban de las paredes, y antiguas lámparas de latón emitían un suave resplandor que contrastaba con la pintura de color pálido.

Una empinada escalera se desviaba a su derecha y, al notar una aspiradora abandonada en el escalón superior, se dio cuenta de que era por donde los limpiadores accedían a los pisos superiores.

Knight miró por encima del hombro y sonrió.

—Originalmente, esto era la residencia de un comerciante, y cuando nos hicimos cargo del edificio que pertenecía al banco, nuestros desarrolladores restablecieron la antigua escalera de servicio. Nuestros huéspedes, por supuesto, utilizan las escaleras principales desde la recepción o el ascensor.

Hizo una pausa y abrió una puerta a su izquierda antes de hacerles pasar y encender una serie de interruptores en un panel de la pared.

Gavin parpadeó mientras sus ojos se adaptaban a los brillantes focos del techo que iluminaban una formación en U de mesas en el centro de la sala. Una pizarra similar a la que usaba en la sala de incidentes se encontraba en un extremo junto a una pantalla plegable, y un proyector se puso en marcha automáticamente desde su posición en el techo.

El tenue olor a granos de café quemados impregnaba el aire, y Knight se acercó para ajustar los controles del aire acondicionado mientras señalaba las sillas que rodeaban las mesas.

—Tenemos un grupo de dentistas que vendrán para su reunión anual a las dos en punto, así que podemos hablar aquí en privado. Como pueden ver, ajustamos la disposición de los asientos según las necesidades de nuestros clientes. El club de desayuno al que se refirieron tiende a preferir una disposición de sala de juntas.

Gavin apoyó las manos en el respaldo de una de las sillas mientras Knight rodeaba la mesa y enderezaba vasos de agua, bolígrafos y cuadernos de cortesía.

—¿Qué puede decirnos sobre este club de desayuno de los viernes?

Knight hizo una pausa en sus frenéticas actividades y suspiró.

—Me entristeció mucho enterarme de lo de Felicity Gregor la semana pasada. Era tan educada con todos cuando estaba aquí.

—¿Qué tan bien la conocía? —dijo Laura, deteniéndose junto a la puerta mientras tomaba notas.

—No socialmente, por supuesto, solo aquí, de paso. Los suicidios siempre son tan impactantes de escuchar, ¿no es así?

—¿Conocía a Gary Lovell? —dijo Gavin.

—El nombre me suena familiar.

—Era otro miembro del grupo. Lo encontraron muerto el sábado por la mañana.

Knight palideció.

—¿Muerto? ¿Cómo?

—No estamos en libertad de decirlo en este momento, pero puedo decirle que forma parte de una investigación en curso. ¿Tiene una lista de asistentes al club de desayuno que pueda proporcionarnos?

—Por supuesto. —Recuperando la compostura, la voz del gerente se volvió enérgica mientras sacaba un teléfono móvil de su bolsillo y deslizaba el dedo por la pantalla—. La belleza de la tecnología, detectives: ahora tenemos toda la información de nuestros huéspedes al alcance de la mano.

—En ese caso, señor Knight, ¿podría enviárnosla por correo electrónico también? —Gavin deslizó una de sus tarjetas de visita por la mesa pulida.

—Enseguida. —El gerente tocó varias veces con el dedo índice la pantalla y luego levantó la mirada cuando el teléfono del detective emitió un pitido—. Ahí lo tiene.

—Gracias. —Gavin inclinó la pantalla para que Laura, que se había unido a él, pudiera ver los nombres.

—Damian Beech es la persona con la que suelo tratar —continuó Knight—. Creo que debe ser el líder del grupo, o al menos esa es la impresión que tengo. Luego tienen a Felicity y Gary en la lista.

—¿Qué puede decirnos sobre las otras tres personas que figuran aquí? —dijo Laura.

—Lo siento, realmente no sé mucho sobre ellos excepto sus nombres y cualquier preferencia dietética anotada en el sistema. —Knight terminó su inspección de la sala y juntó las manos—. ¿Había algo más que necesitaran, detectives? Es solo que nos gusta probar el equipo audiovisual antes de que nuestros clientes usen la sala, y…

—Nos pondremos en contacto si necesitamos algo más —dijo Gavin.

—Por favor, háganlo. —El gerente del hotel señaló la puerta y los acompañó hacia el área de recepción—. Si no estoy aquí, uno de mis empleados podrá ayudarles.

—Gracias.

Una vez que estuvo de pie en la acera exterior, Gavin esperó hasta que la puerta se cerró con un siseo, luego arqueó una ceja mirando a Laura.

—Supongo que será mejor que empecemos a hacer comprobaciones de antecedentes de toda esta gente.

—Suena bien. —Laura lideró el camino de vuelta a la comisaría y exhaló—. Crucemos los dedos para que encontremos algo que ayude a Kay.

CAPÍTULO 32

Kay dejó su bolso sobre la encimera de la cocina y se acercó al hervidor, encendiéndolo y sacando una taza de porcelana del armario superior.

Se había cruzado con Adam de camino a casa, su otra mitad levantando la mano mientras paseaba a Oscar por la calle desde el supermercado, con una bolsa de yute abultada sobre el hombro.

Frotándose los ojos cansados, agotada por las horas que estaba haciendo y el estrés de la última semana, bostezó mientras el hervidor llegaba a ebullición y vertió agua caliente sobre una bolsita de té antes de presionarla contra el costado de la taza.

La puerta principal se abrió y Oscar entró corriendo a la cocina, moviendo la cola al encontrarla y enterrando su nariz en sus manos.

—No tengo galletas, no —se rio, y señaló los cuencos de acero inoxidable junto a la puerta trasera—. Ve a beber un poco de agua.

—Hola. —Adam entró y colocó la bolsa de la compra

junto a la de ella antes de empezar a desempacarla—. Compré pescado para cenar esta noche, para variar. ¿Te parece bien?

—Maravilloso —dijo ella, y se acercó para besarlo—. Podemos acompañarlo de algunas verduras al vapor.

—Has llegado temprano a casa. —Frunció el ceño—. ¿Qué ocurre?

—Me han sacado del caso. Suzie Chambers logró conseguir fotografías mías saliendo de la casa de los Gregor ayer, y están por todas partes en la portada de ese sitio web de noticias para el que trabaja ahora. —Kay exhaló—. Tengo una reunión con Sharp y la comisario jefa en Northfleet por la mañana. Peter Gregor también estará allí. Sharp dice que hará todo lo posible, pero podría haber una investigación de estándares profesionales sobre mi participación en el caso.

Adam la rodeó con sus brazos y apoyó su barbilla sobre su cabello. —Lamento mucho oír eso. Supongo que Isobel Gregor no presentó una queja, ¿verdad? Quiero decir, has estado haciendo todo lo posible para darles algunas respuestas sobre la muerte de Felicity.

—No, no creo que lo haya hecho. Isobel parecía aliviada de tener a alguien con quien hablar ayer. Todo esto es obra de Suzie; era solo cuestión de tiempo antes de que causara problemas. Después de todo, ha estado intentando sacar una historia sobre mí durante años. —Se apartó y le tomó las manos—. Lo siento, Adam. Incluyó tu nombre y el nombre de la clínica en el mismo artículo. Se ha dado cuenta de que creemos que estas muertes pueden estar relacionadas con el robo de ketamina.

Él hizo una mueca y luego le dio una sonrisa irónica.

—Mira, dudo mucho que algo de lo que diga Suzie dañe mi negocio. Los periódicos locales ya han informado sobre el robo y el hecho de que me atacaron. Todos nuestros clientes existentes han sido increíblemente solidarios. Stephanie pasó por aquí antes y dijo que nunca han estado tan ocupados. Suzie no puede destruir eso. Solo lamento que te vayan a poner en aprietos por su culpa.

—Al menos Sharp estará conmigo mañana. No me gustaría tener esta conversación sin él. Solo desearía que Peter hubiera venido a nosotros primero en lugar de ir directamente a la cúpula. —Kay suspiró y se movió hacia la encimera, pasando su mano sobre la superficie—. Parece que sus ambiciones políticas pesan más que el sentido común; es casi como si estuviera usando esto para ganar terreno en la sede y congraciarse con los altos mandos antes de anunciar formalmente su intención de postularse para el cargo de comisionado de policía.

Adam se dirigió al fregadero, se lavó las manos y luego abrió la puerta del refrigerador y sacó una cerveza fría y una gaseosa, entregándole la cerveza a ella.

—¿Cómo ha sido tratar con él hasta ahora?

—Bien, dadas las circunstancias, supongo. Aunque —dijo Kay, frunciendo el ceño—, Isobel mencionó ayer que él ya estaba insistiendo en asistir a reuniones del consejo parroquial y cosas así. Creo que estaba conmocionada, teniendo en cuenta que Felicity lleva muerta solo una semana.

Adam chocó su bebida contra la de ella. —Bueno, esperemos que mañana vaya lo mejor posible.

—Sí.

Kay tomó un trago y contempló la etiqueta del costado mientras pasaba el pulgar sobre la condensación.

—Mira el lado positivo —dijo Adam, extendiendo la mano para apretar su brazo—. Tienes un equipo trabajando en esto que es más que capaz, y tienes a Sharp de tu lado. Si sirve de consuelo, podrías aprovechar un descanso de todos modos. ¿Cuándo fue la última vez que te tomaste un día libre programado?

—Cierto. —Suspiró y miró las paredes de la cocina—. Supongo que estaba buscando una excusa para pintar aquí.

CAPÍTULO 33

A la mañana siguiente, Kay se frotaba una mota obstinada de pintura de emulsión pegada a su cutícula mientras observaba el aparcamiento frente a la sede de la Policía de Kent.

El tráfico en la autovía más allá de la entrada rugía mientras más vehículos giraban hacia el complejo y llenaban los espacios restantes al otro lado de la ventana.

Bajó la mano a un costado cuando un coche deportivo de lujo azul pálido pasó zumbando por debajo, el rostro del conductor provocándole un doloroso nudo en el estómago.

—Ya está aquí —llamó por encima del hombro.

Sharp levantó la vista de su móvil y cruzó las baldosas de moqueta desde donde había estado de pie junto a una máquina expendedora, con la mandíbula tensa.

Kay no dijo nada cuando él se acercó a la ventana; en su lugar, dirigió su mirada a la explanada de abajo mientras Peter Gregor se dirigía a paso firme hacia la puerta principal, con la cabeza gacha.

Instintivamente, dio un paso atrás por si miraba hacia arriba, aunque sabía que no podría verla a través del cristal privado.

Tragó saliva, con la garganta seca, y se obligó a respirar profundamente.

—Vamos. —Sharp le dio un toque en el codo—. Deberíamos avisar a la comisario jefa que estamos aquí antes de que Peter suba. No quedaría bien si llegáramos después que él.

—De acuerdo.

Kay lo siguió mansamente hasta los dos ascensores junto a la máquina expendedora, agradecida de que las puertas del de la derecha se abrieran tan pronto como Sharp pulsó el botón.

Subieron al siguiente piso en silencio, y Kay se concentró en contar los segundos mientras miraba fijamente sus zapatos, sin querer ver su pálido rostro reflejado en las paredes espejadas.

Las puertas se abrieron con un susurro y salieron a un área de planta abierta llena de escritorios y conversaciones en voz baja.

Aquí arriba reinaba una atmósfera diferente.

En lugar del caos que Kay asociaba con una sala de incidentes ocupada, aquí había un zumbido constante de actividad tranquila.

Nadie corría de un lado a otro hacia las fotocopiadoras, ni se gritaban entre sí que alguien contestara el teléfono…

En cambio, podría haber entrado en la oficina de un contable, tal era el contraste.

—Por aquí.

Sharp inclinó la cabeza hacia la izquierda y ella se alisó la chaqueta.

Abriéndose paso junto a una fila de estanterías ordenadamente organizadas con carpetas de manila y políticas y procedimientos encuadernados con espiral muy usados, hizo un gesto a una mujer en un escritorio al fondo, con la puerta junto a su pantalla de ordenador firmemente cerrada.

—Denise, me alegro de verla —dijo Sharp con suavidad—. La inspectora Hunter y yo tenemos una cita con la comisario jefa a las nueve y media, y acabo de ver a Peter Gregor llegar abajo también.

—Comisario Sharp, gracias. —Denise asintió hacia Kay, y luego señaló cuatro sillas para visitantes a un lado detrás de una mampara de celosía—. Si quieren esperar por allí, les avisaré cuando la comisario jefa esté lista para recibirlos.

Kay eligió un asiento junto a la ventana y apoyó el codo en el alféizar mientras miraba a través del cristal.

Observando a la gente que entraba y salía apresuradamente del edificio, notó a dos mujeres jóvenes que se detenían junto a uno de los bolardos de acero que bordeaban el camino de entrada mientras encendían cigarrillos, su postura relajada mientras cotilleaban.

Un hombre con uniforme de sargento se detuvo para hablar con ellas en su camino de salida, y evidentemente hubo algunas bromas ligeras antes de que se alejara riendo.

Todo parecía tan normal, tan parecido a su vida en la comisaría de Maidstone.

Adam tenía razón, se merecía un tiempo libre (era por

eso que habían estado haciendo planes de vacaciones antes de que lo atacaran, después de todo) pero en sus propios términos.

No así.

Se le formó un nudo en la garganta mientras veía a las dos mujeres apagar sus cigarrillos en las suelas de sus zapatos antes de tirar las colillas en un vaso de agua de máquina expendedora que una de ellas sostenía.

—¿Kay?

La voz de Sharp interrumpió su nervioso ensimismamiento.

Ella sorbió y se giró para mirar la sala de espera y verlo inclinarse hacia adelante y apoyar los codos en las rodillas.

Sus ojos grises estaban atentos mientras taladraban los de ella.

—Superaremos esto —dijo, con voz baja—. Pase lo que pase ahí dentro en la próxima hora, lo afrontaremos y seguiremos adelante. Nada es permanente en este tipo de situaciones, lo sabes tan bien como yo.

Kay asintió, luego tragó saliva. —Lo sé, jefe. Pero déjame tener mis dos minutos de autocompasión, ¿de acuerdo?

Él soltó una risa ahogada antes de levantar la vista, su columna enderezándose en atención cuando otra voz llegó hasta ellos.

—Señor Gregor, gracias por venir.

Kay miró a través de la mampara de celosía para ver a la comisario jefa Susan Greensmith acompañando al padre de Felicity a su oficina, luego detenerse en el umbral.

—Denise, haga pasar al comisario Sharp y a la inspectora Hunter, por favor.

Mientras el estómago de Kay se desplomaba, Sharp puso su mano sobre su brazo y movió la cabeza hacia la puerta abierta.

—Vamos —dijo—. Terminemos con esto.

CAPÍTULO 34

Minutos después, se habían hecho las presentaciones formales, y las cuatro partes estaban apiñadas alrededor del escritorio de Susan Greensmith, con la puerta firmemente cerrada.

La lujosa alfombra azul marino amortiguaba sus voces, suavizaba los ruidos de la oficina de planta abierta más allá, y hacía que Kay se sintiera como si hubiera sido aislada del mundo exterior.

Todo lo que existía ahora eran las tres personas en la habitación con ella decidiendo sobre su futuro inmediato.

—Señor Gregor —comenzó Greensmith—, gracias por traer sus preocupaciones a mí después de la noticia que se publicó ayer. ¿Le gustaría compartir esas preocupaciones con el comisario Sharp y la inspectora Hunter para que podamos decidir mejor cómo proceder?

Peter Gregor sacudió una mota de polvo imaginaria de la pierna de su pantalón y asintió. —Gracias, Susan.

Kay reprimió un gemido.

Si él y comisario jefa se trataban por sus nombres de pila, no auguraba nada bueno para ella o el resultado de la reunión.

—Como pueden imaginar —dijo Gregor—, quedamos totalmente conmocionados al descubrir, nada menos que por un periódico sensacionalista, que la detective que investiga la trágica muerte de nuestra hija está relacionada con el veterinario cuya clínica fue asaltada la semana pasada, más aún que las drogas robadas en ese asalto puedan ser responsables del suicidio de Felicity.

Kay bajó la mirada a su regazo mientras él hablaba.

Empatizar con el hombre era su segunda naturaleza: ella había perdido una hija una vez, hace mucho tiempo, y el dolor aún la desgarraba mientras escuchaba, pero oír sus palabras fue un golpe amargo.

—Mi esposa habló con la inspectora Hunter de buena fe el domingo, creyendo que la conversación ayudaría con la investigación sobre por qué nuestra hija murió de la manera en que lo hizo, y quién es responsable de proporcionarle las drogas con las que tuvo una sobredosis —continuó Gregor, con la voz quebrada—. Descubrir que usó esa conversación para ayudar a sus propios intereses personales, que está más preocupada por atrapar a las personas que robaron las drogas de la clínica veterinaria de su pareja, es simplemente demasiado. No se le puede permitir continuar trabajando en esta investigación. Es mi opinión que seguirá dejando que su implicación personal eclipse el buen trabajo policial.

Cuando terminó, se reclinó en su silla y exhaló.

Kay sintió como si le hubieran dado un puñetazo en el estómago.

Con sus pensamientos dando vueltas, se dio cuenta de que sus manos temblaban y las juntó con fuerza en su regazo, esperando que nadie más pudiera verlo.

La ira, la frustración y un abrumador sentimiento de culpa destrozaban su confianza.

Todo lo que había estado haciendo, todo lo que siempre había hecho, era tratar de averiguar por qué Felicity Gregor había muerto, y quién lo había causado.

¿Tenía razón Gregor?

¿Su implicación personal había nublado su juicio, a pesar de sus mejores intentos de mantenerse enfocada?

Susan Greensmith la miró por encima de sus gafas de lectura. —Inspectora Hunter, ¿tiene algo que le gustaría decir antes de que continuemos?

—En realidad, si me permite… —Sharp se volvió hacia Kay y levantó una ceja—. ¿Te importaría?

Confundida, se mordió el labio.

El comisario había sido su mentor durante toda su carrera como detective, y su vergüenza le dolía por haberlo decepcionado después de su insistencia en participar en la investigación.

¿Había llevado su relación demasiado lejos esta vez?

Bajó los ojos y cruzó los dedos en su regazo. —No, jefe. Adelante.

Greensmith dirigió su atención al comisario mientras este se enfrentaba al padre de Felicity.

—Peter, no puedo ni empezar a imaginar por lo que usted e Isobel están pasando —dijo—. Debo expresar mi agradecimiento por estar aquí hoy, y por tener la cortesía de invitar a la inspectora Hunter a nuestra reunión también.

La mirada de Gregor se deslizó hacia Kay, luego de

vuelta al comisario mientras se ajustaba la corbata. —Por supuesto, y gracias, Sharp. Aprecio que su equipo esté haciendo todo lo posible para ayudar a encontrar a quien estaba suministrando las drogas a Felicity. Fue un shock tan grande para Isobel y para mí descubrir que estaba metida en cosas así.

—Estoy seguro de que lo fue. —Sharp hizo una pausa, como si estuviera recopilando sus pensamientos antes de continuar—. El problema que tengo, Peter, es que si retiro a la inspectora Hunter de la investigación, no tenemos a nadie para reemplazarla. Simplemente no tenemos los recursos, y ciertamente no tengo a alguien de su calibre disponible con tan poca antelación.

Kay observó cómo Susan Greensmith se reclinaba en su silla junto a Gregor, con sus ojos agudos fijos en Sharp mientras este presentaba su caso.

—Mi equipo ya está dividiendo sus limitados recursos entre la muerte de Felicity y la de Gary Lovell mientras intentan determinar si hay un vínculo entre ellas y el robo de clorhidrato de ketamina de la clínica veterinaria de Adam Turner —continuó Sharp—. La inspectora Hunter ha tomado un papel secundario en todo esto hasta la fecha, mientras que la oficial Barnes y el agente Piper actúan como oficiales superiores de investigación. Su aporte ha sido invaluable tanto para ellos como para el resto del equipo al prestar su experiencia y dedicación a las tres investigaciones. Le pediría respetuosamente que reconsidere su exigencia de retirarla de ellas. La detective Hunter no debería ser apartada debido al burdo intento de un periodista de segunda de hacer un reportaje sensacionalista y usar la muerte de su hija como una forma de perseguir una venganza continua contra ella.

—He hablado con el editor de Suzi Chambers esta mañana —dijo Greensmith, con un tono frío—, y confirma que el periódico publicará una disculpa completa tanto en sus ediciones en línea como impresas mañana. Dudo mucho que la señora Chambers tenga trabajo para el final de la semana dado su historial previo de atacar a la inspectora Hunter. No creo que ningún editor respetable apruebe que una vendetta personal se desarrolle en las primeras planas.

Kay contuvo la respiración cuando la comisario jefa terminó de hablar, segura de que todos en la mesa de conferencias podían oír los latidos de su corazón.

Gregor juntó las manos frente a él e inclinó la cabeza por un momento. Cuando levantó los ojos, la miró directamente a ella.

—Inspectora Hunter, le pido disculpas. Creo que he actuado precipitadamente y espero que pueda perdonarme.

—Por favor, no se preocupe. —Kay logró esbozar una pequeña sonrisa y exhaló—. Solo quiero volver al trabajo y encontrar a quien hizo esto. Quiero ayudarles a encontrar respuestas, créame.

—Le creo. Y Sharp, gracias. Aprecio a lo que se enfrentan. —Gregor suspiró—. Es por eso que espero poder contribuir con un enfoque más práctico en los próximos años.

—Entendido. Debo decir que gracias a su intervención ayer, Peter, pudimos recibir los resultados de las pruebas sobre la ketamina encontrada en la ropa de Felicity antes de lo previsto.

—Me alegro de haber podido ayudar de alguna manera.

Greensmith se quitó las gafas y miró a Kay. —Inspectora Hunter, debo decir que encuentro que la situación actual no es habitual. Normalmente, como sabe, cualquier persona con la más mínima conexión con una investigación sería apartada. —Levantó la mano cuando Kay abrió la boca—. Escúcheme. Lamento mucho saber que su pareja, Adam, fue atacado. Sé que ha sido un apoyo para usted durante años, y cualquier agresión a un hombre inocente es perturbadora. Dado que Sharp me asegura que usted no tiene participación directa en la investigación del robo y la agresión, y que solo está ayudando con las muertes relacionadas con las drogas, estoy de acuerdo en que continúe en esa capacidad. Sin embargo, debe asegurarse de que todo lo que haga quede documentado. Dada su propensión a la minuciosidad, estoy segura de que eso no será un problema para usted.

—Gracias, comisario jefa.

Greensmith asintió y luego dirigió su atención a Gregor. —Peter, si está satisfecho con el resultado de esta reunión, quizás podríamos dejarlo en que mis detectives le mantendrán informado a medida que avance su investigación.

—Por supuesto. —Peter Gregor se levantó de su asiento y le ofreció la mano a Kay—. Escribiré al editor de la señora Chambers en cuanto llegue a casa, detective.

Después de despedir a Gregor, Greensmith regresó y cerró la puerta antes de volver a su escritorio. Se desabrochó la chaqueta del uniforme mientras se sentaba, con una sonrisa irónica en los labios mientras la colgaba en el respaldo de su silla y se arremangaba la camisa.

—Te convertiremos en un político, Devon.

—Señora.

—Bien. ¿Cuáles son sus próximos pasos en esta investigación? Mencionó que recibió los resultados de las pruebas esta mañana.

—Sí, y son muy preocupantes. —Sharp sacó del bolsillo de su chaqueta y desdobló una hoja de resumen de los técnicos antes de deslizarla por el escritorio hacia Greensmith—. Ese es un resumen del análisis realizado. La conclusión al final es lo que me preocupa particularmente.

Greensmith frunció el ceño cuando terminó de leer. —Quien fabricó la droga que tomó Felicity se equivocó en la dosis… Era demasiado fuerte.

—Exactamente. Eso me lleva a creer que estamos buscando a alguien nuevo, en lugar de un traficante con experiencia. En ese caso, creo que mi equipo puede hablar con usuarios conocidos y quizás averiguar quién podría ser.

—Vale la pena intentarlo —acordó Greensmith—. Todos sabemos que los consumidores de drogas tienden a mantenerse fieles a los traficantes que conocen y en quienes confían. Si hay alguien nuevo en la zona, tratando de hacerse conocido ofreciendo una nueva versión de una sustancia conocida, entonces no pasará mucho tiempo antes de que se corra la voz.

—En mi opinión, tres muertes (la de Felicity en cuestión de horas después del robo, y ahora Gary Lovell y Chantelle Evans) son una indicación de que este nuevo traficante bien podría estar entrando en pánico a estas alturas. —Sharp volvió a doblar los resultados de las pruebas, una sonrisa depredadora cruzando sus labios.

—Y cuando la gente entra en pánico, nos lo pone más fácil para encontrarlos.

CAPÍTULO 35

Kay encendió su ordenador y exhaló mientras cobraba vida, dejando que parte de la tensión de las últimas veinticuatro horas se escapara de sus músculos cansados.

Una renovada determinación se apoderó de ella mientras iniciaba sesión, con la información del laboratorio y las palabras de Sharp resonando en sus oídos.

—Qué bueno verte de vuelta, jefa —dijo Gavin, colocando una taza de té junto a su teclado—. ¿Llevarás a Adam al hospital más tarde?

—Gracias, y sí. Espero que el especialista le dé el alta. Parece que ya no tiene dolores de cabeza tan frecuentemente.

—Esas son excelentes noticias. —Gavin miró por encima de su hombro y luego bajó la voz—. ¿Jefa? ¿Podrías hacerle saber que estoy haciendo todo lo posible para descubrir quién lo atacó y robó esas drogas? No quiero que piense que me he olvidado de él con todo este trabajo en marcha.

Una oleada de orgullo invadió a Kay ante las palabras de su protegido. —No te preocupes, ambos sabemos que estás haciendo tu mejor esfuerzo en circunstancias difíciles. Tú y yo sabemos que este tipo de asaltos a menudo quedan impunes, así que no te asustes ni dudes de tus habilidades si llegas a un callejón sin salida, ¿de acuerdo?

Una débil sonrisa cruzó su rostro. —Aun así, jefa. No me he rendido todavía.

—Bien hecho. Ahora, ¿vamos a buscar a los demás y me pones al día sobre lo que me he estado perdiendo?

Barnes se giró cuando se acercaron a la pizarra al final de la habitación y señaló cuatro nuevas fotografías que habían sido clavadas en el tablón de corcho junto a ella durante la ausencia de Kay.

—Bienvenida de vuelta, jefa. Conoce a los otros miembros del grupo de emprendedores al que pertenecían Felicity y Gary.

—¿Qué habéis averiguado sobre ellos? —dijo Kay mientras se acercaba y examinaba cada una de las imágenes por turno.

—Este tipo de la izquierda es Damian Beech, millonario tecnológico hecho desde abajo según todas las cuentas, aunque él lo niega —dijo Laura—. No tiene actividad reciente en redes sociales; de hecho, la última publicación que encontramos suya es de una cuenta antigua de hace unos cuatro años. Según Lee Knight, el gerente del hotel donde tienen su club de desayuno todos los viernes, Damian parece ser el líder del grupo. El señor Knight dice que es con quien suele tratar si hay cancelaciones o cambios en los arreglos que el grupo hace de vez en cuando.

—La mujer a su lado es Helene Becker —añadió Barnes—. Comenzó en los negocios como diseñadora gráfica, pero ahora gana dinero con comisiones de instalaciones artísticas. Tiene treinta y tres años y le va bastante bien, por lo que hemos podido determinar de los balances de su empresa.

—Y este tipo al otro lado de ella es Tom Weston —dijo Gavin—. Se unió al grupo hace solo cuatro meses, según los registros de los servicios de catering del hotel para ellos, y dirige un negocio de motocicletas personalizadas cerca de Thanet. Lee Knight dice que se rumorea que se está encargando una serie de televisión sobre su trabajo; aparentemente, escuchó a Damian hablando de ello con uno de los otros hace tres semanas.

—Finalmente, este del extremo es Sebastian Groves. —Barnes tocó la fotografía—. El señor Groves heredó mucho dinero de sus padres cuando murieron en un accidente de helicóptero mientras esquiaban hace dos años y parece pasar el tiempo gastándolo. Aún no hemos determinado a qué se dedica realmente, pero tiene un historial limpio y parece ser un poco introvertido.

—¿Habéis programado entrevistas con alguno de ellos? —dijo Kay, hojeando las páginas que Laura le entregó con resúmenes de cada uno de los miembros del club de desayuno.

—Las tenemos programadas para esta tarde. Pensamos que, dadas las circunstancias, llegaríamos a ellos lo antes posible, en lugar de darles la oportunidad de reunirse primero —respondió Barnes—. Por si acaso tienen algo que ocultar.

—Excelente trabajo, todos vosotros. —Kay devolvió las páginas de resumen a Laura—. ¿Cómo le fue a Dave hablando con los compañeros de clase de Chantelle Evans?

—Terminó ayer —dijo Barnes—. Parece que se había distanciado de los tres o cuatro amigos que tenía en la escuela hace un tiempo. Dos de ellos dijeron que pensaban que podría haber estado coqueteando con las drogas aquí y allá, pero no pudieron decirle de dónde podría haberlas estado obteniendo Chantelle. Todavía no hemos logrado localizar a las personas con las que sus padres adoptivos dijeron que había empezado a juntarse.

—Parece que desaparecieron en el momento en que se enteraron de que había muerto —dijo Laura—. Pobre chica.

—Agradécele a Dave de mi parte cuando lo veas, Ian. Con suerte, tendremos algunas respuestas para sus padres siguiendo las pistas que hemos obtenido de las otras dos muertes. —Kay suspiró—. ¿Qué hay de los registros telefónicos de Felicity? ¿Andy Grey envió algo?

—Lo hizo, y revisamos lo que destacó para nosotros —dijo Gavin—. A pesar de que no hay contacto en redes sociales ni correos electrónicos entre ellos que aparezcan en la aplicación de correo electrónico del móvil de Felicity, los registros muestran que cinco de los números de teléfono de la lista corresponden a estas cuatro personas, y otro coincide con Gary Lovell.

—¿Así que solo se comunicaban por llamada telefónica? —Kay frunció el ceño—. Eso es un poco inusual, ¿no?

—Tal vez solo eran muy conscientes de su privacidad —sugirió Laura—. Quiero decir, dado el patrimonio neto de este grupo, no querrían que nada de eso saliera a la luz pública, ¿verdad? Además, supongo que no querrían que nadie les enviara cartas pidiendo dinero o cosas así. Todo tipo de personas pueden salir de la nada cuando alguien empieza a tener éxito, ¿no es cierto?

—No había mensajes de texto en el móvil de Felicity cuando se recuperó en la escena de su muerte —dijo Barnes—. Le he encargado a Andy que haga que uno de sus cerebritos vea si pueden recuperar algunos borrados por si eso nos ayuda.

—Dios, eso es buscar una aguja en un pajar. —Kay hizo una mueca—. Bien, después de la reunión con la comisario jefa esta mañana, Sharp compartió la noticia de que los resultados toxicológicos llegaron del laboratorio más temprano hoy. Me han enviado una copia por correo electrónico, así que me aseguraré de que se ingrese en HOLMES2 para que podáis leerla, pero esencialmente dice que el polvo de ketamina en posesión de Felicity estaba mal cortado.

Sus palabras fueron recibidas con murmullos de sorpresa.

—Lo sé —continuó—. Así que estamos buscando a un nuevo distribuidor, creo. Alguien que tiene poca o ninguna experiencia con esta droga o cómo fabricarla. Barnes, sigues siendo el oficial superior de investigación en este caso, así que te dejaré que organices que los uniformados reúnan a los sospechosos habituales para ver si han oído algo. Supongo que no hay nada nuevo que informar tras las detenciones en la discoteca el sábado por la noche, ¿verdad?

—Nada que nos ayude, jefa. —Barnes bajó la cabeza y escribió un recordatorio en su cuaderno antes de mirar la pizarra una vez más—. Así que será mejor que esperemos que estas entrevistas de esta tarde nos den un avance.

CAPÍTULO 36

Kay se desplazaba por una larga lista de resultados del motor de búsqueda en su móvil mientras Barnes conducía el coche del equipo fuera del centro de Maidstone hacia uno de los suburbios más acomodados.

Desde que se había reincorporado a su equipo, estaba ansiosa por asistir al menos a una de las entrevistas programadas para esa tarde antes de llevar a Adam a su cita en el hospital, y decidida a averiguar más sobre Sebastian Groves.

Barnes tenía razón: el hombre resultó ser escurridizo, con solo informes de periódicos de hace dos años sobre las trágicas muertes de sus padres apareciendo en las cadenas de búsqueda que ella introducía.

—Ojalá pudiera ser una mosca en la pared mientras Gavin y Laura hablan con él —dijo, metiendo su móvil en el bolso con un suspiro resignado.

—No puedes hacerlo todo, jefa —rio su colega.

—Lo sé. Bien, cuéntame más sobre a quién vamos a ver.

—Según las verificaciones de antecedentes que hicimos, este Damian Beech que vamos a conocer tiene un historial limpio: sin infracciones de tráfico ni nada por el estilo. Tiene veintisiete años y dirige una empresa de desarrollo de videojuegos. A diferencia de Felicity, le va bien: su empresa se constituyó hace dos años y, según los informes de noticias que Debbie me envió por correo electrónico, se habla de una posible compra por parte de una empresa financiera estadounidense. Ese es el rumor, al menos. El Sr. Beech, por supuesto, lo ha negado.

—Lo que a su vez alimentará aún más los rumores.

—Y eso no le hará daño en cuanto a publicidad, tampoco.

Tamborileando con los dedos en el reposabrazos, Kay miró por la ventana un momento antes de volver a su colega. —Quiero ver qué revela sobre este grupo suyo y sus miembros, Ian. Al menos así, averiguaremos si nuestra investigación se correlaciona con la lista actual de miembros, o si hay otros con los que necesitamos hablar sobre Felicity y Gary.

—Me parece bien, jefa.

Quince minutos después, Barnes se detuvo frente a una casa semiadosada poco llamativa, rodeada por cinco propiedades idénticas dispuestas alrededor de un callejón sin salida.

Un muro bajo de piedra separaba el jardín delantero de la acera, y mientras Kay bajaba del coche y se dirigía por el corto camino de entrada hacia la puerta principal, notó que el césped había sido reemplazado por grava decorativa. Macetas de terracota estaban esparcidas a lo largo de los bordes, sus contenidos desgarbados y abandonados durante los meses más fríos, mientras que brotes tentativos pinchaban la superficie del suelo en otras.

Una única puerta de garaje daba a la calle, adosada al lado de la casa, y cuando levantó la mano para protegerse los ojos del resplandor de la ventana delantera, vio la figura de un hombre flotando en las sombras como si los hubiera estado esperando.

Se acercó a la ventana, levantó la mano y luego desapareció de la vista.

Momentos después, la puerta principal se abrió.

—Hola —dijo él, con ojos curiosos—. Los vi llegar.

Kay observó su camiseta arrugada, sus vaqueros descoloridos y la barba de varios días, luego levantó su placa.

—¿Damian Beech? Inspectora Kay Hunter, y mi colega, el oficial Ian Barnes. Nos preguntábamos si podríamos hacerle algunas preguntas sobre Felicity Gregor.

Él exhaló. —Pobre Flick. No podía creerlo cuando vi las noticias la semana pasada. Pasen.

Kay entró en un pasillo escasamente decorado y esperó mientras Damian cerraba la puerta y les indicaba que lo siguieran hasta una gran sala de estar y comedor.

Se detuvo en el umbral, sorprendida por las mesas de caballete llenas de pantallas brillantes y enormes ordenadores de escritorio, el zumbido de los ventiladores y la maquinaria creando un ruido blanco que penetraba en su cráneo.

Barnes tiró de su corbata y se desabrochó la chaqueta.

—Esperen, abriré la puerta del patio —dijo Damian, con una tímida sonrisa cruzando sus labios—. Se pone caluroso aquí con todo este equipo. Tiendo a olvidarlo: me he acostumbrado después de todos estos años.

Caminó hasta el extremo de la habitación, abrió de un tirón la ventana de suelo a techo y movió un gran fósil de ammonoidea con la punta de su zapatilla deportiva para mantenerla abierta.

Kay sintió inmediatamente una brisa fría entrar en la habitación y respiró aliviada.

—¿Es aquí donde dirige su negocio? —dijo, recorriendo con la mirada las pantallas de los ordenadores.

—Es mejor que pagar por una oficina. —Damian se acercó a donde ella estaba y señaló las diversas pantallas —. Aquí es donde hago todo mi desarrollo y pruebas.

—¿Qué hay del personal?

—Están repartidos por todo el mundo. Algunos de mis mejores programadores viven en Bangladesh y Filipinas. —Se encogió de hombros y cruzó los brazos—. Gestiono su carga de trabajo de forma remota y nos ponemos al día mediante videoconferencia cada semana más o menos, dependiendo de lo que esté pasando con un proyecto.

Kay captó la mirada de Barnes mientras él caminaba por la habitación observando diferentes certificados y fotografías enmarcadas en las paredes.

—¿Nunca ha pensado en comprar un lugar más grande? —dijo por encima del hombro.

—No realmente. Me llevo bien con los vecinos, y es seguro aquí: nunca me han robado, y nadie realmente sabe a qué me dedico. —Beech dejó caer los brazos—. Escuchen, estoy en medio de una corrección compleja en este momento para una de las actualizaciones en las que estoy trabajando. ¿Querían preguntarme algo específico?

—¿Cuánto tiempo hacía que conocía a Felicity Gregor? —dijo Kay.

—Alrededor de un año. La conocí en un banco, de todos los lugares: uno de los de High Street en Maidstone. Estaba tratando de negociar un sobregiro, bastante mal, debo decir. Me dio lástima. —Bajó la cabeza y miró los remolinos en la alfombra por un momento—. En ese entonces era todo entusiasmo y nada de sentido para los negocios. En fin, me compadecí de ella después de que el gerente del banco la despidiera con un rotundo "no". La alcancé afuera y le dije que creía que podría ayudarla.

—¿De qué manera? ¿Financió su negocio?

Su cabeza se levantó de golpe. —No, nada de eso. No… Le sugerí que fuéramos a tomar un café, y le conté sobre este pequeño grupo empresarial que unos amigos y yo habíamos formado. Nos ayudamos mutuamente, no hay dinero de por medio, solo compartimos información. Mejores prácticas y cosas así. Si uno de nosotros tiene un problema, hacemos una lluvia de ideas e intentamos encontrar una solución. —Hizo una pausa y señaló con la mano hacia los ordenadores—. Es decir, después de todo, la mayoría de nosotros trabajamos solos. No tenemos el apoyo de colegas con quienes hablar o compañeros. Ser emprendedor está muy bien, pero puede ser una existencia solitaria, detective. No es como si pudieras hablar con tu familia sobre este tipo de cosas.

—¿Por qué no?

—Porque no lo entenderían.

—¿Está al tanto de que Gary Lovell fue encontrado muerto el fin de semana?

—Sebastian me lo dijo, sí.

—¿Cuál es su relación con Gary Lovell?

Damian frunció el ceño. —No había ninguna *relación*. Él hacía lo suyo, yo hago lo mío. Eso es todo. Nunca me reuní con él fuera del grupo.

—¿Sabía que él y Felicity eran consumidores habituales de drogas?

—No, no lo sabía.

—¿Dónde se reúnen, este grupo suyo?

—Usamos una sala de eventos en uno de los hoteles boutique más pequeños de Maidstone. Es una reunión de desayuno, así que todos intentamos llegar allí a las siete en punto, charlamos durante una hora más o menos y normalmente terminamos alrededor de las nueve. —Metió las manos en los bolsillos de sus vaqueros—. Me funciona bien porque para entonces lo peor del tráfico de los que van a trabajar ya ha pasado. Es un dolor de cabeza atravesar Larkfield en el mejor de los casos.

Barnes abrió su libreta. —¿Puede confirmar los nombres y datos de contacto de los otros participantes?

—¿Por qué?

—Es un procedimiento estándar en una investigación de esta naturaleza hablar con todos —dijo Kay.

La confusión se extendió por el rostro de Damian. —Pero creí que Flick se había suicidado.

—De nuevo, es solo un procedimiento estándar. Los nombres, por favor.

—Espere un momento. —Damian sacó un teléfono móvil de su bolsillo y se desplazó por la lista de contactos, recitando una lista de seis nombres y números.

—¿Eso es todo?

—Nos gusta mantener el grupo pequeño. Mi hermano

aparece de vez en cuando, pero no es un miembro a tiempo completo.

—¿Alguna vez conoció a Felicity Gregor?

—Una o dos veces quizás.

—¿Cómo se llama su hermano?

—Xander Beech.

—No está en esta lista. —Barnes levantó la vista de su libreta y arqueó una ceja hacia Damian.

—Como dije, no es un miembro de pleno derecho.

—Necesitaremos su número también. —Kay esperó mientras el desarrollador de juegos leía los detalles—. ¿Alguien más?

—No. Eso es todo.

—¿Alguno de ustedes socializaba fuera de sus reuniones de desayuno?

—Muy raramente. No veía la necesidad.

—¿Tiene alguna idea de por qué Felicity se suicidaría?

Damian parpadeó. —No tengo ni idea. Todavía no puedo creer que lo hiciera.

—Gracias por su tiempo, señor Beech —Kay hizo un gesto a Barnes y se dirigió hacia la puerta—. Nos pondremos en contacto si tenemos más preguntas.

CAPÍTULO 37

—¿Cómo estaba Kay cuando saliste con ella antes?

Laura revisó el espejo retrovisor y giró hacia un callejón estrecho, luego miró a Barnes.

Él se encogió de hombros. —Bien, dadas las circunstancias, supongo. No estoy seguro de que yo en su lugar pudiera ser tan estoico al respecto.

—Yo tampoco.

Echó un vistazo al GPS y frenó cuando apareció un alto muro de piedra a la izquierda.

—Jesús, este lugar es enorme.

—Supongo que la herencia que recibió el Sr. Groves fue más grande de lo que pensábamos —dijo Barnes.

Laura negó con la cabeza y giró hacia una amplia entrada de grava situada entre dos postes de piedra, con las ornamentadas puertas de hierro abiertas de par en par.

Un extenso césped se extendía hasta un bosquecillo de árboles a su derecha, y parpadeó antes de volver su atención al camino de entrada cuando apareció una gran mansión georgiana, anidada entre arbustos de rododendros que la flanqueaban.

La hiedra se retorcía alrededor de la ventana frontal y sobre un pórtico que protegía la puerta principal de los elementos. Un garaje del tamaño de un granero a la derecha del edificio estaba abierto, con un todoterreno de alta gama estacionado afuera y el capó de un coche deportivo asomando desde el interior sombrío.

Laura estacionó el coche del parque móvil junto al todoterreno y siguió a Barnes hasta la puerta principal.

Un panel de seguridad con un altavoz estaba fijado al lado de la puerta, y cuando su colega presionó el botón de abajo, escuchó un timbre que sonaba desde las profundidades de la casa.

Una mujer respondió, con tono apresurado. —¿Quién es?

Barnes hizo las presentaciones, y se le dijo rápidamente que esperara mientras localizaba a Sebastian Groves.

—Podría habernos invitado a entrar —dijo Laura.

Se giró al oír pasos sobre la grava, para ver a un hombre de unos veinte años doblar la esquina de la casa, con un Springer Spaniel negro a sus talones.

—Charlotte dijo que eran la policía —dijo, con una expresión perpleja en sus rasgos—. ¿Es esto sobre Felicity?

—Y Gary Lovell —dijo Barnes.

Laura observó cómo las cejas de Sebastian se alzaron.

—¿Gary?

—¿Nadie se lo ha dicho? —Ahora era el turno de Barnes de parecer sorprendido—. Lo siento, Sr. Groves,

Gary fue encontrado muerto el sábado por la mañana por una sospecha de sobredosis. Esperábamos hablar con usted sobre el club de desayuno al que todos pertenecen.

—Por supuesto. —Miró al perro a sus pies y luego les dio una sonrisa—. ¿Les importaría si hablamos aquí fuera? Viendo el estado de este, Charlotte no va a estar disgustada si caminamos por todos los pisos que acaba de pasar las últimas dos horas puliendo.

—Aquí está bien. ¿Desde cuándo conoce a Felicity y Gary? —dijo Barnes mientras Laura abría una nueva página en su libreta.

—A Felicity, probablemente hace un año, no recuerdo exactamente cuándo se unió a nosotros. A Gary, un poco más.

—¿Socializaba con ellos fuera de sus reuniones regulares de los viernes por la mañana?

—Dios, no. —Sebastian resopló, luego se contuvo y tuvo la decencia de parecer un poco avergonzado—. Quiero decir... lo que quiero decir es que no son exactamente el tipo de personas con las que me junto. No a nivel social, por supuesto. Solo los veo en el club de desayuno, y es solo porque Damian me invitó en primer lugar porque sabía que estaba interesado en invertir en una nueva empresa emergente.

—¿Por qué reunirse en un hotel? ¿Qué hay de malo con la cámara de comercio local o algo así? —dijo Barnes, frunciendo el ceño.

Sebastian se rio. —Bueno, digamos que las personas que asisten son un poco más dinámicas en sus negocios que algunos de los miembros más antiguos que encontraríamos en grupos más establecidos. Nos vemos como la fuerza impulsora detrás de las tendencias en lugar de ser seguidores.

—Ya veo.

—¿Felicity o Gary le dieron algún motivo de preocupación? —dijo Laura—. ¿Alguno de ellos parecía deprimido en las últimas semanas?

—No que yo notara. Si acaso, Felicity siempre estaba de buen humor. Un poco ordinaria, pero tenía buenas intenciones. Realmente no hablaba mucho con Gary, después de todo, soy un inversor, y él no dirigía el tipo de negocio en el que tengo algún interés, así que no hablábamos mucho.

—¿Cómo se lleva con el resto del grupo? —dijo Barnes.

—Bien, supongo. Damian tiene algunas ideas interesantes, y el otro hombre... —Sebastian se interrumpió, miró al vacío, luego chasqueó los dedos—. Eso es, Tom, el tipo de las motocicletas. Él. Puede ser un poco callado. Realmente no tengo mucho que ver con Helene, en verdad no puedo ganar dinero con el arte porque no es algo que me interese y no me gusta mucho lo que ella diseña. Felicity tenía algo a su favor. Todo era entusiasmo y falta de dirección, pero era buena en marketing digital.

—¿Alguna vez le pidió que hiciera algún diseño de interiores aquí? —dijo Laura, mirando hacia las ventanas.

—Dios mío. Por supuesto que no. Su gusto era algo... vanguardista para un lugar como este. Mamá y Papá se habrían revuelto en sus tumbas si la dejara suelta aquí.

Laura se estremeció interiormente mientras él reía estrepitosamente.

—Sr. Groves, me cuesta entender qué espera ganar de este grupo. —Barnes se tomó un momento para mirar a su alrededor, luego inclinó la barbilla hacia el coche deportivo en el garaje—. Quiero decir, ¿alguna vez le preocupó que pudieran aprovecharse de usted y su dinero?

Sebastian suspiró. —Supongo que los encuentro entretenidos. Me da algo que hacer, quiero decir, no tengo que trabajar ni nada, así que es divertido tener un pasatiempo, ¿no? Además, cuando encuentro algo en lo que invertir, siempre me aseguro de obtener la mejor parte del trato, así que una vez que empiezan a ganar dinero, yo también. Es solo cuestión de tiempo antes de que Damian o alguien más despegue. Supongo que ha oído hablar de su rumoreado comprador. —Miró hacia abajo con desdén—. Esperaba poder invertir en su negocio, pero incluso yo no puedo permitirme ese tipo de precios. No por lo que he oído desde dentro, de todos modos.

—¿Alguna vez ha asistido a la nueva discoteca en Maidstone? —dijo Laura.

Su boca se abrió. —Espero que no. ¿Por quién me toma? Realmente no es el tipo de establecimiento donde uno quiere ser visto.

—¿Tenía alguna sospecha de que tanto Felicity como Gary tenían problemas de dependencia de drogas? —dijo Barnes.

Sebastian se llevó la mano al pecho, con expresión afligida. —En absoluto. Si lo hubiera sabido, habría querido ayudarlos. Todo esto ha sido bastante impactante. Estoy seguro de que pueden entenderlo. Ahora, si me disculpan, el Roadster tiene su ITV a las cuatro en punto. ¿Algo más?

Laura cerró su libreta de golpe mientras Barnes forzaba una sonrisa y le entregaba una tarjeta de visita.

—Eso es todo por ahora, señor Groves. Quizás podría llamarme si recuerda algo que pudiera ayudar con nuestras investigaciones.

—Por supuesto, detective. Lo haré.

Girando sobre sus talones, Laura marchó por la grava y esperó junto al coche patrulla a que Barnes la alcanzara.

Observó cómo Sebastian llamaba a su perro, que había estado olfateando el neumático delantero con demasiado entusiasmo para su gusto, y desaparecía en el interior del garaje.

Barnes tenía una expresión furiosa cuando llegó hasta ella.

—En mis tiempos, lo habríamos llamado un mocoso —gruñó, y abrió la puerta del pasajero.

Laura sonrió. —Creo que es un gilip…

—Sube al coche, Hanway.

CAPÍTULO 38

Gavin se dio la vuelta y sonrió mientras intentaba desalojar una esquina del edredón de debajo de su novia dormida.

Su suave respiración le hacía cosquillas en la piel mientras extraía con cuidado su brazo de debajo de ella y se frotaba los ojos soñolientos.

Todavía estaba oscuro más allá de las cortinas de su dormitorio, un entusiasta mirlo calentaba sus cuerdas vocales en el diminuto jardín de abajo. El tráfico de la mañana temprana comenzaba a abrirse paso frente al desvío hacia el callejón sin salida, las delgadas ventanas de su pequeña casa adosada moderna hacían poco para contrarrestar el sonido de una sirena de ambulancia que pasaba a toda velocidad.

Leanne murmuró incoherencias entre dientes y luego levantó la cabeza, con su cabello oscuro despeinado y encrespado.

—¿Gav? ¿Qué hora es?

—Las cinco. Vuelve a dormir.

Ella resopló, se dio la vuelta (llevándose consigo la mayor parte del edredón) y rápidamente hizo justo eso.

Su turno había terminado a las nueve la noche anterior, y no se esperaba que se presentara en la unidad de búsqueda y rescate de los servicios de bomberos del condado durante otros dos días.

Estaba agotada.

Gavin extendió la mano y apagó la alarma de su móvil, luego se puso las manos detrás de la cabeza y se quedó mirando el techo.

Olvidado el sueño, sus pensamientos se dirigieron al trabajo y al robo en la clínica veterinaria de Adam.

Frustrado por la falta de tiempo que había dedicado a la investigación, y resignado a ayudar a Barnes con las entrevistas relacionadas con las muertes de Felicity y Gary, había tenido poco tiempo para pensar en su propia carga de trabajo.

La noticia de que Adam debía regresar al trabajo a finales de semana sin avances que informar sobre quién lo había atacado pesaba mucho sobre Gavin.

Mientras la luz más allá de la rendija en las cortinas comenzaba a tornarse de un tono gris desvaído, la duda se infiltró y suspiró.

¿Había hecho las preguntas correctas a Scott y Stephanie cuando los entrevistó?

¿Le habían dicho algo de pasada que se le hubiera escapado?

Cerró los ojos, recordando parte del metraje de videovigilancia que había estado viendo, tanto de los archivos que Scott había proporcionado, como de las cámaras del ayuntamiento.

La forma en que todo en la clínica parecía pacífico, normal después de que Stephanie dejara el trabajo por el día.

Los minutos contando hacia atrás en la esquina derecha de la pantalla de su ordenador mientras observaba a Adam, con la cabeza inclinada mientras estaba encorvado sobre su portátil.

El repentino y terrible momento en que Adam se dio cuenta de que algo andaba mal, pero no tuvo tiempo de defenderse, y la pausa subsiguiente cuando su atacante quizás se preguntó si se había pasado un poco en su búsqueda de las drogas.

La mandíbula de Gavin se tensó al recordar al ladrón agachándose junto a la figura inmóvil de Adam y quitándole las llaves una fracción de segundo antes de girar y abalanzarse sobre el gabinete seguro, y la prisa con la que las drogas fueron luego barridas hacia una bolsa de lona.

—Vamos —murmuró, abriendo los ojos—. Tiene que haber algo.

Suspiró, apartó la poca ropa de cama que había logrado retener, y miró la pantalla de su móvil.

Las seis en punto.

—A la mierda. Mejor me voy ya —resopló.

—¿Qué dices, Gav?

Miró por encima de su hombro para ver a Leanne sentada, el edredón enredado a su alrededor, y sonrió ante la visión de su rostro soñoliento.

—Nada, solo voy a entrar temprano, eso es todo. —Se acercó gateando y la besó—. Te veré más tarde. ¿Te apetece salir a cenar a algún sitio esta noche?

Ella bostezó.

—Suena como una gran idea. ¿Me llamas luego?

—Lo haré.

Recogió su ropa, pensando en darse una ducha rápida antes de salir por la puerta, ya planeando lo que haría cuando llegara a la sala de incidentes.

—¿Gav?

Se volvió al escuchar la voz de Leanne.

—¿Sí?

—No dejes que te consuma, ¿de acuerdo? El avance llegará.

—Más vale que así sea.

CAPÍTULO 39

Gavin trotaba hacia la puerta trasera de la comisaría, con el pelo aún mojado por la ducha y su aliento empañando el aire frente a su cara.

—Te vas a resfriar corriendo así —dijo Teresa, una de las asistentes administrativas. Esperaba con la punta de su zapato sosteniendo la puerta abierta para él mientras equilibraba su maletín de portátil y una bolsa de tela cargada en sus brazos—. Eso es lo que mi madre siempre solía decir.

Él dejó que la puerta se cerrara de golpe detrás de ellos y sonrió.

—La mía también.

—¿Cómo vas con el allanamiento en la veterinaria? —Inclinó su pase de seguridad contra el panel junto a la puerta interior y luego lo guio escaleras arriba—. ¿Disfrutando de estar al mando por una vez?

—La verdad es que sí. —Esbozó una sonrisa tímida al captar su mirada cómplice—. Solo desearía que no estuviéramos hablando de Adam.

—Por lo que han comentado algunas personas, estás haciendo un buen trabajo. Sé que es un caso difícil.

—Gracias, Teresa.

—No hay problema, y avísame si necesitas ayuda con algo. Estoy a solo una llamada de distancia.

Ella se despidió con un pequeño gesto mientras continuaba subiendo las escaleras hacia su oficina, y Gavin se dirigió por el pasillo hacia la sala de incidentes, con una renovada confianza en su paso.

Una vez frente a su ordenador, abrió los archivos de videovigilancia de la compañía farmacéutica en la pantalla y encontró su punto de partida para el día.

Dave Morrison se acercó desde la pequeña cocina y agitó su taza de té hacia la pantalla.

—He revisado todos los del fin de semana anterior al allanamiento, así que puedes saltarte esos.

—¿En serio? Gracias, eso me ahorrará algo de tiempo, al menos.

—No hay problema. Tenía una hora libre hasta que tener que presentarme en el juzgado ayer.

—¿Algo digno de mención?

—No realmente, nada que destacara. Acabo de terminar de agregar mis notas a la base de datos, así que podrás hacer referencias cruzadas si lo necesitas. Solo te queda revisar el del lunes pasado y eso es todo.

—Genial, gracias. ¿Te vas otra vez?

—Sí. La Fiscalía quiere que esté en el juzgado a las ocho y media para una charla antes de que entremos.

—De acuerdo, nos vemos luego.

Gavin inclinó la cabeza hacia su pantalla mientras el

agente uniformado se alejaba, y comenzó la grabación, con su bolígrafo suspendido sobre su libreta.

A estas alturas, conocía la ruta de la furgoneta de reparto casi tan bien como el conductor, anotando las entregas realizadas durante un período de cuatro horas.

Las paradas previas a la realizada en la clínica de Adam eran más cortas, con el conductor sacando solo pequeños paquetes de la parte trasera del vehículo cada vez.

Reprimiendo un bostezo, Gavin se enderezó en su asiento cuando vio que el vehículo tomaba un giro familiar en la rotonda cerca de la clínica, y ralentizó la reproducción.

Pero no había vehículos sospechosos siguiendo al conductor de reparto, ni motocicletas zigzagueando entre el tráfico para mantenerse detrás de él.

De hecho, el tráfico era ligero y la furgoneta entró en la clínica veterinaria sin problemas.

Gavin arrojó su bolígrafo y suspiró.

—Mierda.

Tamborileó con los dedos sobre el escritorio por un momento, y luego extendió la mano hacia su ratón y seleccionó el grupo de archivos que Scott Mildenhall había proporcionado la mañana después del robo. Cada uno tenía ahora una nota correspondiente dentro de la base de datos de la investigación y, mientras revisaba las observaciones que él y Laura habían hecho la semana pasada, se detuvo.

—¿Cómo lo hizo ella…?

—¿Hablando solo otra vez? —bromeó Debbie mientras pasaba con tres resmas de papel abrazadas contra su pecho—. Primera señal de…

—A veces ayuda, Debs.

Se dirigió al escritorio de Laura, revolviendo en la bandeja de entrada de su colega donde las copias de las declaraciones de los testigos estaban apiladas en un montón ordenado listo para archivar.

Hojeó las páginas, sus ojos recorriendo los nombres en la parte superior de cada conjunto grapado hasta que encontró el atribuido a Daisy Stiles y volvió a su pantalla de ordenador.

Obligándose a leer lentamente, Gavin pasó su dedo por las páginas hasta llegar al final, con el corazón acelerado.

—Se nos escapó algo —murmuró.

Dejando la declaración a un lado, abrió la carpeta que contenía la colección de archivos de videovigilancia de la clínica veterinaria y buscó los de las cámaras exteriores. Avanzando rápidamente el archivo, se inclinó más cerca de la pantalla mientras observaba a Daisy Stiles salir apresuradamente por la puerta principal.

En lugar de caminar hacia un coche como él y Laura habían asumido, la mujer continuó por el camino de entrada hacia la calle principal, con el transportín de gatos balanceándose ligeramente con su paso.

—¿A dónde vas? —murmuró Gavin.

Cerró el archivo y rápidamente localizó las grabaciones de videovigilancia que Andy Grey había obtenido de la base de datos del ayuntamiento para la misma fecha y hora, y siguió a Daisy mientras se alejaba de la clínica y caminaba un poco más allá hasta una parada de autobús.

En cuestión de momentos, un pequeño coche compacto se detuvo en la acera y ella subió, colocando el transportín de gatos en su regazo antes de que el coche se alejara a toda velocidad.

Gavin pausó la grabación cuando el coche pasó frente a una farola y congeló el fotograma.

—Te tengo.

—Buenos días, Gav.

Levantó la vista al oír la voz de Barnes y vio a su colega de pie junto a Kay, ambos mirando ahora atentamente la pizarra mientras conversaban en voz baja.

—Buenos días.

Bajando la cabeza hacia su trabajo una vez más, tecleó una cadena de búsqueda para la matrícula del coche.

—Hum. Me pregunto…

Abriendo un navegador web, escribió el nombre y comenzó a desplazarse por los resultados.

Encontró lo que buscaba en la página cinco.

Otra búsqueda, esta vez para verificar los nombres de las personas que el equipo había recibido durante la semana y registrado en la base de datos para realizar entrevistas de seguimiento.

Y ahí estaba.

Gavin empujó su silla hacia atrás, sus largas piernas lo llevaron a través de la sala de incidentes en cuestión de segundos.

—Jefa, creo que necesitas escuchar esto.

Kay se apartó de la pizarra, sus ojos inquisitivos. —¿Qué tienes?

—La última clienta que se presentó en la consulta de Adam el lunes por la noche era una mujer llamada Daisy Stiles —dijo Gavin, tratando de no tropezar con sus palabras por la emoción—. Laura y yo hablamos con ella el jueves por la tarde porque la vieron salir de la clínica antes de que la llamaran para su cita. Nos dijo entonces que no creía que el gato de su madre estuviera tan enfermo después de todo y que había cambiado de opinión. Lo que pasa, jefa, es que Daisy no condujo hasta la clínica veterinaria, y metí la pata porque no se me ocurrió preguntarle en ese momento.

—¿Preguntarle qué? —dijo Barnes.

—Quién la llevó allí. —Gavin tomó un respiro profundo—. Revisé las grabaciones de videovigilancia del ayuntamiento, y la recogió un tipo que conducía un hatchback de seis años de antigüedad por la carretera desde la entrada. Acabo de verificar el número de matrícula. El coche pertenece a Xander Beech.

Kay parpadeó. —¿No está él emparentado con Damian Beech?

—Es su hermano menor. Encontré una antigua fotografía del día deportivo escolar de ambos juntos en un boletín comunitario que ha sido archivado en línea.

Barnes exhaló. —Joder, Gav. Eso cambia las cosas, ¿no? Quiero decir, tenemos a Felicity Gregor asistiendo a un club exclusivo de pequeñas empresas dirigido por Damian, y ahora Daisy Stiles saliendo de la clínica veterinaria con su hermano menor justo antes de que ataquen a Adam y roben todas las drogas.

—Podría ir a verlo después de la reunión informativa de esta mañana —dijo Gavin—. Ver qué tiene que decir al respecto.

—Creo que deberías. —Barnes sonrió—. Excelente trabajo.

—Diez de diez por persistencia, Gav. —Kay se pasó

una mano por el pelo mientras su mirada volvía a la pizarra—. Creo que vas por el camino correcto.

—Todos queremos ayudar, jefa —dijo Gavin—. Cuando quien hizo esto atacó a Adam, lo hizo personal.

CAPÍTULO 40

Para cuando el resto del equipo se unió a ellos para la reunión informativa, la noticia del avance de Gavin ya se había filtrado por la sala, y los rostros que miraban fijamente la pizarra mostraban un renovado interés.

—¿Jefa? ¿Cómo le fue a Adam ayer en el hospital? —dijo Debbie mientras le entregaba una agenda a Kay.

—Todo despejado para volver al trabajo el lunes —dijo Kay, sonriendo—. Gracias por preguntar.

—Todos hemos estado preocupados, jefa. Esas son excelentes noticias.

La oficial encargada de las pruebas tomó asiento junto a Laura en la parte delantera del grupo y pasó el resto de las agendas por encima de su hombro a otro agente, y Kay dirigió su atención a Barnes mientras esperaba hasta que todos se hubieran acomodado.

—Bien, una actualización rápida antes de la reunión principal —comenzó—. Gavin ha descubierto que el hermano menor de Damian Beech, Xander, estaba en las cercanías de la clínica veterinaria solo horas antes del ataque a Adam y el robo de ketamina. Se le vio dando un aventón a una mujer, Daisy Stiles, que huyó de la clínica antes de que la llamaran a su cita. Ella ya nos ha dicho que simplemente cambió de opinión, pero obviamente hay que investigar la conexión con los hermanos Beech. Laura, ¿te importaría darnos un repaso rápido de las entrevistas que hiciste ayer con Helene Becker y Tom Weston?

—Oficial, Helene estaba visiblemente afectada por las muertes de Felicity y Gary —dijo Laura—. No sabía que ambos estaban consumiendo drogas. Dijo que Felicity era bastante reservada cuando se unió por primera vez a su club de desayuno, pero en unos meses se estaba convirtiendo (en sus palabras, ojo) en un dolor de cabeza.

Una risita recorrió los oficiales reunidos antes de que Barnes les lanzara una mirada fulminante.

—¿En qué sentido? —dijo.

—Helene pensaba que Felicity se estaba esforzando demasiado por impresionar a gente como Damian y Sebastian Groves. —Laura arrugó la nariz al mencionar el nombre del hombre—. Después de lo que Sebastian dijo sobre ella ayer, creo que podría haber estado luchando una batalla perdida.

—En efecto. —Barnes hizo girar sus gafas de lectura entre sus dedos mientras miraba fijamente la pizarra—. ¿Qué dijo sobre Gary?

—Solo que era callado, pero estaba tratando de usar el dinero que ganaba con el trading intradiario para iniciar otro negocio. Ella pensaba que tenía que ver con inversiones inmobiliarias a gran escala. Lugares como almacenes de tamaño industrial en lugar de casas.

—Eso coincide con lo que sus padres les dijeron a los

uniformados durante el fin de semana, oficial —dijo Kyle Walker—. Leí sus declaraciones, y creían que iba a ver un local la próxima semana y pensaban que podría haber hecho una oferta.

—¿Alguna indicación de ellos sobre su hábito de drogas?

—Sospechaban que podría haber experimentado de vez en cuando, esas fueron las palabras de su madre —dijo Kyle—, pero no pensaban que fuera algo serio.

—De acuerdo. Laura, ¿qué hay de Tom Weston, el tipo de las motocicletas personalizadas? ¿Qué tuvo que decir?

—No parecía tener mucho tiempo para los demás —dijo ella—. Pensaba que Sebastian Groves era, y cito, "un imbécil", y solo toleraba a Damian porque asumía la autoridad sobre el grupo y organizaba sus reuniones. No tenía tiempo para Felicity; dijo que ella intentó coquetear con él cuando se unió por primera vez, y luego se enfurruñó cuando él le dijo que no estaba interesado porque tenía esposa y dos hijos pequeños, y dijo que Gary era tan callado que a menudo olvidaba que incluso estaba allí.

—Te hace preguntarte por qué se molestó en quedarse con el grupo —dijo Kay—. ¿Por qué se unió en primer lugar?

—Dijo que esperaba que le ayudara a desarrollar su presencia en línea, porque cuando empezó no tenía mucha confianza con las redes sociales y el marketing digital. Tom dijo que su esposa ha estado aprendiendo todo eso desde entonces y que estaba pensando en dejar el grupo el próximo mes de todos modos. Cree que la única razón por la que se ha quedado tanto tiempo es porque el desayuno que proporciona el hotel es muy bueno.

Esta vez, Barnes se unió a las risas. —Un hombre de los míos. ¿Algún motivo de sospecha allí, Laura? ¿Podría ser nuestro traficante de drogas?

Ella negó con la cabeza. —Tiene un historial limpio, jefe, y cuando estuve en su casa, era claramente un padre devoto; su esposa estaba fuera, y él estaba jugando con los dos niños mientras hablábamos. Ah, y las motocicletas son preciosas...

—Muy bien. Mete esas declaraciones en HOLMES2 si no lo has hecho ya. —Barnes hizo un gesto hacia una mujer que rondaba en los márgenes del grupo—. Pasando a otra cosa. Gracias a las habilidades diplomáticas del comisario Sharp, no solo tenemos de vuelta con nosotros a la inspectora Hunter, sino que también tenemos a bordo a una nueva oficial de gestión de investigaciones para ayudar a Debbie. Me gustaría presentaros a Anna Clifton a todos vosotros.

Kay se unió al escaso aplauso dirigido a la mujer, que se sonrojó por la atención y levantó la mano en señal de saludo.

—Anna ha sido cedida temporalmente desde Northfleet para trabajar en las dos investigaciones, así que estará disponible para ayudar a todos vosotros a aseguraros de que vuestro papeleo esté al día y listo para pasarlo al Servicio de Fiscalía de la Corona cuando estemos preparados. —Barnes sonrió—. También se asegurará de que los jefes no puedan encontrar fallos en vuestro trabajo si se les ocurre pasar por aquí para vernos. Hablando de tareas, todos vosotros, consultad con Debbie después de esta reunión para ver qué tenemos preparado para hoy. Finalmente, Gav, ¿qué has logrado averiguar sobre Xander Beech mientras hemos estado hablando?

Kay se asomó por encima de su hombro mientras el agente levantaba la vista de la pantalla de su móvil.

—Esto te va a encantar, oficial. Es DJ, aunque está tratando de hacerse un nombre como productor, y su lugar habitual es la discoteca que estuvimos vigilando el sábado por la noche.

—Bien —dijo Barnes, dejando el rotulador de la pizarra en el escritorio a su lado y abotonándose la chaqueta—, vamos a tener una conversación con el joven señor Beech, ¿de acuerdo?

CAPÍTULO 41

Gavin golpeó con los nudillos la puerta del apartamento y dio un paso atrás, dirigiendo su mirada a lo largo del pasillo.

Una estrecha ventana al final dejaba entrar una escasa cantidad de débil luz solar, con moho aferrándose al alféizar y manchas de humedad salpicando las baldosas del techo.

Las paredes eran de ladrillo visto en lugar de yeso, y notó que faltaban varias bombillas en los casquillos.

Barnes estaba leyendo un aviso de evacuación en caso de incendio que se estaba poniendo amarillo dentro de un marco de vidrio fijado a la pared junto a la puerta, y resopló.

—Dios, necesitarías bastante tiempo para navegar por esta madriguera en la oscuridad.

Se giraron al oír una cadena que golpeaba contra la parte trasera de la puerta, y luego el chirrido de una cerradura antes de que se abriera una rendija.

Unos ojos oscuros se asomaron bajo un flequillo desaliñado. —¿Quiénes sois vosotros?

Gavin mostró su placa. —Agente Piper, y mi colega el oficial Ian Barnes. ¿Xander Beech?

—Sí. ¿Qué queréis?

—Hablar. ¿Le importa si pasamos?

—Esperad. Necesito ponerme unos pantalones.

El rostro desapareció, y Gavin se volvió hacia Barnes.

—¿Se refiere en serio a pantalones, o…?

—Espero que sí. Después de ti.

Gavin suspiró y empujó la puerta, resistiendo el impulso de cubrirse la nariz con la manga cuando un olor rancio y húmedo lo asaltó.

Xander Beech apareció por una puerta a la derecha, equilibrándose sobre una pierna mientras se ponía unos vaqueros, su piel pálida casi translúcida en la luz tenue.

—Joder, dadme un respiro, ¿queréis? —gruñó, y luego desapareció de nuevo en lo que Gavin supuso que era su dormitorio, antes de emerger una vez más mientras se ponía un suéter sobre la cabeza—. La sala de estar está por aquí.

El joven caminó descalzo por la alfombra hacia una habitación de planta abierta en la parte trasera del apartamento que había sido dividida en parte sala de estar y parte cocina.

Para alivio de Gavin, empujó para abrir una ventana sobre el fregadero y les dio una sonrisa de disculpa.

—Lo siento. No hago mucha limpieza desde que mi novia me dejó.

Su sentido del humor se desvaneció cuando Gavin recitó la advertencia formal. Se dejó caer en el sillón desgastado más cercano y se puso a hurgar en un agujero de sus vaqueros mientras los dos detectives buscaban dónde apoyarse en lugar de arriesgarse con el sofá.

Barnes sacó su libreta y le hizo un rápido gesto a Gavin.

—Xander, estamos investigando las muertes de Felicity Gregor y Gary Lovell —comenzó Gavin—. ¿Conoce a alguno de ellos?

—Sí. Quiero decir, solo de pasada. Mi hermano era quien más se juntaba con ellos. Un club de negocios que tiene en marcha.

—¿Alguna vez los conoció allí?

—Sí. De vez en cuando. Cuando Damian decía que podía ir. —Xander emitió una risa amarga—. No cree que yo sea lo suficientemente bueno para su grupito.

—¿Alguna vez los encontró en la discoteca de la ciudad donde usted es DJ?

El joven se reclinó en el sillón y se chupó las mejillas.

—Tal vez —dijo finalmente—. Es difícil recordar. Normalmente estoy ocupado trabajando, ¿sabes? Y cuando estoy entre sesiones hay mucha gente que quiere hablar conmigo. No puedo recordar a todos los que veo, son tantos.

—¿Vende drogas, señor Beech?

—¿Qué?

—Ketamina en polvo, en particular. —Gavin inclinó la cabeza hacia un lado mientras la mirada de Xander se desviaba hacia la ventana—. ¿Está vendiendo drogas mientras está en la discoteca?

Xander negó vehementemente con la cabeza. —No. No, no lo hago. Soy DJ en la discoteca, a tiempo parcial.

Apenas estoy empezando, así que acepto el trabajo que puedo conseguir. Sí, de acuerdo, este lugar no parece gran cosa, pero…

—Quiere tener éxito, como Damian.

—No me importaría.

—La discoteca, ¿es ahí donde conoció a Daisy Stiles?

Gavin observó cómo el pánico cruzó el rostro del hombre antes de que se recuperara e intentara encogerse de hombros con indiferencia.

—No puedo recordarlo.

—Pero sí conoce a Daisy Stiles.

Xander suspiró, se levantó y cruzó hacia la ventana del suelo al techo.

Un estrecho balcón había sido construido más allá del cristal, y Gavin observó nerviosamente mientras Xander se demoraba en la puerta, preguntándose si iba a hacer algo drástico… o estúpido.

En cambio, el hombre se volvió hacia él, con los ojos endurecidos.

—Es una tonta. La conozco, sí, pero no tan bien. Estuvimos juntos en el instituto, eso es todo.

—La conoce lo suficientemente bien como para encontrarse con ella fuera de Turner's Veterinary Practice el lunes pasado. ¿Por qué la recogió fuera, en lugar de en el estacionamiento?

—No sé. Ahí es donde dijo que tenía que encontrarme con ella.

—¿A dónde fueron después de eso?

Xander parpadeó. —La llevé a casa.

—¿Y luego?

—Nada. Volví aquí. Dijo que tenía que ir a buscar a sus

padres al aeropuerto, así que no es como si fuera a ir con ella, ¿verdad?

—¿Por qué no condujo ella misma hasta el veterinario?

—Dijo que ese gato suyo no viaja bien. No quería que se pusiera rebelde mientras conducía por si tenía un accidente.

—¿Y volvió directamente aquí después de llevarla a casa?

—Sí.

—¿Puede alguien corroborarlo?

—Damian.

—¿Damian? —Gavin alzó las cejas y luego miró a Barnes—. ¿Qué estaba haciendo él aquí?

—Jugando. —Xander señaló una consola debajo del televisor, con dos mandos tirados descuidadamente encima.

—Hace un momento, me dio la impresión de que no le caía muy bien su hermano.

—Somos hermanos. —Otro encogimiento de hombros—. Tenemos días buenos y malos, como cualquiera.

—¿Quién ganó? —dijo Barnes.

—¿Qué? —Xander frunció el ceño.

—Dije, ¿quién ganó?

—Damian. Siempre lo hace.

Gavin oyó el abatimiento en la voz de Xander, sacó una tarjeta de visita del bolsillo de su chaqueta y se la tendió. —Nos pondremos en contacto si tenemos más preguntas. Nos marcharemos.

CAPÍTULO 42

Cuando Kay entró con el coche en el aparcamiento de la clínica veterinaria esa tarde, encontró un espacio cerca de la parte trasera de la consulta y vio a Adam junto a uno de los corrales exteriores mientras se bajaba del vehículo.

—La puerta está abierta —gritó él—. Pasa.

Dándose una palmadita mental en la espalda por haber llevado botines al trabajo esa mañana, Kay empujó la puerta de seguridad hacia el patio y caminó entre los corrales, apartándose a un lado cuando una joven alpaca estiró el cuello entre las barras de madera de uno de ellos e intentó morderle la pernera del pantalón.

—Eh, fuera.

—Deja de alimentar a los animales.

—Es al revés. —Kay sonrió mientras Adam la atraía hacia un abrazo—. Pensé que no debías volver aquí hasta final de semana. Aún te quedan dos días.

—Solo estoy viendo lo que me he estado perdiendo. —Le dedicó una sonrisa tímida—. Y sí, vale, puede que haya estado haciendo un poco de papeleo.

—Dijiste…

—Solo eran los papeles para la reclamación del seguro —dijo, y la besó antes de tomarla de la mano y llevarla al corral donde había estado trabajando—. Cuanto antes podamos recuperar el dinero por los daños, mejor para mi flujo de caja. Ven, ayúdame a alimentar a Casper y luego entraremos. Está empezando a hacer frío aquí fuera.

—¿Casper?

Adam señaló el corral junto a ella y sonrió. —Casper, la cabra amistosa.

Tomando el cubo de pellets que él le ofrecía, Kay puso los ojos en blanco. —Sabía que me arrepentiría de preguntar.

Diez minutos después, se apresuraron a entrar por la puerta trasera de la consulta, y mientras Kay se quitaba la chaqueta, notó los nuevos herrajes de latón que Adam cerró antes de encender las luces de seguridad automáticas para los corrales exteriores.

Se habían instalado cámaras adicionales en las esquinas del techo, y mientras lo seguía desde el almacén por el pasillo hacia su oficina y las salas de consulta, se detuvo un momento para mirar por encima del hombro.

—¿Scott también instaló cerraduras en las ventanas?

—Lo hizo, y ahora también hay un nuevo sistema de tarjetas entre las salas de consulta y la oficina trasera y el quirófano. —Adam le hizo un gesto—. Ven a recepción, Scott y Stephanie ya han terminado por hoy. Solo estaban esperando a que el tipo del sistema de seguridad instalara las últimas cámaras.

Stephanie levantó la vista de la pantalla de su ordenador

cuando entraron en el área de recepción, con el teléfono en la oreja mientras procesaba otra cita para más adelante en la semana y Scott rebuscaba en el archivador junto a ella.

Guiñó un ojo cuando vio a Kay. —Pensé que habíamos acordado que lo mantendrías alejado de nosotros hasta la semana que viene.

—He fracasado miserablemente. Lo siento —dijo ella, y luego bajó la voz cuando se acercó—. Y tienes algunas explicaciones que dar sobre ese perro. ¿Qué demonios le ha estado dando de comer tu amigo?

—¿Por qué? ¿Cuál es el problema?

—¿Todo bien, vosotros dos? —dijo Stephanie, terminando su llamada y levantando la vista del calendario de citas.

—Todo bien —dijo Kay, forzando una sonrisa—. ¿Cómo os va por aquí?

—Casi de vuelta a la normalidad, incluso mejor ahora que hemos visto a Adam hoy. —Sonrió la recepcionista—. Y Terry ha estado ocupado asegurándose de que nuestro sistema de seguridad esté al día.

Señaló un agujero en el techo donde se habían quitado cuatro de las baldosas y desaparecía una escalera de aluminio.

Dos grandes botas de trabajo aparecieron en el peldaño superior, y luego un hombre bajó, con la frente brillante de sudor.

Asintió cuando vio a Kay, luego dirigió su atención a Adam y Scott. —Otros quince minutos y creo que habré terminado.

—Gracias, Terry —dijo Scott—. Stephanie tiene una

tarjeta de la empresa para arreglar el pago antes de que te vayas.

—Gracias, colega. Lo aprecio.

Terry recogió unos alicates y un destornillador de la bolsa de herramientas en el suelo de baldosas y volvió al trabajo.

Kay se estremeció mientras lo veía subir la escalera y arrastrarse de nuevo por la cavidad del techo. —Nunca pensé que tendríamos que hacer esto. No aquí.

—Es un signo de estos tiempos —dijo Adam—. Desafortunadamente, no tenemos elección, no ahora. Es como dijiste, no será la última vez que alguien entre, pero con suerte la próxima vez tendremos más posibilidades de atrapar a quien sea.

—¿Qué decidiste hacer al final con el trabajo? —dijo ella—. ¿Volver poco a poco o intentar hacer un día completo para ver cómo va?

—Pensé en venir el sábado, hacer el turno de la mañana como siempre, y luego tomarme el domingo libre —dijo—. Creo que para el lunes estaré bien. Oh, eso me recuerda, ¿quieres recoger a Oscar de camino a casa del trabajo el viernes, Scott, o venir el fin de semana?

—Como quieras. —Scott miró por encima del hombro y cerró el cajón del archivador—. ¿Cómo ha estado?

—Un poco oloroso, pero he estado probando diferentes comidas. Ciertamente se ha animado esta última semana —dijo Adam—. No puedo determinar que haya nada seriamente malo con él.

—Si está tan bien, tal vez debería quedarse contigo un poco más —dijo Scott, con expresión impasible.

Kay lo fulminó con la mirada, pero el sonido de su móvil en el bolso le impidió responder.

Cuando lo sacó, el nombre de Barnes aparecía en la pantalla, y contestó antes de que saltara el buzón de voz.

—¿Ian? ¿Ha pasado algo?

—Jefa, es Xander Beech. Alguien lo atacó en su casa y está hospitalizado.

CAPÍTULO 43

Kay estacionó su coche junto a un vehículo patrulla con distintivos y cerró la puerta de golpe antes de tomarse un momento para evaluar la escena frente a ella.

Había pasado un coche patrulla en el cruce de la calle residencial, varios curiosos de las propiedades vecinas miraban boquiabiertos los vehículos de emergencia que alineaban la estrecha calle antes de ser ahuyentados por un par de agentes uniformados.

—¿Jefa? Por aquí.

Divisó la silueta de Gavin contra los faros de una ambulancia, su familiar pelo en punta y su altura lo distinguían de las demás personas que se arremolinaban en la entrada del bloque de pisos, y se acercó para reunirse con él.

—¿Qué ha pasado?

—Un vecino lo ha denunciado, jefa. —Se dio la vuelta y la guio hacia los pisos, tomando las escaleras en lugar del ascensor—. Estamos en el segundo piso. Xander fue atacado dentro de su piso. Parece que abrió la puerta a quien lo atacó porque no hay daños en la cerradura ni señales de entrada forzada.

Hizo una pausa cuando llegaron al rellano del segundo piso y se hizo a un lado mientras un paramédico salía de una puerta más adelante a la derecha, seguido de cerca por su colega empujando a Xander en una silla de ruedas hacia la puerta abierta del ascensor.

Esta se cerró segundos después, y pronto pudieron oír a los dos oficiales de la ambulancia en la planta baja dirigiendo a su paciente fuera del edificio.

—¿Adónde lo llevan? —dijo Kay.

—A Maidstone. Barnes acaba de irse, va de camino allí también, para poder tomar declaración cuando los médicos lo permitan.

—¿Qué hay del vecino, el que llamó?

—Un tal Henry Bradley —dijo Gavin, y señaló con el pulgar por encima de su hombro hacia un hombre que estaba junto a dos agentes uniformados al final del pasillo, con cara de preocupación mientras hablaba con ellos—. Dice que oyó gritos por encima de su televisor, pero para cuando bajó el volumen y llegó a su puerta principal y miró afuera, no había nadie alrededor. Fue entonces cuando notó que la puerta del piso de Xander estaba abierta. Antes de que llegara a ella, un hombre salió corriendo y bajó las escaleras.

—¿Pudo verlo bien?

—No, el hombre llevaba una gorra de béisbol y la iluminación aquí abajo no es muy buena, como puedes ver.

—¿Qué hay de las cámaras de seguridad?

Gavin resopló con frustración. —El señor Bradley dice que él y otros miembros de la asociación de residentes han estado intentando conseguirlas aquí durante más de dos años.

—Bueno, los propietarios podrían reconsiderarlo después de esto. ¿El vecino entró al piso?

—Sí, estaba aún más preocupado después de eso. Encontró a Xander en el suelo junto al sofá. El señor Bradley dijo que Xander estaba incoherente cuando lo encontró, así que llamó a emergencias. Dada la dirección y nuestras investigaciones en curso, es por eso que también nos llamaron a nosotros.

—¿Tuviste la oportunidad de hablar con los paramédicos antes de que yo llegara?

—Sí. Parece que tiene la nariz rota y un par de dedos fracturados. Uno de los paramédicos que lo atendió creía que también podría tener una o dos costillas rotas, pero están más preocupados por la posibilidad de que sufra una hemorragia interna; logró decirles que lo golpearon repetidamente en el estómago.

—¿Queda alguien todavía dentro?

—Kyle Walker está tomando huellas dactilares de la puerta y de varias otras superficies por si el atacante está en el sistema. Estamos esperando que llegue un cerrajero. El señor Bradley dice que se lleva bien con Xander, así que se ha ofrecido a pagarlo hasta que salga del hospital.

—De acuerdo, bueno, dadas las circunstancias quiero echar un vistazo. —Kay se dirigió hacia la puerta abierta y se detuvo mientras Walker terminaba de pasar el polvo por los paneles frontales.

Se hizo a un lado y asintió brevemente cuando terminó. —También he revisado la sala de estar y la cocina, jefa. Te lo mostraré.

—Gracias.

Se metió las manos en los bolsillos y cruzó el umbral, con cuidado de no rozar la puerta y mancharse la chaqueta con el polvo de grafito. Deteniéndose al final de un corto pasillo, examinó los daños en el piso.

Los cajones de la cocina habían sido abiertos, los cubiertos tirados al suelo junto con paños de cocina de algodón raídos, y sus zapatos crujían sobre una mezcla de granos de sal y granos de pimienta esparcidos por el linóleo barato.

La sala de estar se había llevado la peor parte del ataque, con un marco de foto colgando precariamente de su gancho sobre el televisor, y una consola de juegos y mandos volcados debajo de la gran pantalla. Los cojines del sofá yacían en el suelo junto a un montón de viejas revistas de juegos empujadas a un lado, y podía ver sangre en la alfombra donde Xander había estado tumbado.

—¿Logró decirle a alguien quién le hizo esto, Gav? —preguntó.

—Aún no, los paramédicos no nos dejaron hablar con él porque estaban preocupados por su bienestar.

—¿Qué demonios pasó aquí? —murmuró.

Walker negó con la cabeza asombrado. —Alguien definitivamente la tenía tomada con él, jefa.

—No es eso, mira todo. Esto no fue solo una pelea. Quien atacó a Xander estaba buscando algo. Este lugar ha sido registrado.

Gavin giró en medio de la habitación y empujó un cojín del sofá con el pie. —Tendremos que obtener una lista de los objetos robados de Xander cuando Barnes lo entreviste.

—¿Te parece que se han llevado algo? Quiero decir, obviamente el televisor es demasiado grande para llevárselo y esa consola de juegos parece un modelo antiguo, así que probablemente no valga mucho. ¿Notaste si Xander tenía un portátil o algo cuando estuviste aquí?

—No lo vi.

—Echaré un vistazo rápido en el dormitorio, jefa —dijo Walker—. Por si acaso.

—De acuerdo.

Recorrió con la mirada la devastación en el piso mientras el agente se alejaba.

—¿Crees que lo atacaron porque habló con nosotros antes? —dijo Gavin, con ojos preocupados.

Kay suspiró. —No sé qué pensar en este momento.

Se giraron al oír un grito, para ver a Walker salir del dormitorio, sus manos enguantadas sosteniendo una mezcla de pequeñas cajas y viales de vidrio.

—Encontré esto bajo un montón de ropa —dijo—. Supongo que el atacante de Xander no llegó tan lejos antes de ser interrumpido. Aunque algunos de estos parecen suministros médicos, no la parafernalia de drogas habitual.

Gavin cogió uno de los paquetes y lo giró en su mano para leer la etiqueta pegada en el lateral, y luego emitió un gruñido de sorpresa.

—¿Jefa? Estos son para animales. Creo que esto es lo que fue robado de la clínica de Adam.

CAPÍTULO 44

Kay arrancó el ticket de estacionamiento de la máquina antes de apresurarse por un paso de peatones y a través de las puertas principales del Hospital Maidstone.

Barnes levantó la mano desde el otro extremo de un amplio pasillo embaldosado cuando la vio, con el móvil en la oreja.

Ella esperó mientras él terminaba la llamada, recorriendo con la mirada los diversos letreros de salas y departamentos mostrados en palabras coordinadas por colores en la pared a su lado, un escalofrío recorriendo sus hombros al recordar el ataque de Adam la semana pasada.

El tintineo de vidrio y loza le llegó desde la cafetería a su izquierda, y se apartó de las miradas preocupadas que encontraron sus ojos mientras pacientes, familiares o amigos trataban de pasar unos momentos en contemplación.

—Jefa, era Gavin. Dice que el apartamento ha sido asegurado y que el vecino tiene las llaves. —Barnes guardó su móvil en el bolsillo y le dio un ligero codazo—. Xander está en una habitación por aquí.

Sus zapatos resonaron en el suelo pulido mientras sorteaban un flujo constante de camilleros, ordenanzas y enfermeras que se cruzaban por las profundidades del hospital. Aberturas cavernosas a lo largo del laberinto de pasillos conducían a áreas especializadas: radiología, patología, cardiología.

Todo pasó como un borrón ante Kay mientras se preguntaba si obtendrían alguna respuesta de Xander esta noche, o si la gravedad de sus lesiones significaría una larga espera antes de que sus médicos le permitieran hablar con la policía.

—Por estas escaleras —dijo Barnes, sosteniéndole la puerta cortafuegos—. Lo trasladaron a la unidad de cuidados intensivos. Es un bastardo con suerte en algunos aspectos: no tiene hemorragias internas, pero tiene hematomas y una costilla rota, aparentemente. Lo mantendrán ingresado un par de días para asegurarse sobre el sangrado.

—Está en buenas manos aquí —respondió ella—. Y al menos sabemos dónde está, ¿verdad?

—¿Gavin mencionó que encontraron las drogas robadas del consultorio de Adam en el lugar de Xander?

—Estábamos tratando de averiguar si quien le hizo esto le robó algo, como un portátil o algo así. —Kay hizo una pausa, con la mano en la puerta que daba al rellano del primer piso—. Debo decir que no esperaba las drogas.

Barnes la siguió al pasillo, negando con la cabeza.

Ella notó que la atmósfera era diferente aquí, más tranquila.

A pesar de una corriente subyacente de eficiencia practicada (después de todo, la mayoría de los pacientes en estas salas estaban en condición crítica) la sensación general que Kay percibía era de determinación silenciosa.

El volumen de las voces era más bajo, tanto que podía escuchar el persistente rumor de los conductos de aire acondicionado sobre su cabeza.

—Está por aquí —dijo Barnes, señalando un puesto de enfermeras.

La jefa de enfermeras levantó la vista de un portapapeles y les dedicó una sonrisa cansada.

—¿De vuelta tan pronto, detective Barnes?

—Mi inspectora, Kay Hunter —dijo a modo de presentación—. Nos preguntábamos si había habido alguna mejoría en su paciente y si podríamos hablar con él.

La enfermera frunció los labios.

—Me temo que no podrán hablar con Xander esta noche, detectives. Su médico acaba de subir para revisarlo y le han dado un sedante suave. Después de eso, solo podrá recibir visitas de familiares a partir de mañana hasta que reciba el alta.

—De acuerdo —dijo Kay, agradeciendo a la enfermera y apartándose del mostrador—. Voy a pedirle a Sharp que autorice a un agente para que permanezca de servicio aquí hasta que Xander hable con uno de nosotros. Dado que tenemos dos muertes por ketamina entre manos y el robo, creo que el joven señor Beech podría ser un riesgo de fuga en estas circunstancias.

—Suena como un buen plan, jefa. Me aseguraré de que sea entrevistado tan pronto como despierte.

—Eso va a dar lugar a una discusión interesante... —

El móvil de Kay vibró y leyó el nuevo mensaje de texto—. Bien. Laura dice que ha hablado con el laboratorio, mencionó el nombre de Peter Gregor y ha arreglado que se hagan las pruebas mañana sobre las drogas encontradas en el apartamento de Xander.

Barnes sonrió.

—Aprende rápido.

—Bueno, mientras no espere ese tipo de respuesta rápida en cada caso en el que trabaje, estará bien.

La sonrisa de Barnes se desvaneció, su expresión se volvió preocupada cuando ella escuchó pasos pesados detrás.

Mirando por encima del hombro, vio a un hombre que reconoció como Damian Beech apresurándose hacia ellos, vistiendo una chaqueta de motociclista y sosteniendo un casco integral bajo un brazo mientras pasaba una mano enguantada en cuero por su cabello.

—¿Detective Barnes? —Estrechó la mano del detective mayor, quien presentó a Kay antes de señalar las puertas cerradas.

—La enfermera nos dice que han dejado cómodo a Xander por la noche, pero estoy seguro de que ella podrá darle más información.

—Gracias. ¿Saben quién le hizo esto?

—Todavía es pronto, Damian, pero tenemos oficiales tomando declaraciones a los vecinos y revisaremos cualquier cámara de videovigilancia en la zona.

—Tan pronto como me enteré tuve que venir aquí. Es todo lo que tengo.

—¿Qué hay del resto de su familia? —dijo Barnes.

Damian hizo una mueca.

—Nuestro padre murió hace unos diez años, y no hablamos con nuestra madre… nos abandonó cuando yo tenía seis años.

Kay puso su mano en el brazo de él.

—Tenemos algunas preguntas que nos gustaría hacerle. Hable con la jefa de enfermeras y obtenga una actualización sobre su hermano, y luego iremos a tomar un café abajo.

CAPÍTULO 45

—Aquí tienes. Negro, con dos de azúcar, y les pedí que le echaran un chorrito de agua fría, así que bébetelo.

Barnes empujó un vaso de café para llevar por la mesa de formica hacia Damian y se sentó junto a Kay, luego observó cómo el hombre se quitaba los gruesos guantes de cuero, dejándose puestos los forros de lana, y envolvía sus manos alrededor de la bebida caliente.

—Gracias. Hace un frío de muerte ahí fuera esta noche, y además está lloviendo. No siento las manos.

—No es una buena noche para andar en moto.

—Ni que lo diga.

—Damian, dadas las circunstancias, tendremos que hacer esto formal. —Kay sacó su libreta del bolso y quitó la tapa de un bolígrafo, sus movimientos eficientes mientras limpiaba los restos de sobres de azúcar de la superficie de la mesa y los dejaba caer en la bandeja de plástico a su lado.

Barnes miró por encima del hombro, pero las personas

más cercanas estaban a tres mesas de distancia: un ordenanza y una mujer con un mono azul claro que abrían sándwiches envasados en silencio antes de volverse para mirar una pantalla de televisión en la esquina más alejada de la cafetería.

Tomó un sorbo de su café mientras Kay leía la advertencia formal y contemplaba al hermano mayor.

Tenía el pelo más oscuro en comparación con Xander y era un poco más bajo, ya llevando un poco de peso de más alrededor de la cintura.

Se preguntó si Damian se molestaba en hacer ejercicio mientras trabajaba desde casa, o si era el tipo de emprendedor que volcaba toda su energía en su negocio sin pensar mucho en su propia salud.

Los forros de los guantes que aún llevaba puestos comenzaron a emitir un olor a lana húmeda a medida que la taza de café se enfriaba, y Barnes dirigió su atención por un momento a la ventana de la cafetería a su lado, observando cómo una llovizna constante creaba una neblina bajo las luces del estacionamiento y una ambulancia se alejaba rápidamente de un lugar de estacionamiento más allá, con las luces encendidas mientras llegaba a la salida hacia la calle principal.

Su mirada volvió a la mesa cuando Kay se aclaró la garganta.

—Cuando acudimos al apartamento de Xander esta noche, se encontró una cantidad de drogas en su dormitorio —dijo ella—. ¿Consumía?

—Dios mío, no.

La conmoción de Damian era palpable. Se echó hacia atrás, con las cejas levantadas antes de sonrojarse, tal vez dándose cuenta de que su arrebato había resonado en las paredes de la cafetería.

—No, no lo sabía. Estoy seguro de que no lo es. Quiero decir, es mi hermano. Yo lo sabría. Estoy seguro de que lo sabría.

—Era una cantidad significativa —dijo Kay—. ¿Tiene alguna sospecha de que su hermano estuviera traficando?

La mandíbula de Damian se tensó y bajó la taza a la mesa, luego cerró los ojos. —No, no la tenía. ¿Qué tipo de drogas?

—Creemos que son idénticas a las drogas robadas de una clínica veterinaria local el lunes por la noche —dijo Barnes—. El dueño de la clínica aún estaba allí cuando un intruso entró; posteriormente fue atacado y hospitalizado.

—Jesús. —Damian sacudió la cabeza y encontró su mirada—. ¿Cómo… cómo está? ¿Está bien?

—Recibió el alta de su equipo médico ayer —dijo Kay, con el rostro impasible—. Tuvo suerte de escapar. Cuando llegó la ambulancia, estaba inconsciente.

—¿Tiene una llave del apartamento de su hermano? —dijo Barnes.

—No, ¿por qué la tendría?

—¿Sabe si alguien más tiene acceso al lugar?

—No, no lo sé.

—¿Dónde estaba usted el lunes por la noche, Damian? —dijo él.

—¿Qué?

—Por favor, solo responda la pregunta.

—En el apartamento de Xander. Había descargado un nuevo juego de ordenador que ambos habíamos estado esperando. —Levantó la taza de café a sus labios, luego hizo una pausa mientras una triste sonrisa cruzaba sus labios—. Casi me pateó el trasero. Ojalá lo hubiera hecho.

—¿Tiene alguna idea de cómo llegó a estar en posesión de las drogas? —preguntó Kay.

—No socializamos mucho —dijo Damian—. Quiero decir, tratamos de reunirnos una vez al mes si podemos; nos gustan los mismos juegos de ordenador como dije, o a veces vemos una película. Xander tiene una adicción poco saludable a varios universos de cómics, así que normalmente terminamos viendo una de esas.

Barnes sonrió ante la resignación en la voz del hombre. —No es muy aficionado a esas, entonces.

—No realmente. No me importaría ver algo con un poco más de sustancia a veces.

—¿Sabe *usted* quién podría haberle hecho esto? —dijo Kay.

—No lo sé. Tendemos a movernos en círculos diferentes, detective. Quiero decir, nos ponemos al día de vez en cuando, como la semana pasada, si hay algo que uno de nosotros está haciendo que nos interesa, pero no somos cercanos como algunos. ¿Han hablado con alguien de la discoteca donde trabaja como DJ? Sé que a veces tiene problemas porque los tipos que van allí piensan que se va a escapar con sus novias. Todo tonterías, por supuesto. Está demasiado centrado en su música.

Kay dejó su bolígrafo y Barnes notó las oscuras sombras bajo sus ojos mientras ella reprimía un bostezo e intentaba mantener su profesionalidad.

Miró su reloj y luego apuró su café, haciendo una mueca por el sabor.

—Muy bien, Damian —dijo, empujando su silla hacia

atrás mientras Kay guardaba su libreta—. Ya tiene nuestros datos de contacto, así que háganos saber si se le ocurre algo más.

—De acuerdo. —El hombre miró por encima del hombro cuando una pareja mayor entró en la cafetería, con rostros demacrados—. Tal vez suba a ver si puedo sentarme con él un rato, para hacerle compañía.

—Lo siento, eso no será posible —dijo Barnes—. Al menos no hasta después de que lo hayamos entrevistado por la mañana.

—¿Qué va a pasar con él? —Damian levantó la mirada, con preocupación grabada en sus facciones—. Quiero decir, cuando salga de aquí. ¿Lo arrestarán?

Barnes suspiró. —Ya está bajo arresto. Fue advertido formalmente por uno de nuestros oficiales cuando lo trasladaron arriba desde urgencias.

CAPÍTULO 46

Un cielo azul brillante recibió a Kay cuando cruzó su entrada para llegar al coche de Barnes que la esperaba a la mañana siguiente, con el sol destellando en los charcos que bordeaban el camino.

—Buenos días —dijo ella, abrochándose el cinturón de seguridad mientras él arrancaba el motor.

—Jefa. —Esperó hasta que estuvieron en marcha y luego se aclaró la garganta—. Pia se preguntaba… si Adam se siente con ánimos… si os gustaría venir a cenar a casa la semana que viene.

—Sería agradable, gracias. ¿Quieres que llevemos el vino?

—No diré que no. —Sonrió—. Está desesperada por presumir los nuevos calentadores de patio que llegaron la semana pasada y se supone que no lloverá por un tiempo. Aunque le dije que eres una debilucha y que probablemente media hora afuera sería suficiente para ti.

Kay se rio.

—Es cierto. Quizás sea mejor que lleve vino caliente en su lugar.

Cayeron en un silencio agradable mientras Barnes se abría paso entre el tráfico residual de la hora punta en la autopista, y los pensamientos de Kay se dirigieron a la entrevista que tenían por delante.

Phillip Parker había intercambiado lugares con el agente que había visto en el hospital la noche anterior, y le había enviado un mensaje para decirle que los médicos de Xander estaban satisfechos con el progreso del hombre durante la noche. A regañadientes, también habían accedido a que la entrevista formal se llevara a cabo esa mañana.

—¿Parker dijo si Xander va a tener un abogado presente? —preguntó Barnes mientras encontraba un espacio para estacionar en el lado más alejado del hospital.

—Sí, alguien que Damian encontró para él, creo. —Kay se desplazó por sus correos electrónicos mientras caminaban hacia la entrada principal, las puertas de cristal abriéndose automáticamente para dejarlos pasar—. Este es. William Taylor.

—¿Dónde vamos a entrevistarlo?

—Junto a su cama, según Parker. Los médicos no quieren que se mueva mucho hoy. —Estiró el cuello para mirar dentro de la cafetería—. No hay señales de Damian.

—Las horas de visita no son hasta esta tarde —respondió Barnes—. Además, probablemente el abogado le aconsejó que se mantuviera alejado hasta que terminemos. Es probable que ya le hayan echado la bronca por hablar con nosotros anoche.

Cuando llegaron a la planta, Parker se levantó de una

de las sillas agrupadas contra la pared frente a la estación de enfermería y volvió a colocar el folleto que había estado leyendo en un expositor junto a un par de extintores.

—Buenos días, jefa… oficial —dijo—. El abogado de Xander llegó hace unos cinco minutos. La enfermera lo acompañó y dijo que volvería por vosotros.

—De acuerdo, gracias —dijo Kay—. ¿Algo que reportar?

—Nada nuevo. Hace un par de horas escuché a uno de los médicos decir que iban a reducir su medicación para el dolor.

—Bueno, esa es una buena señal; deben estar menos preocupados por el daño a largo plazo entonces.

Se giraron cuando las puertas dobles que daban a la planta se abrieron hacia adentro y apareció una enfermera de aspecto autoritario.

—Bien, ¿ustedes son los detectives? —dijo bruscamente—. ¿Quién de ustedes está a cargo?

—Yo. Soy la detective Kay Hunter, y este es mi colega, el oficial Ian Barnes.

—Déjenme ver su identificación.

Dócilmente entregaron sus placas y, a pesar de su propia autoridad, Kay contuvo la respiración.

Si el personal médico consideraba que Xander Beech estaba demasiado enfermo para cooperar, entonces habrían hecho un viaje en vano, y la investigación llegaría a una pausa natural hasta que dijeran lo contrario.

—Muy bien —dijo finalmente la enfermera, devolviéndoles las identificaciones—. Vengan conmigo.

Barnes abrió la puerta para que pasaran, y Kay se apresuró tras la enfermera, sorprendida por el ritmo de la mujer mientras los guiaba por un corto pasillo oscuro hasta una puerta individual cerrada a la izquierda.

—Dadas las circunstancias, pusimos al señor Beech en una habitación separada de la sala principal —dijo, luego golpeó una vez y la abrió.

La nariz de Xander había soportado la peor parte del ataque, con gruesa cinta quirúrgica y vendajes cruzando las partes visibles de su rostro. La miró a través de párpados morados por los golpes. Un corte en su labio había requerido puntos.

Hizo una mueca mientras intentaba ajustar la almohada detrás de él, siseando por lo bajo debido al esfuerzo.

—No estoy seguro de que esto sea una buena idea. —William Taylor se levantó de su asiento junto a la cama y miró fijamente a los dos detectives—. Mi cliente necesita descansar.

—Su cliente tiene algunas explicaciones que dar —espetó Kay. Reiteró la advertencia formal a Xander y luego se giró al sonido de metal raspando contra las baldosas pulidas para ver a Barnes arrastrando dos sillas más por la puerta.

—Gracias —dijo, tomando una y colocándola a los pies de la cama.

Resignado a la entrevista, el labio superior de Taylor se curvó mientras volvía a su asiento y cruzaba las piernas. Sacó un bloc legal del maletín a su lado, destapó una pluma estilográfica y luego se inclinó hacia Xander y murmuró en voz baja.

—Bien, señor Beech. ¿Quién lo atacó?

Kay observó cómo Xander jugueteaba con la esquina

de un esparadrapo que cubría el dorso de su mano, bajando la mirada hacia sus dedos.

—¿No? Bien, intentemos con otra. Tal vez podría explicar por qué se encontró una cantidad de clorhidrato de metadona y clorhidrato de ketamina en su apartamento después del ataque.

En el silencio que siguió, Kay podía escuchar los suaves pasos de la enfermera en el pasillo más allá de la puerta cerrada y alguien riendo en la estación de enfermería.

Xander permaneció en silencio, pero negó ligeramente con la cabeza.

—¿Cómo conoce a Felicity Gregor y Gary Lovell? —insistió Kay.

—Señor Beech, debe saber que actualmente es nuestro único sospechoso en relación con el robo de estos medicamentos de Turner's Veterinary Practice, y las subsiguientes sobredosis de tres personas —dijo Barnes, con tono impaciente—. También lo tenemos en una grabación de videovigilancia con Daisy Stiles, a quien sospechamos que usted coaccionó para que realizara un reconocimiento en la clínica antes de irrumpir y robar esos medicamentos.

—¿A menos que pueda decirnos quién robó esos medicamentos en su lugar? —dijo Kay.

La cabeza de Xander se balanceó hacia un lado antes de que se controlara y tomara una respiración entrecortada.

La máquina a su lado emitió un pitido sobresaltado.

—Lo siento —susurró, con los párpados temblorosos—. No tengo nada que decirles.

La puerta se abrió de golpe detrás de Kay y ella se dio la vuelta para ver a la enfermera asomándose.

—¿Está todo bien aquí? Nos saltó una alarma en nuestro extremo.

Taylor se levantó de su silla y se enderezó los puños.

—Creo que es suficiente por hoy, detectives. Mi cliente está extremadamente cansado después de su calvario y evidentemente necesita descansar.

Kay apretó la mandíbula, conteniendo la réplica que le vino a la mente mientras miraba fijamente a Xander, segura de que él era responsable de atacar a Adam y dejarlo en el mismo estado en el que ahora se encontraba.

—Volveremos por la mañana, señor Taylor. Asegúrese de que su cliente descanse. Lo va a necesitar.

CAPÍTULO 47

—Está asustado.

Barnes caminaba de un lado a otro sobre la alfombra frente a la pizarra mientras sus ojos recorrían las notas garabateadas en ella.

Kay apoyó el codo en el respaldo de una silla y suspiró. —No me sorprende. Tres personas están muertas por las drogas que encontramos en su casa.

—¿Crees que él sabía que las drogas estaban allí? —dijo Laura—. Es decir, tal vez las haya plantado quien lo atacó.

Kay asintió. —No lo creo. Vi su cara cuando se lo dijimos. No parecía sorprendido, como acaba de decir Barnes, parecía asustado. Además, es a él a quien Gavin vio fuera de la veterinaria horas antes del robo, así que debemos considerar el hecho de que tanto él como su hermano están mintiendo sobre lo que realmente estaba haciendo esa noche.

—Apuesto a que no estaba jugando videojuegos. —Barnes tiró de su corbata, luego la enrolló en sus dedos antes de meterla en su bolsillo—. También tendremos que considerar a los traficantes rivales. Quizás a alguno le molestó que vendiera en su territorio y decidió darle una lección.

—Pero entonces, ¿por qué no se llevó las drogas? —dijo Laura—. ¿Por qué dejarlas allí?

—Tal vez no tuvo tiempo de encontrarlas si escuchó al vecino moviéndose al lado. Cuando el señor Bradley entró al pasillo, el atacante ya estaba huyendo —dijo Barnes.

—También está el ángulo de la venganza —reflexionó Kay—. Si las familias de Felicity o Gary se enteraron de alguna manera de que Xander podría haberles vendido la ketamina a sus hijos, entonces alguno de ellos podría haber hecho justicia por mano propia.

Barnes se dio la vuelta y alzó la voz para llamar a través de la sala de incidentes. —¿Alguien ha logrado conseguir alguna grabación de las cámaras de videovigilancia del ayuntamiento en la zona? ¿Tenemos a alguien llegando o saliendo de la casa de Xander que coincida con el momento del ataque?

—Definitivamente no hay nada disponible del edificio —dijo Phillip—. Acabo de hablar con el supervisor y me confirmó que las únicas cámaras que tienen cubren el área de estacionamiento en la parte trasera y los contenedores. No hay cámaras en las escaleras ni en la salida del edificio.

—Tomará un tiempo obtener las grabaciones de videovigilancia del ayuntamiento —agregó Debbie—. Les he dejado un mensaje y seguiré insistiendo.

—Quiero que se vuelva a entrevistar al gerente de la discoteca a la luz de las drogas encontradas en casa de Xander —dijo Barnes—. Dave, ¿puedes encargarte de eso y también obtener una nota de él sobre cualquier conocido de su trabajo como DJ?

—Lo haré, oficial. —El uniformado levantó la vista de la pantalla de su ordenador—. ¿Quieres que solicite también los registros telefónicos de Xander?

—Por favor.

—Si queremos acusarlo por el robo y las posteriores muertes de Felicity y Gary, vamos a tener que encontrar más que una colección de paquetes de drogas robadas —dijo Kay.

Mientras caminaba de vuelta a su escritorio, su teléfono comenzó a sonar, y se apresuró a pasar junto a un administrador con una rápida disculpa para alcanzarlo antes de que se fuera al buzón de voz.

—Inspectora Hunter.

—Detective, soy Yvonne Court del laboratorio. Laura me pidió que la llamara con los resultados de las pruebas de las drogas encontradas tan pronto como los tuviera a mano.

Kay sacó su silla y abrió su libreta en una página nueva. —Eso fue rápido, gracias.

—La promesa de fondos adicionales hace maravillas —dijo Yvonne sin ironía.

—¿Las drogas coinciden con las encontradas en las muestras tomadas de Felicity Gregor y Gary Lovell?

—Parecen ser similares, sí. Obviamente el polvo que tomaron había sido cortado con otras sustancias, pero los resultados subyacentes son los mismos.

Yvonne hablaba apresuradamente, como si tratara de llegar a la esencia de su llamada telefónica lo más rápido posible, y Kay contuvo la respiración.

—Detective, estoy preocupada por lo que estoy viendo aquí —dijo la analista—. Estas son obviamente las drogas robadas de Turner's Veterinary Practice, el nombre de la clínica está impreso en la etiqueta de entrega de los paquetes, pero hay algo que no está bien con la ketamina. Es más potente, peligrosa.

—¿Qué quiere decir? Esa sustancia ya está clasificada como droga controlada de categoría dos. Por eso Adam y su equipo la mantenían guardada en un armario seguro.

—¿Habían usado algo de ella antes de que fuera robada?

—No, la entrega se hizo esa misma tarde, y les quedaba para dos días del stock anterior. No tienen más de tres semanas de existencias, no está permitido.

—Gracias a Dios por eso.

Kay se enderezó. —¿Por qué?

—Si esto se hubiera administrado a un animal como anestésico para un procedimiento de rutina, no solo lo habría dejado inconsciente. Lo habría matado. Es cinco veces más fuerte de lo normal.

Kay oyó a Yvonne levantar el empaque y agitarlo.

—Y no hay nada aquí que lo indique.

Frunció el ceño. —¿Nada en absoluto? Vi etiquetas en algunas de las cajas que le dimos.

—No, lo que quiero decir es que está mal etiquetado. Incluso en una pequeña cantidad, lo que tienen aquí es mortal.

CAPÍTULO 48

Gavin se detuvo en el umbral de la concurrida recepción de la veterinaria y asintió hacia Scott cuando este apareció de una de las salas de consulta y se dirigió hacia el grupo de sillas junto a la ventana.

—¿El señor Harris y Spock? —dijo.

Un hombre de unos cincuenta años levantó la mano, señalando a un loro gris africano en su hombro. —Está mudando de plumas de nuevo y no sé por qué.

—De acuerdo, tráigalo y echemos un vistazo. —Scott dejó que su cliente pasara primero y luego dirigió su atención a Gavin—. ¿Está todo bien?

—Necesito hablar contigo tan pronto como puedas. Ha surgido algo.

—Si no te importa esperar, estaré unos veinte minutos con el señor Harris; todos los demás están programados para ver a Claire, nuestra veterinaria suplente.

—No hay problema.

Gavin se dirigió hacia el asiento libre que había dejado

el hombre con el loro y sonrió a una mujer mayor sentada junto a la ventana.

Un perro collie blanco y negro yacía con el hocico sobre sus zapatos, pero se tambaleó al ponerse de pie y olisqueó su mano cuando se sentó.

—Hola. Eres amigable, ¿verdad?

—Solo porque cree que tienes comida. —La mujer esbozó una sonrisa cansada—. El problema es que ya no puede caminar tanto como antes, así que hemos tenido que dejar de darle tantas golosinas. De lo contrario, solo subirá de peso.

—Mi novia me está amenazando con hacer lo mismo conmigo —dijo Gavin, y sonrió—. Eso no significa que no intente colar algunos bocadillos aquí y allá cuando no está mirando.

Ella estalló en carcajadas, luego miró hacia arriba cuando llamaron su nombre y tiró de la correa. —Vamos, tú. Es hora del chequeo.

El perro dejó solo a Gavin y la siguió a regañadientes a la segunda sala de consulta, y Stephanie le hizo un gesto con la mirada mientras procesaba otro lote de papeleo en su ordenador.

—¿Alguna novedad para nosotros? —dijo.

—Puede que tengamos algo. —Gavin miró a su izquierda a las dos personas que aún esperaban ser llamadas, y luego de vuelta a la recepcionista—. Dejaré que Scott lo explique una vez que haya tenido la oportunidad de hablar con él.

Stephanie asintió y volvió a su trabajo mientras él sacaba su teléfono móvil y revisaba sus mensajes.

Scott y la veterinaria suplente atendieron rápidamente

a los pacientes restantes, y cuando el último cliente pagó y salió de la clínica, Scott emergió del área del personal con tazas de café.

—Claire está limpiando atrás por mí, así que no tengo que hacerte esperar más —dijo, repartiendo las bebidas.

Gavin le guiñó un ojo a Stephanie mientras agradecía al veterinario. —Lo tienes bien entrenado, Steph.

—Créeme, es lo único que nos ha mantenido funcionando esta semana. Estaremos contentos de tener a Adam de vuelta.

Scott se hundió en una de las sillas y suspiró. —Afortunadamente, Claire ha aceptado quedarse por un tiempo; tengo la sensación de que podría necesitar ser un arreglo más permanente.

—¿Entonces el negocio va bien, a pesar del robo? —dijo Gavin.

—Si acaso, hemos estado más ocupados. —Scott hizo una mueca—. Ya sea porque la gente siente lástima por Adam o porque son curiosos y quieren ver dónde ocurrió el ataque… El tiempo lo dirá.

—Sería bueno si algo positivo saliera de todo esto —coincidió Gavin. Colocó la taza de café en el suelo y metió la mano en el bolsillo de su chaqueta, desdoblando las copias de los informes de laboratorio que Kay le había proporcionado—. Hablando de eso, esperamos que puedas ayudarnos a aclarar algo sobre las drogas que fueron robadas la semana pasada. Nuestro laboratorio realizó algunas pruebas comparando lo que se encontró en los dos casos de sobredosis que tenemos contra las drogas tomadas de aquí para ver si podemos vincular el robo con la persona que fue vista cerca de aquí el día del allanamiento.

Sabíamos por los resultados de la autopsia que ambas personas tenían una sustancia muy fuerte aún en sus sistemas con base de ketamina, pero nuestros técnicos de laboratorio están preocupados por los resultados que obtuvieron en las drogas encontradas en el apartamento del sospechoso, las mismas que fueron robadas de aquí.

Gavin le entregó el informe a Scott. —Parece, según los resultados, que el clorhidrato de ketamina es más fuerte de lo que necesitarías usar en un escenario normal de quirófano. Nos preguntábamos por qué.

El veterinario tragó saliva después de leer los resultados, frunciendo el ceño, luego cruzó el área de recepción y le entregó el documento a Stephanie. —¿Puedes conseguirme la copia de la requisición de esta última entrega?

—Claro.

Se volvió hacia Gavin mientras Stephanie abría un cajón de archivos colgantes junto a su silla. —¿Tienes las cajas en las que estaban las drogas, o fotografías?

—Tengo fotos. —Gavin sacó su teléfono móvil, hojeó el álbum que había creado para la investigación y encontró las imágenes tomadas en el apartamento de Xander la noche anterior—. Aquí tienes.

—Aquí está la requisición —dijo Stephanie.

—Gracias. —Scott tomó la página de ella y la comparó con las fotos, luego se sentó junto a Gavin y le entregó el informe, con una nota de alivio en su voz—. Bien, parece que no la cagamos, así que eso es bueno. Lo que no es bueno es lo que tu laboratorio dice que están viendo bajo condiciones de prueba. Esto es lo que pedimos.

Gavin tomó la requisición de él y leyó rápidamente el

contenido. —¿Podrían haber cometido un error al leer esto?

Scott negó con la cabeza. —Es por eso que se les da el original. Es la ley: como el clorhidrato de ketamina y las otras sustancias listadas en nuestro pedido aquí están clasificadas como drogas controladas, al proveedor se le debe dar la copia con la firma húmeda. Solo yo o Adam podemos firmarla. Adam hizo el pedido esa mañana; nos quedaba alrededor de una semana de suministros en ese momento, lo cual está bien, pero él tenía programadas un par de cirugías complicadas la semana pasada y pensamos que era mejor pecar de cautelosos. Solo mantenemos tres semanas de existencias en cualquier momento.

—¿Aún tienes el comprobante de entrega de este lote?

—¿Steph? —Scott se volvió hacia la recepcionista.

—Espera, sí, aquí tienes. —Caminó alrededor del escritorio y le tendió una delgada página azul—. Esa es la firma de Adam al final para confirmar la recepción segura.

—Tan pronto como llegan los medicamentos, los registramos en el libro y colocamos todo en el armario de seguridad. No salen de ahí a menos que yo y Adam, o Claire en su ausencia, los firmemos. —Scott señaló el número de referencia en una columna de la página—. Este coincide con el código en la requisición y en la etiqueta de la caja en esas fotos, ¿ves?

Gavin deslizó el dedo por la pantalla de su móvil para ampliar la imagen. —De acuerdo, lo veo. ¿Qué es este otro número en la etiqueta?

—Déjeme ver. —Scott tomó el móvil de él—. No lo sé, podría ser una referencia de procesamiento interno que usa el fabricante de medicamentos. No es algo que usemos para verificar las entregas.

—¿No supongo que aún tengáis una de las cajas viejas de la entrega anterior, verdad? —dijo Gavin.

—Podríamos tener. Todas nuestras citas de emergencia y los procedimientos que Adam iba a hacer la semana pasada se derivaron a otras clínicas después de su ataque, así que no usamos tanto como pensábamos. —Scott caminó hacia la puerta de la sala de consulta, luego se detuvo—. También traeré una de las cajas nuevas que nos entregaron el jueves pasado para reemplazar las que fueron robadas.

—Gracias. —Gavin se volvió hacia Stephanie mientras el veterinario desaparecía por la puerta—. Cuando arreglasteis que las otras clínicas veterinarias atendieran a vuestros pacientes la semana pasada, ¿no les proporcionaron el clorhidrato de ketamina en caso de que necesitaran usarlo?

—Dios, no, es ilegal. No se nos permite compartir medicamentos entre clínicas veterinarias a menos que haya una verdadera emergencia, e incluso entonces todos los involucrados tendrían que asegurarse de que todo el papeleo y los registros de medicamentos controlados dejaran claro por qué se tomó esa decisión. Adam y Scott podrían perder sus licencias por algo así.

—Y terminar en la corte si tuviéramos muy mala suerte —añadió Scott al reaparecer—. Bien, encontré una de las cajas vacías viejas en el bote de basura, usamos la última ayer. Y esta es una de las nuevas.

—Ninguna de las cuales tiene este extraño número de referencia impreso en la etiqueta —reflexionó Gavin.

Tomó el informe de laboratorio nuevamente y frunció el ceño—. Así que, obviamente, vosotros no cometisteis un error porque pedisteis la concentración que normalmente usáis, y según el etiquetado, eso es lo que llegó.

Miró la imagen en su móvil una vez más. —¿Entonces por qué es diferente en esta?

—Ni idea —dijo Scott, mirando de la requisición de compra al documento de entrega y viceversa—. Tal vez alguien estaba teniendo un día realmente malo en el laboratorio. Aunque no hay excusa para este tipo de error. Tenemos suerte de haber tenido algo de stock antiguo para usar primero, de lo contrario, esto podría haber matado a un paciente. Hablaré con la compañía farmacéutica a primera hora mañana, tenlo por seguro.

—No te preocupes —dijo Gavin—. Yo también lo haré.

CAPÍTULO 49

Adam estaba esperando en la puerta principal cuando Kay entró en el camino de entrada, con líneas de preocupación surcando su frente.

—Scott acaba de llamarme —dijo él mientras ella cerraba la puerta y se quitaba los zapatos—. ¿Qué está pasando?

—Sírveme una copa de vino y te contaré lo que pueda —respondió ella. Lo siguió hasta la cocina y se entretuvo con Oscar mientras Adam buscaba una copa y sacaba una botella de Chenin Blanc a medio beber del refrigerador.

—Estoy deseando tomarme una cerveza este fin de semana —comentó él, abriendo una lata de gaseosa y dando un sorbo.

—¿Cuántos días más tienes que tomar las pastillas que te dieron en el hospital?

—Solo hasta mañana. Las náuseas ya se han ido, pero querían que siguiera con los antibióticos un poco más por el rasguño en la cabeza. En fin, salud, y cuéntame qué está pasando.

Kay dio un sorbo al vino, luego colocó la copa en la encimera y entrelazó sus dedos alrededor del tallo. —Gavin habló con Scott hace un rato porque recibimos los resultados del laboratorio. Les habíamos pedido que compararan lo que encontramos en casa de Xander con los resultados de las dos autopsias para intentar conectarlo todo. Y vaya si lo conectamos, pero resultó que lo que se entregó en tu clínica el lunes pasado era cinco veces más fuerte que lo que normalmente pides.

Adam palideció ante sus palabras y se desplomó en uno de los taburetes. —¿La cagué?

—No. —Kay extendió la mano para tomar la suya—. Tú no, Scott tampoco, y Stephanie tampoco.

—Gracias a Dios.

—Hablaremos formalmente con la compañía farmacéutica mañana, en cuanto hayamos hablado de nuevo con nuestro laboratorio para aclarar algunos detalles.

—¿Te dijo que comprobamos todo tres veces antes de usar ese material? Incluso si tenemos que sacrificar a un animal, debemos tener cuidado. El producto es letal en su concentración normal, pero esto… —Adam se pasó una mano por la mandíbula—. ¿Lo recuperaron todo? ¿Del piso de ese tipo? Quiero decir, ¿no hay posibilidad de que haya más de ese material por ahí?

—En eso está trabajando el equipo ahora mismo —dijo Kay—. Están llamando a todas las clínicas veterinarias de la zona para averiguar quién más podría haber hecho un pedido, y si hay un número de identificación similar al del embalaje que apareció en tu clínica, o si fue un caso aislado.

—Nos habríamos enterado si se hubiera administrado accidentalmente una sobredosis —dijo Adam, girando la lata de gaseosa en círculos dentro de un charco creciente de condensación—. Cosas así no se mantienen en secreto por mucho tiempo.

—Scott no mencionó nada parecido a Gavin.

—Ahí lo tienes, entonces. Con suerte, nuestra clínica fue la única afectada, y vosotros habéis encontrado todo el stock robado, así que no hay más. —Suspiró y apartó la lata, luego se pasó una mano por el pelo—. Cuando esto se sepa, podría acabar con el negocio. Quiero decir, ¿qué hubiera pasado si *hubiéramos* usado ese stock? ¿Y si…?

—Adam, basta. —Kay se movió al otro lado de la encimera y rodeó sus hombros con los brazos—. Basta. No sucedió. La clínica está con mucho trabajo; Gavin dijo que cuando llegó, tuvo que esperar porque había muchos pacientes. Tienes una reputación increíble a nivel local y profesional. Solo mira la cantidad de artículos para revistas que te han pedido que escribas este último año. No fue tu culpa.

—Lo sé, es solo que… —Se giró para mirarla, con los ojos preocupados—. Hoy recibí una carta de la compañía de seguros. Están cuestionando nuestras prácticas de almacenamiento, a pesar de que ese gabinete seguro tiene múltiples cerraduras y Scott y yo llevamos nuestras llaves con nosotros. Están tratando de decir que si las llaves se hubieran guardado en una caja fuerte con combinación en lugar de en mi llavero, esto no habría sucedido.

—Dios mío —suspiró Kay—. Eso no es justo. ¿Cuántos veterinarios usan una caja fuerte con combinación?

—Solo uno que yo sepa, y eso es solo porque son cuatro los que necesitan usar las llaves; es una clínica mucho más grande que la mía y opera las 24 horas. Además, me quitaron las llaves cuando me dejaron inconsciente, en la maldita clínica, donde las necesito. —Adam alcanzó una carta doblada encima de un periódico local gratuito y se la entregó.

Ella recorrió el texto con la mirada y luego resopló. —Bueno, quien sea que haya escrito esto no tiene ni idea de cómo funcionan las clínicas veterinarias. Mira, sugiere que recomienden usar un gabinete operado con teclado numérico en su lugar.

—Lo sé. Con eso se violarían todas las reglas establecidas en las directrices. —Adam recuperó la carta —. Les responderé mañana, pero es una cosa más encima de todo lo demás.

Kay lo abrazó. —Aguanta. Estamos cerca. Lo presiento. Solo necesitamos algunas respuestas más.

—Lo sé. Es solo que con eso y una llamada del Colegio Real de Cirujanos Veterinarios esta tarde sobre una auditoría de cumplimiento que quieren hacer debido al robo, no ha sido un buen día.

Ella frunció el ceño mientras miraba la carta del seguro en la encimera, luego se enderezó. —Por curiosidad, ¿desde hace cuánto tiempo compras los medicamentos a través de ese proveedor? ¿Habías tenido problemas con ellos antes?

Él terminó su refresco y caminó hacia la ventana, dejando caer la lata en el contenedor de reciclaje debajo del fregadero. —No hemos tenido problemas antes, pero solo llevamos usándolos los últimos cuatro meses. Había demasiados problemas y retrasos para conseguir los medicamentos que necesitábamos de nuestro proveedor habitual debido a todas las leyes de importación para comprarlos a fabricantes europeos.

—Gracias, se lo haré saber a Gavin antes de que hablemos con ellos mañana —dijo Kay.

De repente, Adam se giró desde el fregadero y se dirigió a la puerta trasera.

Una brisa fría se coló en la cocina cuando la abrió de golpe, y Kay se estremeció.

—¿Qué demonios estás haciendo?

Como respuesta, él señaló a Oscar, que parecía ligeramente divertido.

—Ataque preventivo.

CAPÍTULO 50

A la mañana siguiente, Kay se protegió los ojos del sol que se reflejaba en las ventanas del edificio farmacéutico y miró hacia el piso superior.

—¿Cómo era Marion Blanchett cuando hablaste con ella la semana pasada? —le dijo a Gavin mientras este se unía a ella antes de presionar el botón del panel de seguridad junto a la puerta principal.

—Bastante habladora, jefa. Preocupada porque uno de sus clientes había sido atacado, y dispuesta a ayudar con las imágenes del vehículo.

—De acuerdo. Esperemos que siga dispuesta cuando le preguntemos sobre los resultados del laboratorio.

Gavin miró hacia arriba a una cámara de seguridad sobre la puerta. —Eso es nuevo.

Kay se giró cuando el altavoz del panel cobró vida.

—Pase, detective Piper.

La puerta emitió un zumbido al abrirse, y Kay asintió agradecida a Gavin mientras este la mantenía abierta para ella y luego la seguía por un suelo de baldosas.

Recorrió con la mirada los premios enmarcados y artículos de prensa que salpicaban las paredes, y luego se encontró en una luminosa área de recepción.

—Si quiere registrarse.

Su atención se dirigió a un hombre de pie junto a un mostrador de recepción, cuya mirada era pétrea mientras ella se acercaba.

—¿De vuelta tan pronto, detective Piper?

—Lo siento, no capté su nombre —dijo Kay—. ¿Señor…?

—Peter Moore. —La miró por encima de la nariz—. Soy el asistente de la señorita Blanchett. Una llamada telefónica habría sido apreciada. No nos gusta que la gente se presente sin anunciarse. Pone nerviosos a nuestro equipo de seguridad.

—Lo tendré en cuenta.

Se giró al oír pasos desde el nivel del entresuelo para ver a Marion Blanchett esperando en lo alto de la escalera de caracol.

—Pensé que podría haber llamado antes, detective Piper. Estamos extremadamente ocupados en este momento. Siempre pasamos los viernes actualizando a nuestra junta directiva.

—Ha surgido un asunto de cierta urgencia —dijo Gavin—. Mi inspectora, Kay Hunter.

—Marion Blanchett. —Llegó al pie de las escaleras y estrechó la mano de Kay con firmeza—. Siempre es un placer conocer a otra mujer que se eleva a la cima de su profesión.

—Lo mismo digo. —Kay miró alrededor del vasto espacio, observando las diversas puertas cerradas que daban a la zona de recepción, algunas con señales de riesgo biológico y otras advertencias de salud y seguridad —. ¿Hay algún lugar donde podamos hablar?

—La sala de juntas está ocupada en este momento (una videoconferencia con un equipo de laboratorio en Estados Unidos con el que esperamos trabajar) así que usaremos mi oficina. Vengan por aquí.

Kay dio la espalda a Peter, ignorando la mirada fulminante que le lanzó, y siguió a Gavin y a la CEO por la amplia escalera de caracol y a lo largo de un pasillo abierto con vistas al espacio de abajo.

La barandilla de aluminio con recubrimiento en polvo se curvaba hacia la izquierda, y Marion abrió una gruesa puerta de roble al final, haciéndoles una seña.

—Tomen asiento.

Kay esperó mientras la otra mujer se afanaba en su escritorio, apartando una agenda grande de cuero tamaño A4 y varias revistas comerciales antes de acomodarse en un sillón color tostado que abrazaba su esbelta figura.

—Tengo unos quince minutos antes de tener que unirme a esa videoconferencia, detectives, así que ¿qué es lo que necesitan saber?

Kay ya había acordado con Gavin que él dirigiría la entrevista, dado que era el oficial superior de investigación del caso y ella no deseaba socavar su confianza (o la relación que había establecido previamente con Marion Blanchett) así que le hizo un gesto para que comenzara la entrevista y observó atentamente a la mujer mientras las preguntas comenzaban.

Su colega abrió un maletín que había encontrado abandonado en la antigua oficina de Sharp y extrajo una bolsa de pruebas transparente que contenía algunas de las cajas vacías encontradas en el apartamento de Xander Beech. Los viales sobrantes de clorhidrato de ketamina habían sido retirados cuando las muestras fueron enviadas para su análisis y permanecían bajo llave en una caja segura en el almacén de pruebas.

—Señorita Blanchett, ¿reconoce estos? —dijo, colocando la bolsa de pruebas sobre el escritorio.

—Parece ser el empaque de los medicamentos que producimos para las clínicas veterinarias. —Marion se inclinó hacia delante y giró la bolsa para ver mejor más allá de las etiquetas pegadas en su superficie por los técnicos de la escena del crimen—. ¿Son estos los que fueron robados de la clínica en Maidstone?

—Lo son —dijo Gavin—. Fueron encontrados en un apartamento en los límites del centro de la ciudad el miércoles por la noche, después de que el inquilino fuera atacado.

El rostro de la CEO pasó del interés a la confusión. —No entiendo. ¿Cómo los consiguió? ¿Es él el ladrón?

—Eso forma parte de nuestra investigación en curso —dijo Gavin—, pero lo que nos gustaría entender hoy es por qué estos medicamentos son cinco veces más fuertes de lo que normalmente se proporciona a las clínicas veterinarias para procedimientos anestésicos.

Marion palideció. —¿Los han analizado? ¿Están seguros?

—Nuestro laboratorio envió sus hallazgos ayer, señorita Blanchett, y sí, estamos seguros. —Gavin se levantó y volteó la bolsa de pruebas para que las etiquetas en los paquetes fueran visibles—. Este número de referencia aquí no aparece en suministros más antiguos de clorhidrato de ketamina de su laboratorio que fueron suministrados a la misma clínica, ni en el stock de reemplazo entregado el jueves pasado después del robo. ¿Qué significa?

—N-no estoy segura. Tendría que preguntarle a nuestro gerente de operaciones, pero él está en esa reunión ahora mismo y no puede ser interrumpido.

—¿Dónde se hace el etiquetado? —dijo Kay—. ¿En las instalaciones?

—Sí, todo se hace aquí. Como le dije al detective Piper la semana pasada, incluso tenemos nuestra propia flota de reparto por razones de seguridad.

—¿Ha habido problemas de seguridad en el pasado? —dijo Kay.

—No, pero como un par de nuestros proveedores usan proteínas de origen animal, a veces somos el objetivo de activistas por los derechos de los animales. Cosas por correo, alguna llamada telefónica amenazante ocasional. Es por eso que este edificio no tiene logotipos y no se puede encontrar en ninguna imagen satelital pública. Solicitamos que se eliminara por razones de privacidad, al igual que lo haría una instalación militar.

—¿Qué hay de su personal? —dijo Gavin—. ¿Realizan verificaciones de antecedentes exhaustivas?

—Sí, absolutamente, junto con pruebas aleatorias de drogas. —Marion observó mientras Gavin metía la bolsa de pruebas de vuelta en el maletín y cerraba la tapa—. ¿Están sugiriendo que esto fue un trabajo interno? ¿Que alguien saboteó deliberadamente esos viales?

—Hay que considerarlo —dijo Kay—. Especialmente

teniendo en cuenta que desde el robo, tres personas han muerto por sobredosis vinculadas a este lote, incluyendo una chica de dieciséis años.

—Dios mío. —Marion se llevó una mano temblorosa a los labios—. ¿Qué quiere hacer?

—Creo que tendremos que empezar por organizar que un equipo de oficiales venga aquí lo antes posible y entreviste a cada miembro del personal —dijo Kay—. ¿Tienen sus propios procesos y procedimientos para verificar lo que ha estado sucediendo en sus laboratorios abajo?

—Sí, los tenemos.

Kay se levantó y se dirigió a la puerta.

—Entonces le sugiero que los implemente. Inmediatamente.

Siguió a Gavin de vuelta a la escalera, ya repasando los siguientes pasos que ella y Gavin tendrían que dar, comenzando por volver a entrevistar a Xander Beech mientras aún sabían dónde encontrarlo.

—¿Detective Hunter?

Kay se giró, con la mano en el pasamanos.

—¿Sí?

—Por favor, ¿cree que podríamos mantener esto entre nosotros por el momento? —Marion se acercó, con ojos suplicantes—. Al menos hasta que mi equipo haya tenido la oportunidad de realizar una auditoría interna y les haya proporcionado una copia de nuestros hallazgos.

—¿Cuánto tiempo llevará eso?

—No más de una semana.

Kay frunció los labios.

—Tiene tres horas.

CAPÍTULO 51

Cuando Kay y Barnes llegaron al Hospital Maidstone más tarde esa mañana, una fina llovizna había reemplazado la luz del sol matutina, y ella se resguardó bajo un paraguas que su colega sostenía mientras se apresuraban hacia la entrada.

—Dave Morrison confirmó que tiene cuatro oficiales en el laboratorio comenzando con las entrevistas al personal. Harán todas las que puedan hoy —dijo, sacudiendo la mayor parte del agua del paraguas antes de encontrar un ascensor que subía al siguiente piso. Esperó mientras un camillero sacaba a un hombre en silla de ruedas y luego presionó el botón para cerrar las puertas—. La propia Marion estaba encerrada en la sala de conferencias cuando él llegó…

—Me lo imagino.

—Debe de haber sido un shock bastante grande para ella descubrir que alguien ha manipulado sus existencias.

—Pero aún necesitamos averiguar por qué. —Kay hizo una pausa cuando las puertas se abrieron, luego continuó una vez que estuvo segura de que no serían escuchados—. ¿Qué lleva a alguien a hacer eso? Quiero decir, ya es bastante malo que los animales pudieran haber muerto si Adam o Scott hubieran usado esas drogas durante operaciones de rutina, pero tenemos tres personas muertas y cuatro más aún hospitalizadas desde el viernes por la noche. Es homicidio involuntario.

Barnes asintió al agente desconocido fuera de la puerta de Xander Beech. —¿Alguna señal de su abogado, William Taylor?

—Ya está dentro, oficial. Llegó hace dos minutos.

—Gracias.

Kay abrió de golpe la puerta de la habitación privada, complacida de ver que tanto Xander como su abogado se volvieron sorprendidos por la repentina interrupción.

—¿Cómodos y a gusto aquí, verdad? —dijo, acercando una silla al lado opuesto de la cama de William Taylor mientras recitaba la advertencia formal—. Bien, Xander. Cuéntenos sobre el allanamiento. ¿Por qué esa clínica veterinaria en particular?

El joven la miró con furia, haciendo una mueca al intentar apretar la mandíbula.

A su lado, Taylor permaneció en silencio pétreo mientras observaba a su cliente, con el rostro impasible.

—Está bien, probemos con esta —dijo Kay—. ¿A quién conoce que trabaje en el laboratorio de Marion Blanchett?

El párpado izquierdo de Xander se crispó, y bajó la mirada hacia la manta antes de murmurar entre dientes.

—No le escuché, Xander, tendrá que hablar más alto

—dijo Barnes—. ¿Por qué robó las drogas de Turner's Veterinary Practice el lunes de la semana pasada?

—¿Con quién está trabajando, Xander? —añadió Kay—. Quiero decir, no tiene historial de violencia previo al ataque a Adam Turner. Nunca ha sido acusado de posesión de sustancias ilegales, y hasta la semana pasada, no tenía antecedentes penales. ¿Qué está pasando?

Xander exhaló, un suspiro tembloroso que sacudió su ligera figura.

Aun así, permaneció en silencio.

—¿Nada? —dijo Kay, incrédula. Miró al abogado—. ¿En serio?

Volviendo su atención a Xander, lo intentó de nuevo.

—¿Salió con Felicity Gregor la noche antes de que muriera? ¿Le suministró a Gary Lovell la ketamina que lo mató el viernes por la noche pasada? ¿Es eso lo que ha estado haciendo entre sesiones de DJ en la discoteca?

Una repentina comprensión la invadió, y soltó una amarga carcajada.

—No les suministró las drogas a Felicity y Gary en la discoteca como a los demás, ¿verdad? —dijo—. Los conocía del club de desayuno. Del grupo de emprendedores al que pertenece su hermano. ¿Qué estaba tratando de hacer? ¿Impresionarlos para que lo hicieran miembro permanente?

Xander apartó la mirada, con lágrimas acumulándose sobre sus pómulos magullados.

—No lo sabía. No sabía que era demasiado fuerte. Solo pensé…

Taylor se aclaró la garganta, y Xander cerró la boca de golpe.

—¿Xander? —insistió Kay, impaciente—. ¿Qué pensó? ¿Por qué robó las drogas en primer lugar? ¿Por qué estaba tan desesperado por robarlas que atacó a un hombre desarmado?

Negó con la cabeza. —No puedo decírselo. Me matarán si se enteran.

—¿Quiénes lo harán?

Negó con la cabeza, con el rostro miserable. —No puedo. Lo siento.

———

—Por el amor de Dios.

Kay golpeó con la mano la máquina expendedora en el pasillo principal, luego miró por encima de su hombro.

No había personal a la vista, y apretó los dientes mientras miraba la inútil tarjeta de débito en su mano.

—Apuesto a que me cobró de todos modos.

—¿Jefa? Jefa, aquí. —Barnes la llamó por el pasillo, con una pequeña botella de agua en la mano—. La que está junto al ascensor funciona, así que te conseguí esto.

Ella suspiró y se alejó de la máquina expendedora, derrotada. —Gracias.

—¿Su abogado sigue con él?

—Sí. —Kay miró fijamente la puerta cerrada—. Tengo la sensación de que van a tardar un rato.

—¿Qué quieres hacer?

Destapando la botella, dio un sorbo mientras su mirada vagaba por los diversos folletos expuestos en un estante montado en la pared, y luego cuadró los hombros.

—Obviamente está ocultando algo, y todavía tiene miedo.

—Y está encubriendo a alguien más, o a un grupo de personas —dijo Barnes, desenvolviendo una barra de chocolate y dándole un mordisco.

—Exactamente. —Kay comenzó a caminar hacia el ascensor, vio la cola a su lado y se dirigió a la escalera en su lugar—. No nos perdimos nada, ¿verdad, Ian? Quiero decir, en el expediente de Xander, definitivamente no hay nada sospechoso, ¿verdad?

—Yo también le eché un vistazo, y no pude ver nada —dijo entre bocados.

Llegaron a la planta baja y Kay esperó mientras él tiraba el envoltorio a una papelera junto a una salida de emergencia.

Cuando se volvió hacia ella, hizo una pausa.

—Tienes esa mirada en los ojos, jefa. ¿En qué estás pensando?

—Necesitamos volver al principio —dijo ella—. Ponte en contacto con Laura. ¿Dónde está ahora?

—Envió un mensaje diciendo que se dirigía a la consulta de Adam, que quería comprobar algo.

—Pídele que regrese a la comisaría y traiga a Daisy Stiles para una entrevista formal de inmediato, y luego pídele a Gavin que haga lo mismo con los miembros supervivientes de ese club de desayuno. Tal vez uno de ellos pueda decirnos qué demonios ha estado pasando.

CAPÍTULO 52

Cuando Laura entró en la sala de interrogatorios número dos, su primera impresión de Daisy Stiles fue que la mujer había perdido peso desde la última vez que había hablado con ella.

Tenía oscuras ojeras bajo los ojos, que estaban enrojecidos como si no hubiera dormido, y su cabello parecía no haberse lavado en varios días.

La abogada a su lado levantó la vista de su bloc legal mientras Laura encendía la grabadora y recitaba la advertencia formal.

Las manos de Daisy temblaban mientras dejaba de juguetear con un mechón de cabello y entrelazaba los dedos sobre la mesa, su mirada recorriendo la cantidad de documentación que Laura sacó de una carpeta manila.

—Bien, Daisy —dijo, sacando una serie de fotografías—. Estas dos personas, Felicity Gregor y Gary Lovell, murieron por sobredosis de ketamina la semana pasada. No es agradable, ¿verdad?

La mujer retrocedió ante la vista de las fotografías de

la escena del crimen, ante el cuerpo roto y retorcido de Felicity y las sábanas manchadas de vómito arrugadas debajo de Gary.

—Esta es Chantelle Evans —dijo Laura, esforzándose por mantener la voz firme mientras volteaba una fotografía de una sonriente adolescente de dieciséis años—. Murió después de una sobredosis de la misma mezcla de ketamina que los otros después de que alguien se la vendiera en una discoteca aquí en la ciudad el viernes pasado por la noche. Hay otras personas aún en el hospital después de ingerir la misma ketamina, una de las cuales necesitará una bolsa de colostomía por el resto de su vida para cuando terminen de reconstruirlo.

Daisy parecía que iba a vomitar.

—Eso no tiene nada que ver conmigo —logró decir.

—Oh, pero creemos que sí lo tiene. —Laura apartó las fotografías a un lado y observó cómo la mujer se retorcía en su asiento—. ¿Desde cuándo conoce a Xander Beech?

—Desde la escuela.

—¿Han mantenido contacto regularmente?

Daisy se encogió de hombros. —No realmente. Nos juntamos ocasionalmente, supongo.

—¿Dónde?

—En esa discoteca donde ha empezado a ser DJ. A veces lo veo en la ciudad y vamos a tomar algo.

—Qué encantador. —Laura extrajo una imagen ampliada de la colección de grabaciones de videovigilancia que el equipo había estado examinando—. ¿Y cuando el gato de su madre se enfermó la semana pasada, él fue la primera persona en quien pensó para llevarla al veterinario, verdad? Es decir, esta es usted subiendo a su coche frente a Turner's Veterinary Practice, ¿correcto?

Daisy se inclinó hacia adelante, mordiéndose el labio mientras miraba fijamente la fotografía. —Sí.

—Tiene licencia de conducir, ¿no es así?

—Sí.

—Entonces, ¿por qué le pidió a Xander que la llevara allí?

—No lo hice.

—¿Perdón? —Laura golpeó suavemente la imagen—. Acaba de confirmar que es usted. Entonces, ¿por qué le pidió a Xander que condujera?

—No lo hice. —Daisy miró a la abogada, luego de vuelta a Laura—. Él me lo pidió.

Laura volvió a meter la mano en la carpeta, sacó un documento grapado de dos páginas y leyó rápidamente el contenido antes de darle la vuelta. —¿Puede confirmar que esta es la declaración formal que firmó basada en la conversación que usted y yo tuvimos la semana pasada? ¿Es esta su firma?

—Sí.

—Daisy, en esta declaración nos dijo que el gato de su madre estaba enfermo, y que lo llevó al veterinario. No a su veterinario habitual, sino a este en particular. Y luego, cuando llegó allí, después de llenar todos los formularios y que le ofrecieran una cita de último minuto, decidió marcharse antes de que la llamaran para su cita. —Laura hizo una pausa—. ¿Hay algo que quiera cambiar en esta declaración ahora?

La mujer más joven negó con la cabeza y bajó la mirada hacia la mesa. —No.

Arrebatando la declaración, Laura suspiró. —Daisy, fui a la clínica veterinaria esta tarde antes de que la trajeran. Me senté donde usted se sentó en esa área de recepción. Cuando la puerta del consultorio de Adam Turner se abrió, la puerta interior que da a su oficina estaba abierta. Pude ver el armario con múltiples cerraduras donde guardan todas las drogas controladas. Por eso fue allí, ¿verdad? Para hacer un reconocimiento del edificio. Para averiguar dónde guardan el clorhidrato de ketamina y poder decírselo a Xander Beech.

Una lágrima solitaria rodó por la mejilla de Daisy, y ella la limpió, sorbiendo por la nariz.

—¿Por qué lo ayudó? —insistió Laura—. ¿Le prometió una parte de las ventas?

Daisy negó con la cabeza y volvió a sorber por la nariz.

—Suficiente. —Laura golpeó la mesa con frustración y las dos mujeres frente a ella saltaron—. Daisy, hay tres personas muertas por las drogas que Xander robó de esta clínica veterinaria. Usted ayudó en ese robo, y será acusada en consecuencia. Empiece a hablar.

La abogada la fulminó con la mirada, luego puso una mano sobre el brazo de Daisy y le murmuró al oído.

Daisy se limpió las lágrimas que ahora corrían libremente por su rostro y luego levantó los ojos hacia Laura.

—Me chantajeó.

—¿Cómo?

—Dijo que si no lo ayudaba, les diría a mi madre y a mi padre que tengo una adicción a la cocaína.

—¿La tiene?

Daisy asintió. —Sí. Pero estoy recibiendo ayuda. He estado limpia durante tres meses.

—¿Le dijo por qué quería robar las drogas?

—No. Le pregunté, pero dijo que no era asunto mío. —Daisy tomó una bocanada de aire, sus hombros temblando—. Y dijo que si alguna vez se lo contaba a alguien, me matarían.

—¿Quiénes?

—No lo dijo. No he podido dormir. He estado tan asustada.

Laura cerró la carpeta manila y empujó hacia atrás su silla, su mano flotando sobre la máquina de grabación.

—Entrevista terminada a las once cincuenta y cuatro.

CAPÍTULO 53

Helene Becker se apartó de su abogada cuando Kay entró en la sala de interrogatorios con Gavin, sus pálidas facciones acentuadas por un brillante pañuelo envuelto alrededor de su cabello.

Unos penetrantes ojos azules se clavaron en Kay mientras ella encendía la grabadora y se aseguraba de que la advertencia formal quedara registrada y entendida, y entonces la mujer se aclaró la garganta.

—Inspectora, no me agrada que me saquen de mi estudio dos de sus oficiales mientras todos mis vecinos miran. —Hizo un mohín—. Si quería hablar conmigo de nuevo, solo tenía que pedirlo.

—¿Quién ha estado vendiendo drogas en su club de desayuno semanal? —dijo Gavin.

La atención de Helene se dirigió rápidamente hacia él. —¿Qué?

—Responda a la pregunta, por favor.

—No sé nada sobre drogas. —Miró a su abogada, una

mujer de aspecto severo con expresión tensa que fulminó a Gavin con la mirada—. No entiendo.

—¿Cuándo se unió Xander Beech a su grupo empresarial? —preguntó él.

La artista agitó la mano frente a su cara como si espantara una mosca errante. —No lo sé. No creo que lo haya hecho nunca. Aparece con Damian de vez en cuando, eso es todo.

—Nos dijeron que la gente solo asistía a ese grupo por invitación especial. ¿Alguno de ustedes lo invitó?

—No, como dije, simplemente aparece de vez en cuando.

—¿Qué hace mientras está allí?

—¿Qué quiere decir?

Gavin abrió su expediente y examinó las diferentes declaraciones del grupo. —Todos parecen estar bien en sus respectivos negocios, al menos en apariencia. ¿Por qué tolerar a alguien como Xander, un DJ de discoteca? ¿Cómo se llevaba con los demás?

Helene se rio entre dientes. —Ah, ya veo a qué se refiere. No creo que Sebastian estuviera muy entusiasmado con la idea; tuvo una conversación con Damian hace un par de meses. Los escuché hablar después del desayuno una mañana. Creo que pensaron que todos nos habíamos ido, pero tuve que ir corriendo al baño de damas y cuando volví pude oír voces en la habitación.

—Así que escuchó a escondidas —dijo Kay.

—Soy una persona naturalmente curiosa —respondió Helene, acicalándose—. Además, no tuve que esforzarme mucho. Estaban hablando bastante alto. Sebastian decía que no le parecía apropiado que Xander estuviera allí.

—¿Qué dijo Damian? —preguntó Gavin.

—Le pidió a Sebastian que lo dejara pasar (sus palabras, no mías) y que solo traía a su hermano para mantenerlo fuera de problemas y darle un enfoque. —Helene suspiró—. Creo que Xander estaba más interesado en tratar de impresionar a Felicity.

—¿No a usted?

La mujer soltó una carcajada. —Dios, no, detective. Es demasiado joven para mí.

—¿De qué manera trataba de impresionarla?

—Oh, ya sabe, ofreciéndole entradas gratis para la discoteca, pases entre bastidores cuando venían algunos de los artistas más importantes. Por supuesto, entonces Gary lo escuchó y quiso unirse.

—¿Cómo le sentó eso a Xander?

—No creo que estuviera contento con ello, pero una vez que se dio cuenta de que Gary no estaba interesado en Felicity, parecieron llevarse bien. Creo que podrían haber salido a socializar juntos de vez en cuando. Ciertamente parecían más confidentes entre ellos en las reuniones de desayuno cuando Xander aparecía, como si estuvieran tramando algo.

Gavin empujó una pequeña bolsa de plástico para evidencias a través de la mesa y la inclinó para que la abogada también pudiera ver. —¿Reconoce este polvo, señora Becker?

—No, no lo reconozco. Aunque uno supondría que son drogas de algún tipo.

—Ketamina. Es lo que mató a Felicity y Gary, así como a una adolescente después de que tomara algo de esto el viernes pasado por la noche. Creemos que todos lo consiguieron de Xander.

—¿En serio? —Las cejas cinceladas de Helene se alzaron—. Bueno, eso explica algunas cosas.

—¿Como qué?

—Todo el secretismo.

—¿Secretismo?

—Sí. Estaríamos a mitad de una presentación algunos viernes (ese era el formato, uno de nosotros dando una charla de quince minutos sobre algo que queríamos compartir con el grupo mientras tomábamos café después del desayuno) y esos tres estarían en un lado de la mesa susurrando entre ellos. Terriblemente grosero, especialmente cuando yo o Sebastian habíamos puesto tanto tiempo y esfuerzo en las charlas.

—¿Les dijo algo en ese momento?

—Sebastian tiene una mirada fulminante maravillosa —sonrió Helene—. Eso a menudo era suficiente para avergonzarlos y hacer que prestaran más atención.

Gavin dio un golpecito a la bolsa de evidencias. —¿Cree que Xander podría haber estado usando el club de desayuno para vender drogas a Felicity y Gary?

—Bien podría haberlo estado haciendo. —La mujer tamborileó con los dedos sobre la mesa—. Y eso podría explicar por qué Felicity siempre parecía un poco ida cuando terminábamos algunas mañanas. Siempre lo atribuí a demasiada cafeína, pero ahora que lo menciona…

—¿Cree que Damian estaba involucrado en las drogas?

—Dios, espero que no.

—¿Qué le hace decir eso? —dijo Gavin.

—Porque siempre ha cuidado de Xander y ha tratado de evitar que se meta en problemas. Si sospechara que Xander estaba usando nuestro club de desayuno para vender drogas, estaría furioso.

CAPÍTULO 54

Kay recorría el pasillo fuera de las salas de interrogatorio tratando de contener su frustración.

Gavin estaba de pie junto a la puerta que daba a la sala de observación con las manos en los bolsillos y la mirada baja. —Lo siento, jefa. Debería haber descubierto que estaban ocultando algo así.

—No es tu culpa, Gavin. Cualquiera de ellos podría habernos compartido sus sospechas sobre lo que Xander estaba haciendo en ese club de pequeños negocios, y sin embargo todos decidieron hacerse los ciegos.

—¿Qué hay de Xander, jefa? —preguntó Gavin.

Kay se detuvo junto a él y miró su reloj. —Ese abogado suyo va a dar pelea si intentamos hablar con Xander de nuevo sin evidencia contundente, y me imagino que Marion Blanchett ya está entrando en pánico ahora que estamos interrogando a su personal.

—¿Cree que Damian golpeó a Xander? ¿Por desacreditar a su grupo de emprendedores?

—Eso es lo que quiero preguntarle. —Kay se pasó una

mano por sus cansados ojos—. Dios mío, uno pensaría que habría venido a nosotros en lugar de tomar el asunto en sus propias manos.

—No necesariamente, jefa. La sangre tira y todo eso. —Gavin arrastró la punta del zapato contra el suelo de baldosas.

—Muy bien, vamos. Quiero hablar con Damian Beech de nuevo. Quiero saber qué tiene que decir sobre todo esto. Después de todo, dijo que estaba jugando videojuegos con Xander la noche del allanamiento en la clínica veterinaria, ¿no?

Kay guardó su móvil cuando Gavin estacionó el coche patrulla frente a la casa de Damian y se ató el cabello mientras el viento tiraba de su chaqueta al apresuraba hacia la puerta principal.

—Mira —dijo en voz baja, señalando la lona que cubría la motocicleta estacionada en la entrada—. Envíale el número de matrícula a Barnes por mensaje, ¿quieres? Él sabrá qué hacer con eso.

Gavin frunció el ceño, pero tomó una foto e hizo lo que ella le indicó mientras ella tocaba el timbre.

Mirando a través de la ventana delantera, no pudo ver a Damian dentro, pero pronto escuchó pasos por el pasillo.

Cuando la puerta se abrió, él tenía un paño de cocina y una taza de café en la mano.

—Detective Hunter. ¿Qué la trae por aquí? ¿Han arrestado a quien golpeó a mi hermano?

—Aún no. ¿Podemos pasar? —Entró al pasillo antes

de que él tuviera la oportunidad de responder y esperó mientras Gavin cerraba la puerta principal—. ¿Podríamos sentarnos en algún lugar y charlar, señor Beech? Me gustaría hacerle algunas preguntas más.

Los ojos de Damian se desviaron hacia la sala de estar, y luego señaló una puerta al final del pasillo con el paño de cocina. —Pasen a la cocina, estaba limpiando.

Kay miró la vajilla y los cubiertos apilados en el escurridor cuando entró en la habitación y frunció el ceño. —¿Ha tenido visitas, señor Beech?

—No, solo estaba haciendo una limpieza de primavera. —Colocó la taza de café en un armario sobre el microondas, luego volvió al fregadero y tomó otra antes de volverse hacia ella—. ¿De qué quería hablarme?

—¿Dónde estuvo entre las cinco y las siete de la tarde del miércoles? —preguntó ella.

—Aquí. Viendo la televisión.

—¿Había alguien con usted?

—Vivo solo, detective. Estaba viendo las noticias hasta que me enteré de lo de Xander, y luego fui al hospital.

—¿En la motocicleta?

—Sí. Usted lo sabe. Me vio allí.

—¿Y cómo se enteró de que su hermano había sido atacado? —Kay se apoyó contra una encimera junto a la estufa y pasó los dedos por la superficie. Olía a limón.

—¿Perdón? —Damian miró de ella a Gavin y de vuelta.

Ella arqueó una ceja en respuesta y esperó.

—R-recibí un mensaje de texto —dijo finalmente.

—¿De quién?

—Del vecino, creo. No reconocí el número.

—¿Todavía lo tiene?

—No, debí haberlo borrado. —Terminó de secar la taza y apretó el paño de cocina entre sus manos.

—¿Gav?

—¿Sí, jefa?

—Ve a revisar la sala de estar, ¿quieres?

Agradecida de que el agente no cuestionara su orden, observó a Damian mientras Gavin desaparecía, sus pasos audibles a lo largo del pasillo.

Escuchó un gruñido sorprendido cuando abrió la puerta de la sala de estar, y luego sus pasos apresurados regresaron.

—Todo ha sido empacado, jefa. Hay cajas por todas partes, y ni un solo ordenador a la vista.

—¿Se va a alguna parte, señor Beech? ¿Tal vez pensando en alquilar este lugar por un tiempo? —dijo, señalando las encimeras—. Ha estado ocupado limpiando aquí, ¿verdad? ¿El piso de arriba está igual?

—Y-yo…

—¿A dónde se dirige?

—Solo me apetecía un descanso.

—Muéstreme sus manos.

—¿Qué?

Kay cruzó la habitación en cuatro zancadas largas y le arrebató el paño de cocina de las manos.

Heridas abiertas en carne viva cruzaban el dorso de sus nudillos, sus dedos estaban amoratados.

Kay lo miró fijamente.

—¿Por qué golpeó a su hermano, Damian?

CAPÍTULO 55

Damian se desplomó contra el fregadero.

—Todo es culpa suya.

Preocupada por cómo el color había desaparecido del rostro del hombre y temiendo que pudiera desmayarse, Kay sacó una silla de debajo de la mesa del comedor y lo guio hacia ella.

Gavin trajo una segunda silla para ella y, después de recitar la advertencia formal, observó al hombre frente a ella con renovado interés.

—¿Por qué demonios dos tipos exitosos como ustedes robarían clorhidrato de ketamina de una clínica veterinaria para venderlo en la calle? —dijo ella—. ¿Fue idea suya o de Xander?

Entonces él se rio, un sonido amargo que rebotó en las puertas de los armarios antes de que se contuviera, la risa convirtiéndose en un sollozo antes de que sacudiera la cabeza y mirara hacia otro lado.

—Jefa —dijo Gavin, y se acercó a ella, mostrándole su móvil—. Barnes envió esto.

Kay leyó el mensaje y luego volvió su atención a Damian.

—Voy a preguntarle de nuevo, ¿dónde estaba usted entre las cinco y las siete del miércoles por la noche?

Su pregunta fue recibida con silencio.

—Damian, mis colegas han pasado la matrícula de su motocicleta por nuestro sistema de reconocimiento automático de matrículas. Fue captada por las cámaras de videovigilancia a dos calles del apartamento de Xander a las seis y catorce. —Kay se reclinó, incapaz de contener su disgusto—. ¿Por qué atacó a su hermano?

—Porque es un idiota. Debería haber hecho simplemente lo que se le dijo. En cambio, pensó que sabía más. Siempre lo hace. —Damian se limpió la saliva de los labios después del repentino arrebato, su pecho agitado—. Todo es culpa suya.

—¿En qué sentido?

—No se suponía que debía quedarse con las drogas. Y desde luego no se suponía que debía vender esa mierda.

—No creo que darle una paliza vaya a ser de mucha utilidad para su reputación tampoco —dijo Kay.

Damian resopló.

—Todo es una ilusión de todos modos, ¿no?

—¿Qué es?

—Todo. —Levantó la barbilla hacia la sala de estar—. Todo eso de ahí.

—¿A qué se refiere?

Cruzó los brazos sobre el pecho y suspiró.

—No soy el gran desarrollador de software que todos creen que soy. Es decir, sí, tuve suerte, y la aplicación que hemos programado podría generar mucho dinero, pero…

—¿Pero qué?

—No soy tan exitoso como aparento —murmuró.

—Pensé que su empresa estaba a punto de ser adquirida —dijo Kay, confundida.

—Lo está. —Damian se encogió de hombros—. Subcontrato la mayor parte del trabajo, todos esos programadores son contratistas. Yo solo gestiono todo el proyecto, supongo. Si no fuera por ellos, no podría hacer esto. Pero si puedo vender el negocio, entonces nadie se da cuenta, ¿verdad?

—Entonces, ¿cómo está financiando todo esto: la casa, el desarrollo de software...?

—Mi madre paga por ello. Es inversora en el negocio, aunque yo soy el único director.

—¿Quién es su madre?

Damian resopló e hizo comillas con los dedos, su voz amarga.

—La renombrada bioquímica local, por supuesto. Marion Blanchett.

Kay gruñó por lo bajo, frustrada.

—Así que por eso su nombre nunca apareció en las búsquedas.

—Como dije, no es directora. Ella lo prefiere así.

—Mientras usted se lleva el dinero y huye —dijo Gavin.

Damian hizo una mueca.

—Bueno, no literalmente.

—¿Está seguro? —Kay tomó una revista de informática de la mesa y observó el itinerario de viaje que llamó su atención—. ¿Adónde planeaba ir?

Observó cómo Damian Beech se inclinaba hacia adelante y sostenía su cabeza entre sus manos.

—Creo que me gustaría un abogado ahora, por favor —logró decir.

CAPÍTULO 56

Gavin se sacudió las migas del regazo y arrojó la servilleta de papel al cubo bajo su escritorio, luego miró la pantalla de su ordenador y bostezó.

No había dormido mucho la noche anterior, con demasiados hilos de la investigación dando vueltas en su cabeza.

Siendo el oficial superior de investigación en el robo de la clínica veterinaria y el ataque a Adam, se tomaba en serio su responsabilidad en el caso, especialmente porque Kay tenía que mantener un perfil bajo, tanto desde una postura personal como profesional.

Aunque le habían dado la bendición de la comisario jefa para continuar trabajando en los casos, sabía que el Servicio de Fiscalía de la Corona vería con malos ojos si su nombre aparecía en cualquier documento o si olían su continua participación.

Mientras terminaba su segunda bebida energética de la tarde, una débil luz se escapaba de las persianas de la ventana y brillaba a través de su pantalla mientras se desplazaba por el sitio web de noticias locales.

Otros cinco minutos y volvería a la tarea en cuestión, pero por ahora su mirada vagaba perezosamente por los diversos artículos. Hacía tiempo que no tenía la oportunidad de ponerse al día con los acontecimientos locales, y murmuró entre dientes cuando reconoció los nombres de dos delincuentes llevados ante el tribunal de magistrados esa semana por delitos reincidentes.

Sin duda los dejarían ir con una multa, y el círculo vicioso comenzaría una vez más.

Exhalando, hizo clic para alejarse del artículo y volver a la página principal, luego parpadeó cuando un titular en la sección de negocios llamó su atención.

Empresa local registra patente de medicamentos, se habla de fusión.

Hizo clic en el artículo e inmediatamente reconoció a la mujer en la fotografía que lo acompañaba.

Marion Blanchett.

En la imagen, llevaba un traje de negocios rojo brillante, con los brazos cruzados sobre el pecho. El fotógrafo había angulado su lente de cámara para que pareciera que lo miraba imperiosamente, con la ceja izquierda ligeramente levantada como si tuviera mejores cosas que hacer con su tiempo.

Como llevar una empresa farmacéutica de la oscuridad al mercado de valores en menos de dos años.

Parecía más severa en la fotografía, menos afable que la mujer que había entrevistado la semana pasada.

Gavin frunció el ceño mientras continuaba leyendo.

Según el artículo, Marion había tenido un comienzo difícil en la vida. Lo había superado después de estudiar en la universidad a finales de los treinta para volver a la fuerza laboral como bioquímica recién calificada y había encontrado su nicho en la gestión, ascendiendo rápidamente en las filas de otra conocida empresa farmacéutica antes de renunciar e iniciar la suya propia hace dos años.

Pasó el cursor por la pantalla y abrió la declaración que había tomado de Marion Blanchett la semana pasada, recordando que no le había preguntado nada sobre sus roles anteriores. Abrió otra pestaña en su pantalla y escribió la dirección del sitio web de la empresa, familiarizándose de nuevo con el relato biográfico completo del ascenso meteórico de Marion dentro de la industria farmacéutica.

Volviendo al artículo de noticias, terminó de leer y notó que había un enlace en el pie de página a un artículo más antiguo del año pasado, cuyo titular contrastaba con el tono de felicitación del artículo actual.

Empresa farmacéutica desesperada por un avance.

Levantó la vista ante un alboroto cerca de la puerta, la voz de Laura resonando sobre las cabezas de sus colegas mientras avanzaba hacia la pizarra con Kay y Barnes, su rostro animado.

Enviando el artículo de noticias a la impresora, se apresuró a recoger las páginas mientras salían y luego se unió a sus colegas.

—¿Qué está pasando? —dijo.

Kay resopló apartándose el flequillo de la cara.

—Damian no nos dirá nada más hasta que llegue su

abogado, y necesitamos más antes de poder ir a entrevistar a Xander de nuevo.

—Quizás pueda ayudar con eso.

—¿Cómo? —dijo Barnes, entrecerrando los ojos.

—Creo que podría saber qué está pasando con el laboratorio. —Gavin les entregó copias del artículo de noticias—. Están atrayendo fondos porque todos están apostando por esta patente. Según esto, el nuevo medicamento que están desarrollando es más fuerte que la versión genérica, lo que significa que se necesita usar menos, ahorrará millones de libras a la industria veterinaria. Marion Blanchett está usando su reputación y las esperanzas que están depositando en el medicamento para impulsar lo que están tratando de obtener de los inversores privados existentes.

—Y si tiene éxito, sacará la empresa a bolsa y sus acciones se dispararán —murmuró Barnes, leyendo el artículo por encima. Bajó las páginas y frunció el ceño—. ¿Qué tiene que ver esto con el ataque a Adam?

Gavin miró a sus colegas y tomó un profundo respiro antes de hablar.

—¿Y si saben sobre los problemas con el nuevo clorhidrato de ketamina que están desarrollando, pero se dispensó accidentalmente a la clínica de Adam?

Kay frunció el ceño.

—Pero entonces podrían haber llamado simplemente y decirlo.

Gavin levantó el artículo de noticias.

—¿Y arruinar sus posibilidades de ganar mil millones de libras una vez que se conceda esta patente? Jefa, no hay nada en ninguno de los artículos que he encontrado en línea que sugiera que haya un problema con este medicamento. Ninguno de los informes que han presentado como parte del proceso siquiera insinúa esto. La única evidencia que sugiere que hay un problema serio con esta sustancia similar a la ketamina proviene de nuestro informe de laboratorio.

—Que podrían disputar —reflexionó Barnes.

—Aun así se sabría —dijo Kay—. Y si lo hiciera, arruinaría su reputación.

—Mirad esto. —Gavin se apresuró a ir a su escritorio y regresó con una pila de impresiones—. Eché un vistazo a los balances de la empresa de los últimos tres años. Marion compró la empresa hace dos años cuando estaba en las últimas. La ha ido construyendo lentamente, han tenido avances menores aquí y allá, pero todavía tiene una deuda de al menos un par de millones de libras. Si no consigue que se apruebe esta patente, está acabada.

—Irrumpir en la clínica de Adam para recuperarlo porque se les envió el lote equivocado parece un poco drástico.

—Es un motivo, jefa.

—Barnes, las llaves del coche —dijo Kay, atrapándolas con una mano—. Voy a averiguar qué tiene que decir Marion Blanchett sobre todo esto.

Gavin recogió los documentos que sus colegas habían descartado en el escritorio junto a la pizarra después de leerlos, y se volvió hacia su escritorio.

—¿Gav?

Miró por encima del hombro al oír la voz de Kay y vio a todo el equipo mirándolo.

—¿Sí, jefa?

—Vamos, entonces. Vamos. Creo que estás en lo correcto con este asunto de la patente.

Se volvió hacia Barnes, confundido.

—Pensé que tú ibas con ella.

El oficial se rio y negó con la cabeza.

—Es tu investigación, Gav. Ve a por ellos.

CAPÍTULO 57

—Entonces, ¿ya está a punto de hacer una fortuna cuando registre esta patente suya para el nuevo fármaco de clorhidrato de ketamina, y ganará aún más cuando la empresa de IT de Damian salga a bolsa también?

Kay negó con la cabeza mientras estacionaba el coche de servicio en un aparcamiento frente al laboratorio de Marion Blanchett y luego apagó el motor.

—¿Cuánto dinero necesita una mujer?

—Supongo que es adictivo para algunas personas —respondió Gavin, observando por la ventanilla del pasajero cómo tres coches patrulla se detenían detrás de ellos y bloqueaban la salida—. Como las drogas. ¿Qué hay de Xander, jefa?

—Nos ocuparemos de él después. Quiero hablar con Marion primero.

Kay se dirigió a zancadas hacia la entrada del edificio y presionó con el dedo el panel de seguridad. Habló tan pronto como oyó que el recepcionista descolgaba el teléfono al otro lado.

—Soy la inspectora Kay Hunter. Abra la puerta.

Un murmullo sorprendido le llegó y luego el mecanismo de la puerta se liberó.

—¿Quién está cubriendo las salidas de emergencia en la parte trasera del edificio? —gritó por encima del hombro.

—Tim Wallace y otro policía —dijo Dave Morrison—. Y esta es la única otra salida.

—Quédate aquí, entonces. El resto, conmigo.

Empujó la puerta y condujo a Gavin y a los demás hacia el mostrador de recepción.

Cuando llegaron, estaba abandonado, y Kay estiró el cuello para mirar hacia el nivel del entresuelo.

—Quédate aquí y asegúrate de que nadie intente salir —le dijo a la agente uniformada más cercana, y luego subió las escaleras de dos en dos.

Las voces se filtraban a través de la puerta cerrada de la sala de conferencias, Marion Blanchett sonaba nerviosa mientras que el tono retumbante de un hombre hacía temblar los cristales esmerilados.

—Me alegro de no estar tomando acta de esa reunión —dijo Gavin—. Creo que se me caería la mano intentando seguirles el ritmo.

Kay levantó la mano, un leve zumbido se filtraba a través de los gritos furiosos que habían comenzado en la sala de conferencias.

—¿Oyes eso?

—¿Qué?

—Espera aquí.

Kay se dio la vuelta y corrió por el pasillo hasta la puerta abierta de la oficina de Marion, luego se detuvo en seco mientras ahogaba una carcajada.

—Es un poco tarde para eso, Peter.

El recepcionista se cernía junto a una trituradora de papel, sus manos acunando un fajo de documentos de aspecto oficial mientras los restos de las páginas desaparecían entre los dientes metálicos giratorios, su boca abriéndose de golpe por la sorpresa al oír su voz.

—Detective…

—Mejor guarde ese discurso hasta que lo llevemos a la comisaría para tomar una declaración formal —dijo Kay, haciendo señas a una agente femenina—. Léele sus derechos y llévalo a uno de los coches.

—Sí, señora.

Kay siguió a la pareja de vuelta por el pasillo y sonrió a Gavin cuando lo alcanzó.

—Deberías hacerte revisar el oído.

—¿Cómo dices, jefa?

—¿Entramos?

—Después de ti.

Golpeó con la punta de la bota el marco de madera de la puerta de la sala de conferencias y entró, notando los ocho rostros sorprendidos que se giraron en sus asientos para mirarla.

Marion Blanchett estaba de pie en la cabecera de la mesa, con las mangas de su camisa azul remangadas hasta los codos y las manos sobre la mesa mientras se inclinaba sobre un micrófono. Alzó una ceja al ver a Kay y Gavin.

—¿Les importa? Estamos en medio de una videollamada crítica con un inversor potencial.

—¿Marion? ¿Qué está pasando? —La voz de un hombre crepitó a través de los altavoces colocados en soportes en la pared y Kay se volvió para ver una gran pantalla que había sido desplegada desde el techo.

Desde otra sala de juntas con un fondo de un paisaje urbano iluminado por neones en algún lugar del mundo, un hombre corpulento con un traje arrugado la fulminó con la mirada.

—¿Quién demonios es usted? —exigió.

—Disculpe la interrupción —dijo ella, y luego observó cómo Gavin se acercaba a la mesa, extendía la mano y presionaba un botón en el intercomunicador.

—Qué…

La voz del hombre se cortó al mismo tiempo que la pantalla se quedaba en blanco, y Marion jadeó.

—¿Qué creen que están haciendo?

—Háblenme de la patente —dijo Kay, rodeando la mesa y mirando a cada uno de los ejecutivos por turno—. ¿Desde cuándo saben todos ustedes que había algo mal con el nuevo fármaco basado en clorhidrato de ketamina que han estado intentando perfeccionar?

Una oleada de gargantas aclarándose respondió a su pregunta, y observó cómo el hombre a su lado se pasaba un dedo por el cuello de la camisa mientras su cuello se ponía rojo brillante.

Una joven a su lado parecía aterrorizada, su bolígrafo temblando mientras debatía si huir o no.

Kay echó un vistazo al acta que había estado tomando y luego levantó la vista cuando dos agentes uniformados más aparecieron en la puerta.

—Interesante —dijo—. ¿Estaban cerrando filas? Bien, tomad declaración a todos, por favor.

Rodeó la mesa hasta donde estaba Marion Blanchett,

con furia en los ojos de la mujer mientras, uno por uno, cada uno de sus ejecutivos era conducido por un agente. Después de recitar la advertencia formal, Kay hizo una señal a Gavin, quien puso una mano en el brazo de la mujer y la guio hacia la puerta.

—¿Cómo se atreve? —soltó Marion—. ¿Cómo coño se atreve?

Gavin se volvió hacia el rostro conmocionado de la joven administrativa y le dio su sonrisa más dulce.

—Probablemente no debería anotar eso.

CAPÍTULO 58

Kay contuvo una sonrisa burlona cuando vio a William Taylor sentado junto a Marion Blanchett en la habitación cuando ella y Gavin entraron.

Después de iniciar formalmente la entrevista, miró al abogado y negó con la cabeza.

—¿Lo mantenemos en familia, verdad? ¿O planea divulgar al hijo de su cliente lo que su madre dice sobre él?

Taylor tuvo la decencia de parecer avergonzado. —Mi cliente...

—¿Cuál de los dos? Me estoy confundiendo.

—Mi cliente, Marion Blanchett —dijo entre dientes—, me pidió que representara a su hijo con la esperanza de que pudiera ayudarlo.

—¿Y ahora?

—Que busque su propia representación legal —espetó Marion.

Kay esperó mientras Gavin abría la carpeta superior de la pila que había traído consigo desde la sala de incidentes, sintiéndose orgullosa mientras él se tomaba un momento para componerse antes de comenzar su interrogatorio.

Planeaba hablar con el comisario Sharp después de que el caso concluyera, para asegurarse de que si su colega deseaba buscar un ascenso a oficial en el futuro, hubiera un lugar para él dentro de la Policía de Kent.

No estaba dispuesta a perder otra estrella en ascenso, no después de esto.

—¿Qué salió mal, Marion? —comenzó él—. ¿La necesidad de dinero o la necesidad de poder? ¿Cuál de las dos fue?

—No sea ridículo —se burló la mujer—. Todo esto es un malentendido, ya verá. No hay nada malo con el fármaco que hemos desarrollado.

—Entonces, ¿por qué hay tres personas muertas y otras todavía en el hospital con complicaciones graves debido a la ingesta de polvo de ketamina creado a partir de él?

—Porque son idiotas por tomar drogas en primer lugar, especialmente aquellas que han sido deliberadamente elaboradas a partir de las producidas por nuestro laboratorio para que puedan venderse en la calle. —Marion suspiró—. Las nuestras están diseñadas para ser probadas en condiciones de laboratorio y luego aplicadas en entornos rigurosamente controlados una vez lanzadas al mercado.

—En ese punto —continuó Gavin, sacando el informe de laboratorio del equipo de la carpeta—, eso no va a suceder pronto según lo que nos dicen nuestros resultados. Es letal, como lo evidencian esas muertes.

—Los problemas ocurren de vez en cuando en todos los programas de desarrollo de fármacos —dijo Marion pacientemente—. Por eso la fase de investigación y desarrollo lleva tanto tiempo y cuesta tanto dinero.

—Excepto que el suyo no llevó tanto tiempo, ¿verdad? —Gavin extrajo una copia de la declaración tomada de uno de los técnicos entrevistados por oficiales uniformados en el laboratorio—. Según su personal, usted los estaba presionando para apresurar el lanzamiento de este nuevo fármaco al mercado. Esta persona en particular afirma que le expresó preocupaciones hace un mes sobre que el proceso era demasiado rápido y que temía que hubieran pasado por alto algo vital.

—Detective, estamos a punto de asegurar una financiación significativa para este proyecto, junto con una patente, como probablemente sepa; después de todo, ha estado en todas las noticias recientemente. —Marion apoyó su brazo en la mesa, con voz calmada—. Una vez que la financiación esté en su lugar, planeamos resolver cualquier… inconveniente que pueda ser evidente.

—Es curioso que diga eso —dijo Gavin, abriendo una carpeta de anillas que contenía un grueso fajo de papeles y pasando a una página que había marcado—, porque según esta solicitud de patente, no hay indicación de que se requiera más trabajo para perfeccionar el fármaco, ni de que haya problemas con él. De hecho, aquí dice: "es nuestra creencia que este producto puede ser distribuido al mercado tan pronto como se conceda la patente y se disponga de la financiación apropiada". ¿Cómo cree que se sentirían sus inversores si descubrieran que les ha mentido? Después de todo, si este fármaco en su estado actual se administrara a un animal para una simple operación, lo más probable es que resultara en su muerte.

—Pero, por supuesto, para entonces usted ya no estaría cerca de la empresa y no se vería afectada por ninguna demanda posterior —dijo Kay—. Planeaba vender su participación en el laboratorio tan pronto como se asegurara la patente y luego retirarse, dejando que la empresa se las arreglara sola cuando los abogados llamaran a la puerta.

Taylor bajó la mirada y escribió en su bloc legal, pero no antes de que Kay notara la mirada de temor en sus ojos.

Marion continuó fulminando con la mirada a los dos detectives, con el puño cerrado, pero no dijo nada.

Gavin recogió los papeles y colocó la declaración y el informe de laboratorio en su carpeta informativa. —Alguien en el laboratorio cometió un error, ¿no es así, Marion? Cuando se recibió un pedido del clorhidrato de ketamina normal que suministran de Turner's Veterinary Practice, alguien envió accidentalmente el nuevo fármaco no probado.

—¿Cómo ocurre un error así? —dijo Kay con incredulidad—. ¿Está haciendo trabajar tan duro a sus técnicos que están cometiendo errores básicos? ¿Qué pasó con todos los procesos y procedimientos que dijo que tenía implementados?

—Están bajo revisión —dijo Marion, con la barbilla levantada—. Y el técnico que cometió el error ya no está con nosotros.

—Eso suena ominoso —dijo Gavin, mirando a Kay—. ¿Puede confirmar su paradero?

—Detective, esa es una insinuación indignante. —La atención de Taylor se levantó de sus notas—. A menos que tenga alguna evidencia…

—Está bien —dijo Marion—. Se le pagó por sus servicios y encontró otro trabajo en un laboratorio en Sittingbourne la semana pasada.

—¿Lo está vigilando, verdad? —dijo Kay.

—Me mantengo en contacto con él, sí.

—¿No le preocupa que pueda hablar?

Una mirada glacial respondió a su pregunta. —Todos mis empleados firman un acuerdo de confidencialidad antes de comenzar a trabajar conmigo —dijo—. Y se le recordaron sus obligaciones en relación con eso cuando se fue.

—¿Hizo que sus hijos firmaran el mismo acuerdo de confidencialidad? —dijo Gavin—. Dado que parece depender tanto de ambos.

Taylor se inclinó hacia adelante. —Debo decir…

—No, no debe —Kay lo fulminó con la mirada y luego se volvió hacia Marion—. Ambos de sus hijos se enfrentan a penas de prisión por su participación en el robo y tráfico de sustancias ilegales, y Xander en particular enfrenta cargos graves en relación con las muertes de Felicity Gregor, Gary Lovell y una chica de dieciséis años.

La mujer palideció.

—No se suponía que fuera así. Se suponía que sería simple. No sabía que Xander iba a ser tan estúpido y vender las drogas una vez que las recuperara.

Taylor levantó la mano hacia ella y dirigió su atención a Gavin.

—Me gustaría hablar con mi cliente en privado, y…

—Basta, William. —Marion negó con la cabeza, silenciándolo—. Lo saben todo, ¿verdad? Esto es solo una formalidad ahora.

Kay se cruzó de brazos y escuchó.

—¿Por qué le pidió a Xander que entrara y las robara de vuelta para usted? —preguntó Gavin—. ¿Por qué no simplemente llamar a Adam Turner y explicarle el error y pedirle que las devolviera?

Marion soltó una risa amarga.

—Oh, si solo fuera tan simple. No podía simplemente pedir que me las devolvieran, detective, porque el Registro de Drogas Controladas tendría que ser actualizado y anotado formalmente. Habríamos recuperado las drogas, sí, pero es probable que la clínica alertara a las autoridades, quienes habrían tenido que llevar a cabo una investigación completa.

—Así que el proceso de patente se habría retrasado…

—¿Retrasado? Detective, se habría ido al traste. Dos años de investigación y desarrollo se habrían desperdiciado, junto con mi reputación. Sin la financiación generada por la patente, no podemos continuar nuestro trabajo final para sacarlo al mercado.

—Así que Xander usó a su amiga Daisy para investigar la clínica y hacerse una idea de dónde estaba el armario de drogas controladas en el edificio, y luego volvió, entró por la fuerza y lo robó. Y atacó a Adam Turner en el proceso.

Kay se estremeció cuando Gavin sacó las fotografías tomadas de las lesiones de Adam en el hospital aquella noche, y reprimió su ira.

—No sabía que él estaba allí —insistió Marion, apartando la vista de las imágenes—. Fue un accidente.

—Un golpe en la cabeza no es un accidente, señora Blanchett, es un acto deliberado de violencia —dijo Gavin—. Buen intento.

—Y por las lesiones que Xander sufrió en el ataque en su apartamento, me imagino que ambos de sus hijos tienen una vena violenta —dijo Kay—. Fue Damian a quien usted envió allí, ¿no es así?

El labio superior de Marion se curvó.

—Son igual de malos, los dos —gruñó—. Ambos inútiles. Damian me dijo que registró ese apartamento en busca de los viales sobrantes, pero todo lo que pudo encontrar fue el equipo que Xander había usado para condensar el clorhidrato de ketamina en polvo. Y luego ustedes aparecen y lo encuentran de inmediato. —La mujer suspiró, reclinándose en su silla—. Yo misma habría ido allí para confrontarlo, excepto que no podía arriesgarme a ser vista, ¿verdad?

—Especialmente porque todos tienen la impresión de que usted no ha mantenido contacto con ellos desde que los abandonó a ellos y a su padre hace casi veinte años —dijo Kay.

—Y ahora desearía haberlos mantenido fuera de mi vida —dijo Marion—, porque miren lo que le han hecho.

Kay captó la mirada de Gavin y asintió.

Había escuchado suficiente.

CAPÍTULO 59

Kay caminaba de un lado a otro sobre el suelo embaldosado junto a una fila de sillas para visitantes a mitad de un pasillo aparentemente interminable mientras revisaba sus mensajes de texto.

Tanto Marion Blanchett como Damian Beech habían sido acusados, y el futuro de Daisy Stiles estaba en manos del Servicio de Fiscalía de la Corona.

El nombre de Laura apareció en la parte superior de la pantalla junto a un nuevo mensaje que confirmaba que el cuerpo de Gary Lovell había sido entregado a su familia, y que su funeral y el de Felicity Gregor estaban programados para la semana siguiente.

Kay exhaló un suspiro tembloroso mientras leía el mensaje de Dave Morrison sobre la adolescente fallecida de dieciséis años, Chantelle Evans.

Acogida en una familia desde muy pequeña, la madre biológica de Chantelle había insistido en asistir al funeral tan pronto como se enteró de que la prensa estaría presente.

Dos de las víctimas de sobredosis habían sido dadas de alta del hospital esa tarde, aunque las complicaciones a largo plazo significarían meses, si no años, de rehabilitación y posiblemente más cirugías.

—Lo encontré, jefa.

Levantó la vista al oír la voz de Barnes y vio al oficial apresurándose por el pasillo hacia ella, y guardó su móvil.

—Por favor, dime que no intentó huir —dijo ella.

—Ni hablar. —Señaló una escalera a su izquierda—. Lo trasladaron de la unidad de cuidados intensivos a una sala general antes de darle el alta. Phillip Parker se ha quedado con él. Ha encontrado una sala privada que podemos usar para la entrevista, y al parecer hay un nuevo abogado presente.

—¿Cómo se ve?

—¿El abogado? Harto. Al parecer, Xander no ha parado de hablar desde que se enteró de que su madre ha sido acusada, y no está escuchando ningún consejo de su abogado.

Kay lo siguió por las escaleras y a lo largo de un estrecho pasillo, esquivando camilleros con carritos mientras un aroma de comida caliente se filtraba desde las salas por las que pasaba.

Su estómago protestó con un rugido.

Finalmente, cerca del final del pasillo, vio a Phillip Parker de pie frente a una puerta antes de que Barnes se volviera hacia ella.

—Aquí estamos. Está ahí dentro.

Kay señaló el picaporte. —Todo tuyo, oficial.

—Puedes dirigir tú, si quieres, jefa. —Sonrió—. Mi

ego ya se ha visto afectado por el descubrimiento de Piper sobre esa patente.

—Ah, hazlo tú —dijo ella, dándole un suave empujón—. La comisario jefa nunca me perdonará si Peter Gregor encuentra mi nombre en algún lugar cerca del papeleo de esto, incluso si declararon una tregua sobre mi participación.

—Siempre hay un motivo oculto —murmuró él, luego guiñó un ojo y agradeció a Phillip mientras abría la puerta para ellos.

Kay la cerró detrás de ella y vio que Xander parecía haberse encogido desde que lo había visto esa mañana, como si finalmente hubiera comprendido la gravedad de su situación.

El hijo menor de Marion Blanchett estaba sentado en una silla debajo de un cartel desgastado sobre una iniciativa de seguridad para el personal, los vendajes que habían cubierto su rostro reemplazados por apósitos limpios y su bata de hospital cambiada por unos vaqueros y una sudadera.

Un hombre con un traje negro desgastado se volvió después de leer un tablón de corcho cubierto con varios avisos y le entregó a Barnes su tarjeta de presentación.

—Matthew Barrett, abogado de oficio —dijo—. ¿Podemos empezar? Creo que mi cliente desea hacer una declaración completa.

—¿Eso incluirá una historia diferente a las que nos ha proporcionado hasta ahora? —dijo Barnes, sacando una silla frente a Xander. Recitó la advertencia y luego miró al hombre desaliñado y golpeado—. Tres personas muertas, Xander. Por su culpa. Empiece a hablar.

—Ella me odia.

—Supongo que estamos hablando de su madre, ¿no?

—Nada era lo suficientemente bueno para ella. —Xander se limpió la nariz con la manga de su sudadera—. Nunca quiso tener nada que ver conmigo a menos que necesitara que hiciera algo por ella.

—Entonces, cuando le pidió que entrara en Turner's Veterinary Practice y robara los viales de clorhidrato de ketamina que habían sido entregados esa mañana, ¿aceptó sin dudarlo?

Xander frunció el ceño pero no dijo nada.

—Lo que no entiendo es por qué alguien como usted, sin antecedentes de violencia o robo, entra en una clínica veterinaria, y no solo roba las drogas sino que luego ataca al dueño de esa clínica de tal manera que termina en el hospital. —Barnes negó con la cabeza—. ¿Por qué fue eso?

—Dijo que me ayudaría si lo hacía. Como hace con Damian y su empresa de informática. Dijo que pagaría por algo de tiempo de estudio profesional para que pudiera grabar y lanzar algunas canciones.

—Entonces, ¿por qué no le entregó las drogas?

—Pensé que podría hacer que me diera más dinero. No estaba ofreciendo mucho, solo tendría alrededor de una semana de tiempo de estudio.

—Así que la chantajeó, ¿es eso correcto? —dijo Barnes—. ¿Cuándo se enteró Felicity?

Xander suspiró y estiró las piernas frente a él, con el labio inferior caído. —Me oyó hablando con mamá por teléfono. Damian había organizado una reunión improvisada en un bar de Bank Street el martes por la noche después del trabajo y algunos de nosotros fuimos…

—Por "nosotros", ¿se refiere al club de desayuno de Damian?

—Sí.

—¿Cómo es que fue?

Xander se encogió de hombros. —Damian sugirió que debería ir. No tenía nada mejor que hacer, y la comida era gratis, así que pensé que bien podría hacerlo.

—¿Qué pasó cuando Felicity lo oyó?

—Me olvidé de que ella tenía una adicción. No mucha gente lo sabía. Era buena ocultándolo. —El joven se inclinó hacia adelante, apoyó los codos en las rodillas y fijó la mirada en el suelo—. Hasta entonces, Damian pensaba que yo estaba haciendo arreglos con mamá para entregarle las drogas. Felicity escuchó lo que realmente estaba pasando y exigió que le diera algo antes de devolverlo. Dijo que iría a la policía si no lo hacía, y que su padre conocía a algunas personas que estarían interesadas en lo que yo había estado haciendo. No tuve elección.

—Sí la tuvo. —Kay lo miró fijamente—. Si no se la hubiera entregado, Felicity Gregor no estaría muerta.

—Lo estaría, solo que no la semana pasada —se burló Xander—. Era solo cuestión de tiempo con ella, estaba fuera de control. Aunque nadie más le diría eso. Todos pensaban que era maravillosa, ¿no?

—¿Qué hizo cuando se enteró de que se había caído del techo del estacionamiento de varios pisos? —insistió Barnes.

—Entré en pánico, ¿no es obvio? Pensé que alguien rastrearía lo que ella tenía hasta mí. —Xander exhaló—.

Tenía un concierto programado para el viernes por la noche, y supuse que nunca vería ese dinero de mamá, así que bien podría ganar algo vendiéndolo. Pensé en deshacerme de todo el polvo que pudiera con los consumidores allí, y luego tirar los otros viales. Es un fastidio hacerlo de todos modos. Me llevó años limpiar después de la primera vez.

—¿Cómo se involucró Gary Lovell? —dijo Barnes, incapaz de ocultar el asombro en su voz ante el tono indiferente del otro hombre.

—Me robó un poco del bolsillo cuando no estaba mirando durante el desayuno del viernes por la mañana. —Xander miró a Kay—. Así que no puede culparme por su muerte. Él lo hizo solo.

—¿Le advirtió que creía que las drogas eran peligrosas? —dijo Kay.

—No tuve la oportunidad. Se fue corriendo, y yo no quería que Damian se enterara de lo que había hecho, así que lo dejé.

—Y luego entrevistamos a Damian, y él ató cabos —dijo Barnes.

—Le contó a mamá. —Xander se puso de pie y se volvió hacia la pared—. Y ella lo envió al apartamento para conseguir el resto de los viales.

—¿Qué pasó?

Xander se dio la vuelta.

—Le dije que se fuera al diablo —dijo, con los ojos feroces—. Le dije que estaba harto de que me dijeran qué hacer. Dije que si ella quería recuperar sus drogas, tendría que pagarme por ellas. Después de todo, siempre le está dando dinero a él. ¿Han visto cuánto vale esa compañía suya?

—Prácticamente nada, después de esto —dijo Barnes.

CAPÍTULO 60

Ya había oscurecido cuando Kay estacionó su coche en el camino de grava frente a su casa y apagó el motor.

Se quedó sentada un momento, escuchando cómo se enfriaba el motor y esperando que parte de la adrenalina de las actividades de la tarde saliera de su sistema.

Finalmente, salió del coche, notando que el viento había amainado. En su lugar, un sutil calor se aferraba al cielo nocturno mientras miraba las estrellas que comenzaban a aparecer.

Por fin se percibía un atisbo de primavera en el aire.

Recolectando los desechos que se habían acumulado en el espacio para los pies y los bolsillos laterales del coche durante la investigación, tiró la basura en el contenedor junto a la puerta del garaje y sacó las llaves de la casa de su bolsillo.

Al abrir la puerta principal y entrar en el pasillo, lo primero que notó fue la ausencia de juguetes de perro esparcidos por la alfombra y las escaleras. Quitándose los zapatos, Kay sonrió ante la sensación de normalidad que volvía a su vida, mientras escuchaba el silbido de Adam proveniente de la cocina.

Al menos por el momento.

Mientras se lavaba las manos en el lavabo del baño de la planta baja, escuchó a Adam llamarla.

—¿Eres tú, Kay?

—Sí. —Cerró la puerta y se dirigió a la cocina—. ¿Scott recogió a Oscar?

—Te lo perdiste por media hora; dijo que su dueño había regresado antes de lo esperado. —Levantó la vista de la mochila sobre la encimera y sonrió—. Esa es la cara de una mujer que necesita una copa.

—Oh, muchas gracias. —Sonrió y lo besó antes de señalar las últimas pastillas que quedaban junto a su teléfono móvil—. ¿Te apetece ir caminando al pub? Hace tiempo que no salimos, y podríamos tomar algo sin alcohol ya que no puedes beber mientras tomas esas pastillas.

—Me vendría bien un cambio de aires, eso es seguro. De todas formas, esas son las últimas pastillas.

Kay arqueó una ceja ante la variedad de carpetas y libros sobre la encimera. —¿Vuelves al trabajo mañana, entonces?

—Solo un día de papeleo, no te preocupes. —Le dirigió una mirada de resignación—. Por lo que Scott me contaba antes, lo tienen todo bajo control, así que a menos que surja alguna emergencia, será un primer turno de vuelta tranquilo.

—Pareces un poco decepcionado.

—Creo que me estoy dando cuenta del buen equipo que tengo allí. Es decir, no habría podido superar las últimas dos semanas sin ellos. Scott realmente ha destacado en su papel, y en cuanto a Stephanie…

—Necesitamos averiguar cómo clonarla.

Él se rio. —Exactamente.

—Bueno, eso es un buen augurio para nuestros planes de vacaciones al menos, especialmente si vas a conservar a Claire también. —Kay se acercó al fregadero y llenó un vaso con agua, entregándoselo—. Iré a cambiarme mientras te tomas esas, y luego saldremos.

Se apresuró a subir las escaleras, desabrochándose los botones de la camisa mientras cruzaba el descansillo hacia su dormitorio y metió su ropa de trabajo en el cesto de la ropa sucia junto al baño.

Después de ponerse sus vaqueros favoritos y desgastados y un suéter grueso, Kay se recogió el pelo y se detuvo cuando su mirada cayó sobre la fotografía de ella y Adam que guardaba en su mesita de noche.

La habían tomado hace varios años cuando ella aún era agente y él estaba estableciendo su clínica veterinaria.

Sonrió, dándose cuenta de lo jóvenes que se veían, y que habían pasado diez años desde que se tomó la foto.

Probablemente ya es hora de poner una nueva en ese marco, pensó.

La cogió y limpió una fina capa de polvo del cristal, luego hizo una mueca. —Y mañana necesito un día de limpieza.

—¿Estás lista?

Volvió a colocar la fotografía y bajó las escaleras hasta donde Adam la esperaba en el pasillo, ya con su chaqueta acolchada puesta mientras se calzaba unas botas de caminata desgastadas.

—Cualquiera diría que no has ido al pub en dos semanas —dijo ella.

—Se preguntarán qué me ha pasado. Me sorprende que aún no hayan enviado un equipo de búsqueda.

Kay negó con la cabeza, luego se sentó en las escaleras para ponerse las botas. —Al menos Laura está de guardia este fin de semana. Podemos relajarnos, y tal vez…

Un sutil silbido llegó a sus oídos y se quedó paralizada, con la bota a medio poner en el pie.

Miró a Adam, entrecerrando los ojos con sospecha.

Él tenía una expresión avergonzada.

—¡Has estado culpando al perro todo este tiempo! —soltó—. ¡Has sido tú!

Él levantó las manos fingiendo inocencia.

—Honestamente, no puedo evitarlo. Es por la medicación que he estado tomando.

FIN

BIOGRAFÍA DEL AUTOR

Rachel Amphlett es una de las autoras de ficción criminal y thrillers de espías con más ventas del USA Today; y muchas de sus obras han sido traducidas en todo el mundo.

Sus novelas están disponibles en formato digital, impresos y como audiolibros en bibliotecas y tiendas minoristas, así como en su página web.

Rachel, una viajera entusiasta e investigadora privada por accidente, tiene ciudadanía australiana y británica.

Para más información sobre los libros de Rachel entra en: www.rachelamphlet.com.